1781

Erich Loest

Zwiebelmuster

Roman

Hoffmann und Campe

CIP-Kurztitelaufnahme der Deutschen Bibliothek

Loest, Erich:
Zwiebelmuster : Roman / Erich Loest. – Hamburg :
Hoffmann und Campe, 1985.
ISBN 3-455-04521-9

Schutzumschlag- und Einbandgestaltung: Werner Rebhuhn
Gesetzt aus der Palatino-Antiqua
Satzherstellung: Fotosatz Otto Gutfreund, Darmstadt
Druck- und Bindearbeiten: Mainpresse Richterdruck, Würzburg
Printed in Germany

Keine Erinnerung an Kloßner

1

Der Tisch war so, wie Kläre Haas sich ihn gewünscht hatte: Zwiebelmuster, Meißen, versetzte sie jedesmal in Feierlichkeit, von der sie glaubte, sie rühre nicht vom Wert jeder Suppentasse oder jeden Tellers her, sondern von der Schönheit und dem Material. Sie war überzeugt, beim Spülen die Härte der Glasur zu spüren, Meißner Porzellan lag anders in der Hand, fühlte sich anders auf der Haut an als jedes andere sonst.

»Prima Suppe«, lobte Marion. Ihr Vater ließ Sätze folgen, die sie erwartet hatte: In der Mensa würde sie sich manches Mal nach den heimischen Fleischtöpfen sehnen. Als ob sie nicht zwölf Jahre Schulspeisung hinter sich hätte. Als ob es hier jeden Tag ein Festessen geben würde und nicht dreimal Bratkartoffeln in der Woche, die sie nie aß. »Ach ja, schmiert es mir nur aufs Brot, was ihr mir für einen edlen Abschied bereitet. Bin euch ja irrsinnig dankbar.« Dabei lächelte sie ihre Mutter an, um den Worten alle Schärfe zu nehmen.

»Und wer hat die Hallimasch eingeheimst?«

»Du, Väterchen. Hast dich nur für mich gebückt, stimmt's?«

»Was für eine liebevolle Familie.« Kläre Haas stand auf, um das Kaninchen, dick mit Hallimasch belegt, aus der Röhre zu nehmen. »Jawoll!« schrie die Tochter hinter ihr her.

»Sag mal, Kläre«, fragte Hans-Georg Haas wenig später, »erinnerst du dich an einen Herbert Kloßner?«
»Soll das einer von meinen oder von deinen Leuten sein?«
»Hab keine Vorstellung. Schreibt aus Berlin, daß er mich sprechen müsse. Uralte Zeiten, behauptet er.«
»Einer aus deinem Nest?« Leisnig war gemeint, ein Städtchen an der Mulde, in dem Hans-Georg Haas aufgewachsen und von dort nach Döbeln zur Schule gefahren war. »Hat mit dir geangelt, hast ihm ein Mädchen ausgespannt?«
»Oder einer von der Uni. An diese paar Jahre hab ich die schwächste Erinnerung.«
»Wird sich schon herausstellen.«
Nach dem Essen und Abräumen spürten alle drei eine kurze Verlegenheit – was weiter? Fernsehen kam nicht in Frage. Früher hatten sie an Geburtstagen und sogar am Heiligabend ein Kinder-Kartenspiel gespielt, Mau-Mau, und wer tausend Miese hatte, flog raus. Torsten hatte verbissen gekämpft und auch nach drei Monaten noch gewußt, daß er beim letzten Mal gewonnen hatte. Auf dem vierten Platz meist: die Mutter. Jetzt sagte Marion unvermittelt: »Und gibt es was Neues mit eurer Reise?«
Nein, eigentlich nicht. Die Visa waren mündlich zugesichert, erteilt noch immer nicht. Das würde in letzter Minute geschehen, da mußten sie dann rasch nach Berlin und weiter nach Wismar oder Rostock. Das hatten sie vor Monaten schon durchgehechelt: Ein Stückgutfrachter wurde immerfort auf See umdirigiert; wenn es bei der Heimreise noch etwas in Norwegen mitzunehmen gab, kurvte er hinauf. Kam eine Woche später an als geplant. Dann lag er drei Wochen oder drei Tage, vielleicht wurde mit der Ladung auch

die Besatzung gewechselt. »Macht keinen Spaß, diese Warterei«, sagte Kläre Haas, und Marion rief, das sollten sie ja niemanden hören lassen, eine Traumreise, vier Wochen oder sechs oder acht durchs Mittelmeer, Spanien, England vielleicht! Wem würde das schon erlaubt!

»Und meine Beurlaubung ist immer noch nicht durch.«

»Das wird, Mutti!«

»Ja, schon. Erst müsse die Reise genehmigt sein, haben sie gesagt, dazu gehört natürlich das Visum. Aber das Visum gibt es erst, wenn der Auslauftermin feststeht. Und dann alles in drei Tagen.«

Diesem Thema war nicht mehr viel abzugewinnen, zu oft hatte es halbe Zusagen, Vertröstungen, Verschiebungen, Dämpfer, neue Hoffnungen gegeben. Ein Stückgutfrachter besaß zwei Kabinen für je zwei Fahrgäste, vorbestellt seit langem von den wenigen, die sich so viel Urlaub leisten konnten und vertrauenswürdig waren und Beziehungen hatten, Künstler, pensionierte Staatsfunktionäre. Diesmal für den bücherschreibenden Historiker Dr. Hans-Georg Haas und Ehefrau.

»Da kann dein Herlett mal zeigen, was er kann«, sagte Haas.

»Vielleicht stellen sie fest, daß es auch ohne dich geht.«

»Das wär' aber schön!«

Marion fand, daß das Lachen ihrer Mutter nach dem letzten Satz erfreulich echt geklungen hatte. Sie beneidete sie wegen dieser Sicherheit. Eine Frau in exponierter Stellung, auf Illustriertenseiten gerühmt; vor einem Jahr hatten sie einen Halbstundenfilm fürs Fernsehen über sie gedreht. Scheinwerfer und Kame-

ras zwei Tage lang in der Wohnung. »Meine Mutter«, hatte sie in der Schule immer wieder gesagt und sich gemüht, es leicht klingen zu lassen; danach hatte sie den Kopf zur Seite gedreht und auf etwas Nebensächliches geblickt, als wäre es für sie gar nicht aufregend, daß diese Frau, die im Film durchs Kaufhaus ging und am Schreibtisch saß und telefonierte und daheim Kuchen buk und an der Uni einen Vortrag hielt und sechs Afrikanern das Hauptlager zeigte, mal im Kleid, mal mit dem Parteiabzeichen am Kostüm, daß diese Frau ihre Mutter war, und sie hatte zwei ihrer besten Freundinnen anvertraut, daß sich ihre Mutter das Kostüm aus der Konfektionsabteilung geliehen hatte, denn sie besaß keines, weil ihr Kostüme zuwider waren, aber der Fernsehchef hatte darauf bestanden, denn an einem Kleid wirkte ein Parteiabzeichen gekünstelt; es sollte das allernormalste sein, daß sie Genossin war, das Selbstverständliche sollte dem Zuschauer auf selbstverständliche Weise vor Augen geführt werden.
»Grüner Veltiner« stand auf dem Balkon, die Marke war erprobt und fast immer erhältlich, zumindest für die Direktorin Haas. Während sie Weingläser auf den Tisch stellte, wurde ihr bewußt, daß sie den ganzen Tag über Furcht vor dem Abend gehabt hatte. Daß jemand nicht den richtigen Ton fand, herunterspielte, daß Marion flapsig wurde, daß Hans-Georg irgendwelchen Kram aus seinem Ärger mit irgendwem ausbreitete. Daß Marion unbeherrscht auf etwas reagierte, das sie als Einmischung, Bevormundung empfand.
»Also dann«, sagte Haas, »daß du dich einlebst in Berlin, Marion, und daß du immer wieder gern zu uns zurückfindest.« Er sprach nicht aus, was seine Frau fürchtete: Dein Elternhaus steht dir natürlich jederzeit offen. War sie gereizt, daß sie diese Fortsetzung für

möglich gehalten und Abwehr eingeübt hatte? Marion und Berlin, das hieß natürlich auch, daß Marion dem Holländer Jan ein Stück näher war, den sie ins Haus gebracht hatte nach vorheriger Ankündigung, da käme mal ein Holländer, den sie in Dresden am Rande eines Jazzfestes kennengelernt hätte; und dann hatte Kläre Haas in Gegenwart dieses Jungen zum ersten Mal begriffen, daß Marion eine Frau war: Ein Blick, ein Streicheln über den Handrücken, ein Lächeln hatten genügt. »Mutti, das ist Jan«, in Marions Stimme hatte ein Klang gelegen, den sich Kläre Haas auch nur eine Stunde später nicht wieder hatte ins Ohr rufen können. »Mutti, das ist Jan.« Bei diesem Satz hatte Kläre Haas begriffen, daß Marions liebster Mensch auf Erden nun nicht mehr ihre Mutter, sondern Jan war, Architekturstudent in West-Berlin, der übrigens nicht Jan hieß, sondern einen weit komplizierteren und schwieriger auszusprechenden Namen trug. Dreimal war er nach Leipzig gekommen, jedesmal hatte sie geschwankt, ob sie anbieten sollte, er könne in Torstens Zimmer übernachten. Hatte gewartet, daß Marion sie darum bitten würde, und hatte sich vorgenommen zu sagen: meinetwegen. Aber er war bei Freunden geblieben – Torsten und Marion hatten überall Freunde. Kläre Haas fand, daß sie sich alle drei an diesem Abend verstanden, auch Hans-Georg: Er hatte die Ärmel seines Hemdes endlich einmal nicht hochgeschoben – ihr fiel ein, daß das sächsische »hochgewärscht« treffender klang als das hochdeutsche »hochgewürgt«.

»Marion, das Beste für dich!«

»In diesem Sinne!« Sie lächelten alle drei, das war Familienausdruck seit Jahren: »In diesem Sinne« paßte so ziemlich immer. Sie stießen an, und Hans-Georg

Haas murmelte, der Wein sei nicht schlecht, und wenn man Kopfschmerzen bekäme, dann nicht vom Wein, sondern vom Schwefel drin; Marion verzog ungläubig das Gesicht. War Marion nun eigentlich hübsch? überlegte Kläre Haas wie seit Jahren, und wieder wurde sie sich nicht schlüssig. Mittelgroß und das, was Konfektionäre als mittlere Figur schätzten, leicht anziehbar also; Marion hatte Hüftspeckjahre hinter sich ob der Spaghetti- und Kuchengier, jetzt war sie schlank, ohne mager zu sein. Alle zwei Tage mußte sie sich das Haar waschen, das war ihr in diesem Alter auch so ergangen. Marions Haar war dunkel wie das Hans-Georgs in seiner besten Zeit; sie hatte nicht auf den Rat gehört, es ins Nußbraune zu tönen. Mußte auch nicht sein mit neunzehn. Dunkle Augen wie bei Hans-Georg, das eindrucksvollste an den beiden. Was hat sie von mir, überlegte Kläre Haas zum tausendsten Mal wie jede Mutter – die schnelle Sprechweise, ein paar Gesten, die Lippen und die Art, sie beim Nachdenken zusammenzupressen, und wenn's ernst wird. Die Falte zwischen den Brauen wird hinzukommen. Marions Zähne waren gesund, wenn auch nicht so schön, daß sie versucht gewesen wäre, sie immerfort grinsend zu präsentieren, auch wenn es gar nichts zu lächeln gab. Ein freundliches Mädchen, resümierte Kläre Haas, mit freundlichem Gesicht und freundlichem Wesen, wahrscheinlich ließ sich damit einfacher auskommen als mit erschlagender Schönheit.
Haas sagte: »Torsten hat heute früh angerufen. Sie hätten ihn zu irgendeiner Sache aus der Kaserne geschickt, und er käme gerade an einer Telefonzelle vorbei. Und schon beim ersten Versuch war er durchgekommen.«

»Der hat Schwein«, sagte Marion mit einiger Heftigkeit. Ihr Bruder hatte eben immer Glück, kaum bei der Armee, hatten sie ihn schon in ein Fotolabor gesteckt. Dort schob er die ruhigste Kugel. »Und es geht ihm natürlich blendend?«
»Natürlich. Und er wünscht uns eine feine Feier.«
»Eigentlich«, sagte Hans-Georg Haas, »wäre mir Südamerika lieber gewesen.« Aber für das nächste Jahr seien alle Reisen dorthin ausgebucht. Er wollte eine Schiffsreise ins westliche Ausland machen, da konnte man nicht noch Sonderwünsche einbringen. Er hatte einen Vorschlag nachgereicht: Über die Nationenbildung nach der Ablösung der Kolonialherrschaft wollte er arbeiten, das war ihm vorher nie in den Sinn gekommen und lag weitab von seinem Spezialgebiet, aber solch eine Absichtserklärung machte sich in den Antragspapieren gut. Als er sich aufs Mittelmeer umstellen mußte, wollte er den Aufstand der Rifkabylen in den zwanziger Jahren als Thema anbieten. In Oman oder Algier würde das Schiff hoffentlich anlegen.
»Südamerika ist ja auch weiter«, sagte Marion. Wenn schon eine Reise, hatte sie beredt gemeint, sollte man die längste und weiteste erstreben, am besten ein halbes Jahr lang bis Australien. Er würde nie über Australien schreiben wollen, hatte er erwidert, Australien ließe ihn kalt wie Feuerland, Australiens Geschichte sei langweilig zum Erbrechen, aber wie sie in Peru und Brasilien mit Spaniern und Portugiesen fertig geworden waren – aus diesen Steinen möchte er wohl Funken schlagen! »Na, dann fahr doch nach Portugal!« hatte Torsten einmal gerufen, und sein Vater hatte ihm erwidert, er habe wohl überhaupt nichts begriffen. Vielleicht hielten Marion und Torsten

seinen Einfluß und seine Bedeutung für größer, als sie in Wirklichkeit waren.
Er spürte den Wein, der bei ihm lähmender und zugleich lösender wirkte als das gewohnte Bier. Sie hatten an diesem Tag und an diesem Abend alles richtig gemacht, fand er jetzt, es war genau die Mischung von Ernst und Herzlichkeit und Fröhlichkeit, die angebracht war, und niemand gab sich den Anschein, als würden Schicksalsglocken läuten. Er lächelte seine Frau an und hob das Glas, sie lächelte zurück und hob ihr Glas nicht. Da trank er ihr zu: Auf dein Wohl, Kläre!, sollte das heißen, du machst das Beste aus der Sache, ach, was heißt denn das, du findest dich ab, auch so ein Begriff, abgestanden wie fast alles, was zu denken und zu sagen war. Ein Einschnitt, ein neuer Abschnitt, wir haben zwei gesunde, halbwegs gescheite, ziemlich anständige Kinder, nun wollen wir mal darüber glücklich und zufrieden sein. »Prost, Marion«, sagte er, sie stieß mit ihm an: »Prost, Väterchen. Die Hauptsache ist, du fährst überhaupt! *Ihr* fahrt überhaupt.« Sie würde unterdessen mit ihrer Studiengruppe nach Mecklenburg in die Kartoffeln geschickt: ehe das Lernen anfing, erst mal vier Wochen an die sogenannte Basis.
»Wißt ihr, wozu ich jetzt Lust hätte«, sagte Haas, ohne eine Sekunde vorher gewußt zu haben, daß ihm dies einfallen würde. »Mau-Mau. Und wer tausend Miese hat, fliegt raus.«
»Mit Contra und Re«, ergänzte Marion sofort. »Und wenn einer ins eigene Contra reinklatscht, zählt's vierfach!«

2

Der Zug aus Gera hatte eine halbe Stunde Verspätung. Vor Jahren war er zum Angestelltentransport eingerichtet worden, als Verbindung von zwei Bezirksstädten zur Hauptstadt, morgens hin, am späten Nachmittag zurück, mit der Möglichkeit, an Konferenzen teilzunehmen, ohne übernachten zu müssen, Verlagerung von Aktentaschen von der Straße auf die Schiene. Längst funktionierte nicht alles wie geplant, auch diese Züge wurden zu selten gereinigt, die Fahrtzeiten hatten sich wieder gestreckt, und wenn der Zug zwischen Rummelsburg und dem Ostbahnhof eine halbe Stunde festlag, manchmal die Halle schon im Blick, platzten die Termine ministerienweise.
Gewöhnlich fuhr Haas mit dem Auto, das aber stand in der Werkstatt der Bezirksleitung, nicht einmal dort war das Teil vorrätig, das gewechselt werden mußte. Vor einem halben Jahr hatte Schnippchen, der Sekretär für Kultur, ihm die Dienste dieser Werkstatt angeboten, ganz selbstverständlich könnte er das tun, hatte Schnippchen betont und wiederholt: ganz selbstverständlich. Haas versuchte sich klarzuwerden, ob er wirklich geschwankt hatte, dieses Privileg in Anspruch zu nehmen, ob er lange und heftig gezögert hatte und für wie groß er die Möglichkeit veranschlagte, er hätte abgelehnt. Ein Privileg, und was für eins, er mußte nicht mehr in einer überlasteten Werkstatt buhlen, schmieren, sich von Halbwüchsigen rüde behandeln lassen. Er wurde ohne Umstände bedient, auch dort wurde Trinkgeld genommen, aber nicht unverschämt ein Lappen auf die Hand gefordert, ehe sich überhaupt etwas bewegte. Reifen zum Beispiel waren kein Problem. Einen Abend lang hatte

er sich daheim über dieses Angebot verbreitet, auch und besonders über seine Skrupel, bis ihm Marion das Zetern geradezu verboten hatte: Vergünstigungen anzunehmen und obendrein über die Schlechtigkeit der Welt zu lamentieren, das wäre doch die Höhe. Natürlich müsse dieses Privileg verschwiegen werden, »unsere Menschen«, wie gern formuliert wurde, also die Leute ohne Macht und Beziehungen, würden dem Schriftsteller Haas mit Freuden die Fensterscheiben zertrümmern, wenn sie wüßten . . . Eine Woche später hatte er seinen »Wartburg« zum ersten Mal in der Werkstatt der besseren Genossen untergestellt.
Also Zugfahrt. Wenigstens erster Klasse. Er hatte sich mit seinem Lektor für »gegen Mittag« verabredet, das ließ Spielraum. Sie würden zusammen essen und dabei reden, ein bestimmtes Ziel war nicht ins Auge gefaßt. Abtasten, Möglichkeiten ausprobieren – er brauchte das und war es seit Jahren nicht anders gewohnt. Lesen im Zug. Er war entschlossen, sich durch die Reise nicht zermürben zu lassen. Der Beginn war wichtig. Nun hatte der Zug schon eine halbe Stunde Verspätung.
Herbert Kloßner, der Name war auf einmal wieder da. Die Karte steckte in seiner Aktentasche, er würde sie, saß er erst einmal, erneut lesen. Dabei kannte er die wenigen Worte auswendig. »Lieber Genosse Dr. Haas, unsere Begegnung liegt lange zurück, dennoch wirkt sie bis heute nach. Ich möchte eine Verbindung zu Dir knüpfen. Bitte schreib mir kurz oder ruf mich an. Sicherlich bist du gelegentlich in Berlin. Es ist wichtig für mich. Mit guten Grüßen!« Datum, Telefonnummer. Mit guten Grüßen – an diesen Worten grübelte Haas herum, also nicht freundlich oder herzlich, auch nicht mit sozialistischem Gruß, wie man enden

sollte, wenn man mit der Genossen-Anrede begann. Ein Schulfreund schrieb so nicht. Ein ehemaliger Kommilitone schon eher. Jemand, mit dem man auf der Parteischule war. Einer, der bei ihm studiert hatte. Das war am wahrscheinlichsten. Seit acht Jahren war er von der Universität fort, da war mancher Name versunken. Ein Mann, der bei ihm im Seminar gesessen hatte und nun womöglich Protektion brauchte, wenigstens einen Tip.

Der Zug war dreiviertel voll, Haas ergatterte einen Platz an der Tür. Richtete sich mit Brille und Buch ein. Eine halbe Stunde lesen, dann vielleicht schlafen. Notizen machen, dabei das Gefühl wachhalten, er arbeite. Nicht auf Gerede hören. Sich nicht im Imbißwagen über miserablen Kaffee und schmierige Pappteller ärgern. Frankreichs Afrika-Politik vor dem Ersten Weltkrieg, besonders die in Nordafrika – das Buch, das er der Universitätsbibliothek entliehen hatte, empfand er als leidlich liberal. Die Niederlage von 1918 steckte dem Verfasser wohl in den Knochen; manchmal schien es, als bedauere er nicht unbedingt, daß Deutschland seine Kolonien losgeworden war. Das Buch bot Grundwissen, Stoff für eine dramatische Gegenwartsgeschichte war nicht zu erwarten. Sich vorzustellen, er baute einen Mann in den Mittelpunkt, der gerade noch bei der Waffen-SS gekämpft hatte, mit seiner verräterischen Blutgruppennummer unter dem Arm bei der Fremdenlegion untergekrochen und in Dien Bien Phu von den Vietnamesen gefangengenommen worden war, der nichts begriffen, aber doch etwas geahnt hatte; schließlich kämpfte er gegen die Aufständischen in Algerien, allmählich wurde ihm klar, daß er auf der falschen Seite ... Das würden seine Lektoren gerne sehen.

Er las, bis der Zug über die Elbe fuhr, schlief und wurde wach, als die Truppenübungsplätze von Jüterbog mit ihren Panzerwüsten vorbei waren. Flughafen Schönefeld, da stiegen viele in die S-Bahn um, das war Vabanquespiel, manchmal rollte die S-Bahn rascher, manchmal hatte der D-Zug keinen Zwangsaufenthalt. Haas ließ sich von Verärgerung und Gereiztheit nicht anstecken, kippte nicht wie die anderen jeden Augenblick das Handgelenk hoch, die Verspätung war auf eine Dreiviertelstunde angewachsen, na und. Er verstaute sein Buch und den fast leeren Notizzettel, fingerte die Karte des Herbert Kloßner heraus und las wieder: »Mit guten Grüßen!« Diesmal war er von der versöhnlichen Absicht, die hinter dieser Karte steckte, überzeugt.
Der Zug fuhr im Bogen auf die Stadt zu, über Gleisbündel, die nach Süden stachen, überragt von Kontrolltürmen, dazwischen Ödland, Birken. Dort hinaus fuhr die S-Bahn nach Gransow, dort lag ihr Grundstück. »Wir haben in der Nähe von Berlin 'ne Bretterbude«, das klang erträglich. Vielleicht würde er in zwei Wochen noch einmal für kurze Zeit dahin übersiedeln, letzte Herbsttage mitnehmen und alles winterfest machen. Das hing unter anderem auch davon ab, was bei dem Gespräch mit seinem Lektor herauskam.
Haas und Kopp, der Lektor, aßen in der Leipziger Straße in einer der besseren Gaststätten, hier war die Qualität unverändert, wohl der hier lebenden westlichen Diplomaten wegen; eine schlechte Küche, die dann durch Renovierung und Neugestaltung kaschiert wurde, war nicht zu befürchten. Auf der Speisekarte standen frische Pfifferlinge, eine Seltenheit. Haas redete gleich los: Seine Materiallage sei nicht

schlecht, wenn er allerdings bis zum Algerienkrieg der sechziger Jahre ausweiten sollte, brauchte er Aktuelleres. Vielleicht, daß er den »Spiegel« von damals durchforsten dürfte. Das sei in der Deutschen Bücherei möglich, den Berechtigungsschein dafür würde er sich verschaffen.

Sie kannten sich seit gut zehn Jahren. Kopp war dreimal geschieden und hatte vier Kinder, an denen er hing und um die er litt. Jetzt rauchte Kopp die dritte Zigarette, noch ehe serviert wurde, und stupste die Asche in die Schale, die fürs Kompott vorgesehen war. Im Vorbeigehen tauschte die Kellnerin die Schale gegen eine saubere aus, eine halbe Minute später drückte Kopp seine Kippe dort hinein. »Ich bin mir nur noch nicht im klaren«, sagte er, »was du eigentlich willst. Einen Reißer schreiben oder ein spannendes Sachbuch oder einen Roman mit historischem Hintergrund.«

Haas blickte aus dem Fenster auf die Reihen der Balkons gegenüber. Das Haus in der Lücke dort lag schon jenseits der Mauer. »Hängt wahrscheinlich vom Material ab«, sagte er nach einer Weile. »Möchte schon einen Reißer schreiben.« Graham Greene fiel ihm ein, er nahm den gewaltigen Namen vor sich selber zurück und ersetzte ihn durch John Le Carré, auch der klang bombastisch genug. »Wenn die Fakten wirklich fesselnd sind ...« Spannende, exakt recherchierte Belletristik, eng an der Geschichte entlang geschrieben, war in der DDR immer rar gewesen. Er sah: An Kopps Kunstlederjacke fehlte am Ärmel ein Knopf. Überhaupt: Diese Jacke war zehn Jahre alt, total aus der Mode und abgebraucht, rissig – Haas entsann sich: In seiner Kindheit hatte so was Wachstuch geheißen. Er selber legte auf seine Kleidung

keinen sonderlichen Wert und argwöhnte, vielleicht würde er eine Stufe tiefer sinken, wenn ihn Kläre nicht davor bewahrte. Armer Kopp, auf den niemand aufpaßte. Er selber trug fast nie eine Krawatte, nun schön, auch das konnte ein Stil sein. Jetzt sah er, daß Kopps Hemd am Kragen aufgerauht war, zerschlissen nicht, aber zerrieben, vielleicht fehlte es Kopp schlicht an Geld. Ein armer Hund in mancher Beziehung. Waren Lektoren nicht die Prellböcke zwischen Verlagsleitung und Autoren, arme Hunde an sich?
»Möchte schon«, sagte Haas, auch um von diesen unerquicklichen Gedanken wegzukommen. »Wenn ich nicht in Algerien an Land komme, dann in Libyen oder Tunesien. Muß man eben schnuppern.« Haas erinnerte sich, daß er bei Vorträgen oft gefragt worden war, ob er denn in den Ländern, über die er schrieb, auch gewesen wäre, und wenn er dann verneinen mußte, war mit nachsichtigem Spott die stets gleiche Bemerkung gefallen: »Wie bei Karl May.« Dieses Buch über die Kriege im Sudan, da hatte ja auch Karl May Stoff für den »Aufstand des Mahdi« geholt – besser nicht daran denken.
Das zweite Pilsner wurde gebracht; Haas nahm sich vor, danach kein drittes zu trinken, denn dann wäre es zum vierten ein zu kleiner Schritt. Der Tag würde noch lang werden. »Sag mal, kennst du einen Herbert Kloßner?«
Kopp schüttelte den Kopf. *Mit guten Grüßen,* dachte Haas, so klang Vertrauensbeweis, hier wurde eine alte Saite angeschlagen. Vielleicht hatte er dem Mann einmal geholfen, hatte eine Weiche gestellt, nach der ein Leben in günstigeren Bahnen gelaufen war. Hatte jemandem zum Durchbruch verholfen. Unterdessen hatte Haas sich in Berlin eingefühlt, eingedacht, die

wirrmachende, deprimierende Wirkung einer Eisenbahnfahrt war abgeklungen, er redete und argumentierte nicht anders als daheim in den vertrauten Wänden. Also auf ein unbekanntes Pferd setzen, den Arbeiten des Historikers und Populärwissenschaftlers – im guten Sinne! warf Kopp ein – Hans-Georg Haas eine Variante hinzufügen: ins kalte Wasser springen, sich das Kopfschütteln der Zunftkollegen zuziehen, womöglich das eigene bisherige Bild zittrig machen – er schrieb ein Buch, das nicht nur fünfhundert brave Insider lasen, sondern vielleicht, wenn es so viel Papier dafür gab, fünfzigtausend Begeisterte.

Der lange Tisch an der Seitenfront wurde von zehn asiatisch aussehenden Herren besetzt. Am Fenster saßen zwei westdeutsche Journalisten, die jeder aus dem Fernsehen kannte. So was beobachtete man in Leipzig nur zur Messe – Hauptstadt der DDR, dachte Haas ohne Ironie, diese Leipziger Straße und solch ein Restaurant waren Stil geworden. Er entsann sich, daß sie hier einmal gerätselt hatten, ob Gespräche abgehört würden – aber wollte man denn jeden Quatsch, der über Fremdgehen und Saufen geredet wurde, speichern? Da hatte jemand vermutet, die Mikrophone sprängen auf Reizwörter an, auf Honecker oder Staatssicherheit, auf Zwangsumtausch oder Fluchtfahrzeug. Spinnerei, hatte einer gesagt, der andere: Ihr habt ja keine Ahnung, was die Japaner alles bauen.

»Hab mir gestern noch einmal dein Exposé angeguckt«, sagte Kopp. »Du willst das Versanden der Revolution zeigen, wie nach einem Aufbruch alles auf der Stelle bleibt und sich gewisse Leute an Positionen klammern. Überalterung einer Führungsmannschaft nach dem Sieg. Genau das wird vom Westen der

Sowjetunion angekreidet, und uns auch. Ich meine: daß da niemand Parallelen zieht.«

»Da sind alte Männer, dort sind welche, hier – ich kann doch nicht schreiben, in Algerien sei alles ganz anders, bloß weil . . .«

»Sollst ja auch nicht, Hans. Vielleicht diesen Aspekt weniger herausstellen. Es gibt in solchem Fall immer Leute, die hämisch grinsen, bei uns oder drüben. Auf die Proportionen achten, mehr nicht.«

Also was noch? Kopp mußte in seinen Verlag zurück – ging Haas noch auf ein Stündchen mit? Sie wußten beide, wie ungemütlich es dort war, drei Redakteure in einem Zimmer, Besprechungen wurden manchmal auf dem Korridor geführt. Ein Provisorium, das nun schon zehn Jahre anhielt. Also sollten sie besser hier abschließen, und so legten sie noch einmal die nächsten Schritte fest: Kopp kümmerte sich um Material, Haas versuchte sich einzuschreiben, womöglich gelang das in der Abgeschiedenheit von Gransow am besten. Während Kopp sich wiederholte, überlegte Haas, sich selber darüber wundernd, was sein Lektor wohl studiert hatte. Er hatte es gewußt, aber seit Jahren nicht mehr daran gedacht. Niemals hatte Kopp irgendeine Weisheit verbreitet, die auf einem speziellen Bildungsgang fußte. Dennoch war es etwas Besonderes gewesen, das es vielleicht gar nicht mehr gab. Womöglich hatte er eine politische Wissenschaft betrieben, die man vor Jahren unsagbar wichtig gefunden hatte, die Geschichte der revolutionären Schriften zur Zeit des Kapp-Putsches oder die der proletarischen Bewaffnungen in Suhl und Umgebung. Vielleicht war er an einer Fakultät gewesen, die ein Diplom ausgestellt hatte, das längst nicht mehr galt, eine Schmalspurdisziplin in Greifswald oder Gotha. Haas

wußte, daß er bloß zu fragen brauchte, und nach ein paar Sätzen würde er es wissen. Aber wozu – ja, sagte er matt, er würde sich alles durch den Kopf gehen lassen, was Kopp eben geraten hatte, und bestimmt sei etwas Wahres dran. Ob er wohl in zehn Jahren noch einmal an Kopp denken würde, wenn der in dieser Minute aufhörte, sein Lektor zu sein? Ja, sagte er abermals, er wolle alle Ratschläge in seine Überlegungen einbauen, durchaus. Zuletzt meinte Haas noch, daß es Kopp womöglich sogar peinlich sein würde, wenn man ihn nach seinem sicherlich abstrusen Studium fragte – oder war's Pädagogik, und Kopp hatte vor dem Examen abgebrochen?
»Und grüß deine Frau«, sagte Kopp. Haas wagte nicht, um einen Gruß an eine mögliche Dame des Koppschen Herzens zu bitten.
Dann stand er auf der Straße und wußte nicht wohin. Breitbahnig führte sie nach Westen und stieß sich an einer Brandmauer stumpf, knickte ins bescheidene Maß ab, danach kam fast nichts mehr, immerhin das Haus der Ministerien, dann die Mauer, die gegen den ehemaligen Potsdamer Platz abriegelte: Dort hörte alles Leben auf. Die Mauer auch im Süden gegen Kreuzberg und das Springer-Haus hin, Verkehrslärm überall. Unwirtlich war diese Straße, ungenügend der Versuch, durch Busch und Bank und Plastik zum Verweilen zu bitten. Fort jetzt, vielleicht in diese Kneipe im Verlagsviertel, wo sich Redakteure zum Bier trafen; wenn er Glück hatte, geriet er in eine fröhliche Runde. Aber dort hatte er sich schon manches Mal festgetrunken, und der Weg hinaus ins Loch-Viertel war weit. Oder in den Verband – wahrscheinlich traf er niemanden mehr an, vielleicht doch, und nachfragen konnte nicht schaden. Um zu einem Entschluß zu

kommen, rief er sich ins Bewußtsein, daß Kläre ihn oft genug gemahnt hatte, den Leuten im Verband nicht auf die Nerven zu fallen, aber doch beharrlich klarzumachen, daß es für ihn um keine Kleinigkeit ging und jeder, der damit befaßt war, beim Mißlingen mit der Frage rechnen mußte, was er getan und versäumt hatte. Er war bereit zuzugestehen, daß Kläre bei den Dutzenden Kontakten jeden Tag, denen bei ihm manchmal kaum zwei in einer Woche gegenüberstanden, natürlich die größeren Erfahrungen besaß.

Also auf zum Verband – er ging an der Seite des Platzes der Akademie entlang, Baustelle seit Jahren.

»Ach, der Kollege Haas«, rief eine freundliche Mitarbeiterin schon im Flur, sie war noch nicht lange hier, ihren Namen hatte er sich nicht gemerkt. »Wieder mal bei uns? Tja, und nun ist fast niemand mehr da.« Sie breitete die Hände aus, als täte es ihr leid, und schaute ihn, denn jetzt stand sie dicht vor ihm und war anderthalben Kopf kleiner, von unten her an, und er kam auf die Idee, daß diese freundliche Nähe vielleicht ihren Grund darin hatte, daß sie kurzsichtig war. »Und Sie waren nicht angemeldet?«

»Komm ruhig rein.« Leise klang die Stimme des Genossen Schreiber dicht hinter ihm und freundlich wie stets. »Gehn wir zu mir«, Schreiber öffnete die Tür zu seinem Zimmer.

Gleichzeitig zogen sie Zigaretten aus den Taschen und ließen eine Geste folgen, die bedeuten sollte, es sei wohl sinnlos, sich gegenseitig anzubieten, jeder bleibe lieber bei seiner Sorte. »Ich kann mir denken, was du willst«, sagte Schreiber. »Wir kommen drauf. Geht's dir gut?«

Das klang nicht bloß hingefragt, und so schilderte Haas wahrheitsgemäß, wie ihm zumute war. Sogar die Tochter erwähnte er, die nun das Haus verlassen würde – Schreiber war oft bei ihm gewesen und kannte Marion, man konnte fast sagen: von klein auf. Ein Fuchs in der Verbandsleitung, wie Haas wieder einmal dachte, der keine Ausflüchte machte, wenn er nicht weiterwußte, wenigstens nicht ihm gegenüber. Bei anderen schon.

»War auf einem Lehrgang«, sagte Schreiber. »Fast sechs Wochen.«

»Um Gottes willen.«

»Sag das nicht.« Und Haas hörte einen Satz, der seit zwanzig Jahren nicht mehr zu ihm gesagt worden war: »Ich geh nämlich gern auf Lehrgänge.« Schreiber mußte wohl selbst fühlen, daß diese Offenbarung eines Zusatzes bedurfte. »Man kann sich gründlich um eine Sache kümmern. Lesen. Und nachmittags Volleyball.« Ein Lehrgang der Parteihochschule im Märkischen Sand, zwischen Heide und Birken. Jeweils von Montag mittag bis Freitag mittag – die Zeit mönchischer Internierung sei gottlob vorbei. Ausgezeichnete Dozenten, wirklich. Auch aus dem Außenministerium. »Da wurden Fenster aufgestoßen.« Und fabelhafte Küche. »Ich hab ein paarmal an dich gedacht«, sagte Schreiber, und Haas fand, daß es gut war, nicht dazwischenzufragen; Schreiber würde schon wissen, wie er an die Sache herankam, an die er offensichtlich heranwollte. Haas fand, Schreiber sei dicker geworden, seit sie sich zum letzten Mal gesehen hatten, doch seine Fülle wirkte verwunderlich freundlich bei glatter Haut und lebhaften runden Bewegungen, geradezu pausbäckig war Schreiber, hoch die Stirn, nach hinten gestrichen die fahlen Haare, flink die Augen hinter einer eckigen Brille, vorspringend der Bauch, und einmal hatte Schreiber gar zu

Marions Gaudi Weste und Uhrkette darüber getragen. Haas hätte jetzt gern von Schreiber aufs eigene Spiegelbild geblickt und herauszufinden versucht, wer jünger wirkte, dabei war er selber vier Jahre älter, oder fünf. Kläre hatte Schreiber immer charmant gefunden: Ein gut duftendes Gummibällchen. Da kam es: »Hans, mit dem Geld, das du beantragt hast, bin ich nicht weitergekommen. Du, das wird nichts.«
Haas wollte etwas einwerfen, aber Schreiber hob die Hand. »Natürlich braucht ihr Devisen. Müßt ja an Land, manchmal liegt das Schiff ein paar Tage, und ihr könnt einen Abstecher machen. Hans, ich krieg für euch weder 'ne Westmark noch hundert Franken oder tausend Dollar – ich seh nix, hab nix. Wann willst du denn fahren?«
»Der Termin ...« Haas breitete die Hände aus.
»Ja, wenn man besser Bescheid wüßte, was unsere Handelsleute in Algerien treiben, über die Botschaft ist es jedenfalls zwecklos. War doch Algerien?«
»Ja.« Das klang rauh vor Überraschung. Wenn nicht mal das dem werten Genossen klar ...
»Und warum willst du nicht nach Griechenland?«
Haas mußte lachen. Tja, warum wollte er nicht nach Griechenland, er wollte schließlich auch nach Bolivien, Peru, Thailand, Korea, Stockholm, Barcelona, Venedig, er wußte ein Dutzend Länder und hundert Städte, die er liebend gern, verzweifelt gern gesehen hätte.
»Wir haben auf dem Lehrgang einen Tag lang über Griechenland debattiert.« Schreiber hielt einen gedrängten Vortrag über die Lage dieses Landes in der EG und der NATO, über die Eigenwilligkeit, die Sprengkraft in sich barg. In der Wirtschafts- und Verteidigungspolitik des Westens hatte sich Griechenland manche Extratour gestattet und hatte augenscheinlich

vor, das weiterhin zu tun. Die alte Rivalität mit der Türkei... Haas vernahm nichts, das er nicht schon wußte. »Ein subtiles Feld für unsere Außenpolitik«, sagte Schreiber schließlich. »Wir sind dabei, da unten ein Pressebüro einzurichten. Merkst du was?«
»Noch nicht allzuviel.«
»Wenn solche Dinge neu sind, kann man am leichtesten etwas einfädeln. Natürlich will unsere Presse ihre Leute reinboxen, die sind geil auf jede Stelle. Aber wenn wir von der richtigen Seite aus rangehen, also von ganz oben. Also, wenn ich sagen könnte, du wolltest einen Roman über Griechenland schreiben?«
Nun mußte Haas abermals lachen. Sofort sackte alle Heiterkeit zusammen und machte dem bitteren Gefühl Platz, daß er nun eigentlich einen Vortrag über das Innenleben eines Schriftstellers halten müßte, daß es Antriebe gäbe, dunkle Wünsche, daß man Literatur nicht schreiben könne, wenn man sie von äußerlichen, banal materiellen Möglichkeiten abhängig mache. Goethe sei nicht nach Italien – da merkte er, auf welch schlichtem Gedankenweg er trottete.
»Dort unten war doch immer was los«, warb Schreiber. »Die Sache mit den Putschisten. Theodorakis.« Er ließ eine Pause folgen, und Haas vermutete, daß Schreiber überlege, daß es mit diesem Komponisten nicht gerade bilderbuchmäßig zugegangen sei: Die Kinder der DDR hatten Blümchen gemalt und tonnenweise Bildchen nach Athen geschickt, und als Theodorakis »freigekämpft« worden war, letztlich doch wohl durch einen bürgerlichen Franzosen, war er nicht nach Moskau, sondern nach Paris gegangen.
»Oder der Mann, der die Hakenkreuzfahne von der Akropolis geholt hat.« Wie er hieß, wußten sie beide nicht mehr, dann suchten sie nach den Namen der

Obristen, die jetzt interniert waren, und Schreiber fuhr fort, natürlich erwarte er nicht, daß Hans-Georg mit fliegenden Fahnen auf dieses Projekt einschwenke, aber Gedanken könne er sich doch mal machen, oder?

»Und konkret«, fragte Haas, »ich als Korrespondent da unten oder wie?«

»Wohnst in Athen ein Vierteljahr, lieferst hin und wieder einen Bericht; ob sie ihn hier drucken, kann dir egal sein. Nimmst das Land in dich auf, die Atmosphäre, sammelst Material – na?«

»Und Kläre?«

Schreiber blickte ihn an, wartend.

»Kläre wollte ja die Schiffsreise mitmachen.«

»Und sie hätte so lange freibekommen?«

»Daran drehen wir noch. Du, Kläre hat sich innerlich drauf eingerichtet. Die Reise ist ganz und gar wichtig für sie, jetzt.« In ihrem Alter, hätte er hinzufügen mögen.

»Mußt du entscheiden.«

»Was?«

»Wenn Kläre mit nach Athen soll, würde es natürlich *sehr* kompliziert.« Schreiber wurde eine Spur lebhafter, beteuerte, daß er diese Idee nur mal *anschneiden* wolle, ein Fenster einen Spalt öffnen – er wolle nichts oktroyieren, und jemandem, den er so lange kannte, schon gar nicht. Manche Kollegen übrigens hätten seit uralten Zeiten, da sie mal Journalisten gewesen waren, eine Doppelmitgliedschaft, das zahle sich in solch einem Fall aus. Nein, Journalist war Haas nie gewesen. Es war schon so, jeder wachte argwöhnisch, daß kein Fremder aus der eigenen Schüssel löffelte.

»Und ich kann ja auch nicht griechisch«, sagte Haas.

»Englisch?«

»Einigermaßen.«
»Das könntest du aufpäppeln. Vier Wochen Intensivlehrgang ...«
»Ich geh aber nicht gern auf Lehrgänge.«
Da lachten sie beide. Eine Mitarbeiterin steckte den Kopf herein und gab den Schlüssel zu ihrem Zimmer ab – da sei nun niemand mehr. »Halt ich dich auf?« fragte Haas und hörte, Schreiber liebe es, wenn es im Haus ruhig werde, noch ein wenig zu bleiben, Gespräche wie dieses zu führen. Im Trubel des Tages komme er nie dazu, einen Gedanken auszuspinnen. Was denn das für ein Lehrgang gewesen sei, auf dem sich Schreiber so wohl gefühlt habe, fragte Haas und hörte, eine Reihe von Themenkreisen sei auf den Kulturpolitiker zugeschnitten worden, Außenpolitik, die Methoden des Goethe-Instituts der Bundesregierung in afrikanischen Staaten, und am meisten habe ihn der Briefwechsel zwischen Gorki und Lenin beeindruckt. Haas entsann sich dunkel, in den fünfziger Jahren hatten diese Briefe bei der Frage, welches Verhältnis der Schriftsteller zur Partei haben sollte, ihre Rolle gespielt, seither hatte er nie mehr gehört, daß sich jemand mit ihnen abgab. »Ist noch gar nicht genug ausgeschöpft«, sagte Schreiber. Also, man werde die Griechenland-Idee erwägen, Algerien sei damit nicht aufgehoben, beide würden, so sagte man wohl heute, aufeinanderzukommen. Also dann: Laß es dir gutgehen, mein Lieber. Und Gruß an Weib und Kind.

3

Menschen auf allen Wegen, Klappen von Autotüren, Männer mit Netzen, Taschen, Mütter mit Kindern, Zehnköpfehydra vor einer Telefonzelle, Gewirr vor der Kaufhalle, Gequirl von zwei, drei Stunden wie jeden Abend, dann würde es auströpfeln. Licht in vielen Fenstern. Haas entsann sich, in den Trabantenstädten von Moskau und Charkow auf Hausscheiben gestarrt zu haben, in denen in den frühen Abendstunden von fünfhundert Fenstern nur zwanzig nicht beleuchtet waren, das hieß, alles war bewohnt, belebt, jede Wohnung war vollgepfercht. Nicht ganz so im Loch-Viertel, Haas versuchte zu schätzen: Diese Senkrechtreihe bestand aus Küchen, von zwanzig nur drei dunkel. Diese Reihe Wohnzimmer, gardinenverhangen die meisten, nur vier ohne Licht. Diese Reihe vermutlich Schlafzimmer, Licht hinter neun. Die DDR, hatte ihm ein spanischer Gast gesagt, sei das gardinenfreudigste Land der Welt, und hatte ein Wort geradezu zelebriert: Wolkenstores, und Haas entsann sich, wie Frauen, wenn sie die Gardinenfronten bei Freunden musterten, gerühmt hatten: Da hängen glatt für tausend Mark!

Schulze öffnete. Da bist du ja, war zu hören, und: Prima, daß du da bist; zieh die Schuhe aus, und: Weißt ja, wo du pennst. »Sonja ist noch nicht da«, der erste Satz von einiger Aussage, sie stecke in der Kaufhalle oder irgendwo. In Haas sackte von einer Minute zur anderen ein Großteil der Anspannung ab – er war bei seinem uralten Freund zu Hause. Er stellte seine Tasche hinter die erste Tür links, wusch sich die Hände und trocknete sie mit dem ersten Handtuch rechts ab. Als er wieder ins Zimmer kam, hatte Schulze Bier vom

Balkon geholt, sie hoben die Gläser und tranken einander die ersten Schlucke zu, und Schulze fragte: »Alles gutgegangen?« So gut wie, oder fast? Schulze kannte das Projekt des Algerienbuchs und hörte mit wachsendem Staunen, daß es auf Griechenland umgepolt werden sollte. Als Haas geendet hatte, warf sich Schulze im Sessel zurück und lachte gegen die Decke. Das fand Haas wenig freundschaftlich, da feixte einer auf seine Kosten. »Entschuldige«, sagte Schulze schon, »aber wenn's nicht dich beträfe, wenn du hörtest, daß es einem anderen – nein, auch so krieg ich die Kurve nicht. Und was jetzt?«
Ruhe, die fast Lähmung war, überkam Haas, als er fortfuhr, daß er absolut nichts machen könne. Mußte abwarten, mußte sich nach beiden – oder vier oder sechs? – Seiten offenhalten. Durfte Algerien nicht aus dem Kopf bannen und mußte Griechenland sachte hinnehmen. Wurstigkeit sollte anklingen, als er schloß, beide Länder lägen schließlich am Mittelmeer. Und wenn das alles nichts wurde, blieb immer noch offen, ob er für einen Kunstverlag in Dresden das große Buch über Meißner Porzellan schrieb. An die hundertfünfzig Seiten Text über die Entwickung von Anbeginn bis heute, die Manufaktur und ihr Archiv würden ihm offenstehen, ein kostbarer Band mit kunstvollen Fotos sollte geschaffen werden, Exportartikel von Rang. Noch waren nicht alle Würfel gefallen, aber wenn es etwas würde mit diesem Band, war er der erste Anwärter. Kläre hatte ihn schon beauftragt, dann gefälligst für Nachschub von Zwiebelmuster für die heimische Vitrine zu sorgen, denn den Schriftsteller, der da über Meißner schrieb, könne man ja nicht völlig vom Erwerb der von ihm gerühmten Schätze ausschließen. Zweite oder dritte Wahl freilich, dieweil

die Spitzenqualität zum Devisenbringen ausersehen sei. Da bliebe er im Lande Sachsen und nährte sich redlich – warum in die Ferne schweifen, wo das gute Schwerter-Porzellan so nahe lag?

»Du, Kühns kommen noch. Und Krolli.«

Kühn war langweilig, nun ja, Krollhoff zu sehen und zu hören freute Haas immer. Den kannten sie nun auch schon seit Ewigkeiten. Mit ihm konnte es spät werden. Da sagte Schulze, als hätte er diese Gedanken geahnt: »Letztes Mal ging Krolli gegen vier. Na, mitten in der Woche können wir uns das ja alle nicht mehr leisten.«

Was machte Kläre? Und Marion? Und der Genosse Soldat? Bei Schulze stand es mit seinen Bandscheiben nicht zum besten, die leidige Geschichte. Vielleicht mußte man zwei aufeinandernageln, das half nun alles nichts. Zehn Jahre auf dem Bau rächten sich mit Verspätung. Herbert Kloßner – nie gehört. Haas sagte: »Ich ruf ihn dann mal an.«

Sonja Schulze hatte eine Handtasche kaufen wollen, aber nichts Rechtes gefunden. Eine halbe Stunde nach ihrem Kommen saßen sie in der Küche bei Wurst und Brot, aßen Fleischsalat gleich aus dem Becher, hier wurde kein Aufwand getrieben. Das Gegenteil von Zwiebelmuster. Aber herzlich. Sonja Schulze saß Haas gegenüber, manchmal schauten sie auf und lächelten sich an. Sie hatten sich einmal geküßt draußen in Gransow beim Spazierengehen, ohne Vorbereitung und Vorankündigung, als er ihr über einen Graben geholfen hatte. Sie waren beide überrascht gewesen von der Plötzlichkeit und noch mehr von dem Gefühl von Wärme füreinander. Das war drei Jahre her und hatte sich nicht wiederholt, Haas hatte manchmal daran gedacht und mit niemandem darüber gespro-

chen. Sonja hatte den Arm um seinen Rücken gelegt und ihn an sich gedrückt, vertrauensvoll, das war das Wort dafür. Jetzt schaute er auf ihr kurzgeschnittenes graues Haar, das sie nie gefärbt hatte, auch nicht, als sie dreißig gewesen war. Jetzt war sie über die Vierzig hinweg, und es wäre gelogen gewesen, zu sagen, daß sie jünger wirkte. Der Reiz, der für Haas von ihr ausging, war, daß bei ihr so vieles offensichtlich war, auch ihr Alter und ihr Verhältnis dazu. Sie fragte: »Schmeckt's?« Er nickte, kaute zu Ende, schluckte hinunter. »Bei dir schmeckt's immer, Sonja.«
Dann lärmte Krollhoff in Korridor und Küche, hatte zwei Flaschen Rotwein dabei, algerischen!, und löffelte den Rest Fleischsalat auf, wobei er mit vollem Mund verkündete, er sei auf einem Diättrip. Haas argwöhnte, daß Krolli, bevor er auftrat, erst eine halbe Stunde im Auto verharrte, Kräfte sammelte, durchatmete, um dann als der Hansdampf zu erscheinen, auf dessen Ruf er wohl immer noch nicht verzichten wollte, Krolli, der lauteste von allen. Er tischte eine Skandalgeschichte auf mit dem Nachteil, daß niemand der Anwesenden die Leute kannte, von denen die Rede war, aber die Pointe war nicht schlecht. Im Wohnzimmer dann, im Sessel, schlaffte er ab, das Licht, das schräg von oben auf ihn fiel, ließ die Tränensäcke bauchig erscheinen, als ob sie bis zu seinem grämlichen Schnauzbart hinabhingen. Die traurigen Augen eines traurigen alten Hundes, der hinten und vorn nicht mehr hoch konnte, hatte Kläre Haas geurteilt. Haas hatte das gemein gefunden, jetzt mußte er zugestehen, daß es leider stimmte. Daß du deinen Kumpel verteidigst, hatte Kläre hinzugefügt, gehört zur Solidarität alternder Männer; auch damit hatte sie wohl recht gehabt.

Herbert Kloßner? Krollhoff entsann sich nicht. Jetzt kurz vor acht war sicherlich die beste Zeit anzurufen. »Jürgen Kloßner«, hörte Haas, nannte seinen Namen und fragte nach Herbert Kloßner. »Mein Vater ist nicht da«, nun klang die Stimme wie von einem Sechzehnjährigen. »Soll ich etwas ausrichten?« Da sagte Haas, er habe eine Karte bekommen und sei jetzt in Berlin. »Meine Mutter wird vielleicht in einer Stunde zurück sein. Kann sie Sie dann erreichen?« Haas nannte die Nummer von Schulze.

Haas erzählte noch einmal, jetzt verknappt, was er im Verband erlebt hatte. Krollhoff, der Kinder- und Jugendbuchautor, steuerte bei, wie er letztens dreimal in West-Berlin gewesen war, zweimal für einen, einmal für drei Tage: Er hatte angegeben, im Schloß Charlottenburg einen Katalog einsehen zu müssen, für ein zu schreibendes Projekt wäre er dem Architekten Knobelsdorf auf der Spur, in Wirklichkeit hatte er seiner Schwiegermutter beim Umzug geholfen. Und dabei ein Kaffeeservice abgestaubt, Hutschenreuther. Und schließlich einen kleinen Bosch-Tiefkühlschrank im Kofferraum zurückgebracht. Anstandslos, betonte er, *anstandslos* hatten die Grenzer ihn damit durchgelassen. Kein Mensch, er formulierte: keine Sau hätte ihm, wäre er mit der Wahrheit herausgerückt, die Genehmigung für West-Berlin gegeben, umziehende Schwiegermütter waren in den Vorschriften nicht vorgesehen, aber ein Museumsbesuch, vor allem, wenn er keine Devisen kostete, diente einer besseren DDR-Literatur. Ob man denn vom Verband immer noch fünfzig Westpfennige pro Tag bekäme wie früher, fragte Schulze, und Krollhoff nickte grimmig.

Haas saß still dabei und beobachtete, wie in ihm der Neid wuchs, dieser fressende, böse Neid auf jemanden, der das größte Privileg genoß, das dieser Staat zu vergeben hatte, eine Westreise. Schulze war Architekt – ohne Chance. Sonja war Sachbearbeiterin bei der Wohnungsverwaltung – ausgeschlossen. Kläre Haas – so gut wie unmöglich, es sei denn, sie wäre einer Handelstruppe als Alibi-Frau beigesellt worden. Krollhoff hatte das Glück gehabt, daß zwei seiner Jugendbücher drüben in Lizenz erschienen waren, dadurch hatte er ein wenig Westgeld verdient und somit eine Reise zu einem Hamburger Verlag finanzieren können, und wer einmal Reisekader war, schlüpfte dann auch kurz nach West-Berlin. Er selber... Diesmal wird's, suggerierte er sich, Algerien oder Griechenland ist schnurz, und wenn sie mich nach Island schicken, dann eben Island.

Gransow – er brauchte Dachpappe. Ob sie wiederholen sollten, was vor zwei Jahren großartig gewesen war: Sie hatten zu Silvester draußen um Mittag herum den Grill geheizt und die Flaschen kreisen lassen, hatten stundenlang im Schnee gestanden oder waren herumgestapft, hatten geredet und getrunken und gegessen, und über den Wodkaverbrauch staunten sie noch heute. Keiner war richtig besoffen gewesen, keine schlimmen Folgen hinterher. Mit der letzten Bahn waren sie zurückgefahren und hatten sich in ihre Wohnungen zerstreut; dort waren einige, ohne die Mitternachtsstunde abzuwarten, in die Betten gefallen, aber am nächsten Morgen waren sie mit überraschend klaren Köpfen wieder an Deck gewesen. Sollte man auf eine Wiederholung zusteuern?

Kühns riefen an, sie kämen nun doch nicht mehr, es wäre mit allem zu spät geworden. Auch gut. Noch einmal klingelte das Telefon, Schulze sagte ja, Herr Haas sei hier, und streckte den Hörer aus.

»Sigrid Kloßner«, hörte Haas und: »Mein Mann mußte leider wieder in die Klinik, gestern schon, ich hoffte, er käme zurück, aber sie haben ihn dortbehalten.«
»Was fehlt ihm denn?«
»Diese Herzgeschichte. Es geht ihm ja schon lange schlecht. Sie haben wohl nichts davon gehört?«
»Nein. Gar nichts, leider.« Haas hoffte, durch eine Bemerkung auf eine Spur zu kommen. »In welcher Klinik liegt er? Ich meine, vielleicht, daß ich morgen . . .«
»Im Friedrichshain. Nein, das wird wenig Zweck haben. Morgen geht es bestimmt nicht; außerhalb der Besuchszeit lassen sie auch mich nicht rein.«
»Und er war dort schon mal?«
»Einmal länger als zwei Monate.«
»Schade«, sagte Haas. »Ich meine, daß ich ihn nicht besuchen kann. So oft komme ich auch nicht nach Berlin. Und wissen Sie, warum er mich sprechen will?«
»Wegen der alten Geschichte.«
»Jaaa.« Kein Groschen würde fallen. »Und was für eine alte Geschichte?«
»Diese eine. Diese Artikel, die Sie damals geschrieben haben.«
Vielleicht kam er mit einer Schwindelei weiter: »Ich finde die Artikel nicht, vielleicht sogar: Ich hab die Artikel nicht mehr. Ob Ihr Mann sie mir schicken kann?«
»Sie haben sie nicht mehr?« Das klang ungläubig. »Herbert hat nur ein Exemplar.«
Haas wollte fragen, wie lang die Artikel seien, ob sie abgeschrieben werden könnten, aber dann hoffte er, er werde nun selbst weiterfinden; um Artikel also handelte es sich, in denen Kloßner vermutlich vor-

kam. »Wir machen es am besten so, Sie sagen Ihrem Mann, daß ich angerufen habe, und vielleicht schreibt er mir doch noch einmal ein paar Zeilen. Und gute Besserung natürlich.«

»Danke.« Unvermittelt, wie Haas fand, legte sie auf.

Haas berichtete. Artikel – tja, im Laufe seiner Arbeit hatte er ein paar hundert Artikel geschrieben.

»Vielleicht hast du ihn einmal in die Pfanne gehauen«, vermutete Krollhoff. »Warst 'n scharfer Hund.«

»Oder hast ihn über den grünen Klee gelobt«, rief Sonja Schulze, »er schreibt ein epochales Werk und rühmt dich darin als Wegbereiter und Wohltäter.«

»Auf dem Krankenbett bereut er, dir einmal Knüppel zwischen die Beine geschmissen zu haben.« Schulze erging sich in Vermutungen: Kloßner sei ein Dunkelmann aus einer ministeriellen Reisestelle, der zeit seines Lebens alle Anträge des Schriftstellers und Historikers Dr. Haas mit spitzen Fingern in den Papierkorb befördert habe. Jetzt, auf dem Totenbett, schlüge ihm das Gewissen.

Das nächste Silvester in Gransow, die Übersiedlung von Marion Haas nach Berlin, die Bandscheiben des Günter Schulze – schließlich erinnerten sie sich voller Fröhlichkeit, wie sie vor Jahr und Tag in einer langen Nacht die berühmten drei Kommentarsätze gefunden hatten, die auf alles und jedes paßten. Wenn etwas gelang: »Und fertig ist die Laube.« Wenn etwas in der Schwebe blieb: »Man kann nicht alles haben.« Wenn etwas schiefging: »Strafe muß sein.« Bis dahin hatte Haas, schweren Kopf am nächsten Tag fürchtend, die Flaschen gezählt, er wußte, daß er sich vier Halbliterflaschen leisten konnte. War das nun die vierte oder fünfte, die er eben öffnete – einmal, berichtete er vergnügt, war er zu jener Zeit in eine Schule zu einer

Lesung geladen worden, ein Mann hatte sich als Stellvertreter des Direktors vorgestellt. Darauf Haas: »Strafe muß sein.« Wie der geglotzt hatte! Ein klassischer Fall, kommentierte Schulze, hier hätte natürlich auch gepaßt: »Man kann nicht alles haben.« Sogar die dritte Variante? Nein, die wohl doch nicht.

Gegen zehn verabschiedete sich Sonja Schulze. Er verschwinde dann auch gleich, versicherte Krollhoff. Gegen zwölf blickte Haas zum letzten Mal auf die Uhr, sie trugen gemeinsam leere Flaschen auf den Balkon und stellten fest: Für jeden blieb noch eine volle, da hatten sie doch den Kasten geschafft. Die gegenüberliegende Hausfront war schwarz bis auf drei Fenster, gerade wurde hinter einem das Licht eingeschaltet, da ging wohl jemand aufs Klo. »Die Mitternacht, sie nahet schon«, deklamierte Krollhoff, »in dunkler Nacht liegt Babylon.« Erinnerungen kamen herauf, lange vor der Mauer war Haas von Leipzig kommend am Anhalter Bahnhof ausgestiegen und ein Stück durch einen Westsektor gegangen. Hier verlassen Sie den amerikanischen Sektor. Menschenfalle! Ost, West, Gold, Silber, hatten Gestalten in wadenlangen Mänteln gemurmelt. Als wir zum Olympiastadion gefahren sind, TeBe mit Schmutzler und Kollmannsberger, du warst doch dabei, Krolli! Und Bubi Scholz in der Waldbühne. Dort drüben also lag West-Berlin, zu dieser Nachtstunde nicht mehr von einem Lichtdom überwölbt, dort sparten sie wohl auch inzwischen. Zweiundzwanzig Jahre stand die Mauer und würde halten bis in alle Ewigkeit, zumindest, solange sie lebten. Gleisdreieck – ob es das überhaupt noch gab? Ein Schriftsteller aus Pankow hatte eine Geschichte geschrieben: »Gibt es denn Gesundbrunnen noch?« Krolli war dortgewesen, angeblich. Sie prosteten sich mit ihren Bierflaschen zu, und Haas mußte der Versuchung widerstehen, seine Flasche, als sie leer war, in die Nacht hinauszuwerfen, vielleicht bis West-Berlin hinüber, über allen Mauern war Ruh. Mit dem Wind wäre die Flasche gesegelt und in den Wannsee geplumpst oder auf die Banke bei der Krummen Lanke. Und was ist das da? Er zeigte hinauf und hinüber und herum und freute sich, als er verkünden konnte, dies alles sei Berliner Luftluftluft.

Von dem, was dann noch geschah, wußte er am nächsten Morgen nichts mehr. Beim Frühstück versicherte Schulze, nichts Wesentliches sei passiert. Sonja Schulze war in Eile. Krolli hatte auch einen in der Krone gehabt, oder? Und wenn dir noch etwas über Kloßner einfallen sollte... Haas hoffte, die Kopfschmerzen würden sich gegen Mittag verlieren. »Übrigens, wenn ich das Buch über Meißner Porzellan schreiben sollte, stelle ich den Antrag, nach West-Berlin zu fahren. Im Charlottenburger Schloß stehen ein paar Vasen von Kändler.«

»Mach das.« Schulze war in Gedanken schon auf seiner Baustelle.

Ein Testament

1

Natürlich, vernahm Kläre Haas, sei die Versorgung des neuen Schwerpunkts zuallererst ein politisches Problem. Dies müsse in die Hirne hinein, damit sämtliche Beteiligten von der Bezirksebene bis in die Kioske . . .
Ohne gewichtige Präambel war solch eine Beratung nicht möglich. Es kam auf den Geschmack, vor allem auf das Niveau des Referenten an, wie ausführlich sie war – ihre Länge stand im umgekehrten Verhältnis zu dessen Klugheit. Der Mann heute gehörte in die mindere Kategorie.
Kläre Haas versuchte abzuschätzen, ob sie noch vor der Pause mit dem Problem befaßt werden würde – wohl nicht. Es genügte, wenn sie sich den Zahlenrahmen notierte und ein Angebot zur Mithilfe abschätzte, denn ungerupft kam sie keinesfalls davon. Von der Imbißbelegschaft ließ sie sich niemanden abzwacken, dort lag sowieso der Hase im Pfeffer. Wie wäre es, wenn sie zur Offensive überginge mit einer eingespielten Brigade aus der Schuhabteilung, zöge, wenn die angenommen würde, dort den lange geplanten Umbau vor? Aber dann brach es aus unerwarteter Richtung über sie herein: Einen Lastwagen samt Kraftstoffkontingent sollte sie abgeben. »Liebe Genossen«, antwortete sie, »ich habe heute mit manchem gerechnet, mir war klar, daß ich Federn lassen müßte.

Aber jetzt bin ich *sprachlos*!« Das war sie im Wortsinn natürlich nicht, schilderte vielmehr, wie der Abbau des kaufhauseigenen Fuhrparks auf die Hälfte und die Übertragung eines Teils der Aufgaben auf andere Transportträger – so der Fachausdruck – zu Durcheinander geführt hatte, daß ihr Haus, so blamabel das auch sei, jeden Kunden sehnlichst bitten müßte, selbst für den Abtransport von Küchengroßgeräten zu sorgen, sonst drohten Lieferfristen bis zu drei Wochen. »Genossen, ich bitte inständig«, diesem Wort lauschte sie nach, es gehörte so gar nicht zum Wortschatz eines Leiters im Binnenhandel der DDR, dann wiederholte und betonte sie es: »*inständig*, meine Argumente ernst zu nehmen.« Im notwendigen Bestreben, den Transport auf die Schiene zu verlagern, habe ihr Haus seinen Beitrag geleistet, im vorletzten Jahr den Dieselverbrauch um dreizehn, im letzten um neun Prozent gesenkt. »Da fällt mir, Genossen, ein Witz ein, der meine Situation kennzeichnet. Anfrage an Radio Jerewan: Kann man die Milchproduktion um zehn Prozent steigern? Antwort: Man kann. Erneute Anfrage: Kann man sie auch um dreißig Prozent steigern? Erneute Antwort: Im Prinzip ja. Nur, sie schmeckt dann schon etwas wäßrig.« Maßvolles Lachen.

Dieser Diskussionsbeitrag war der letzte vor der Pause, Kläre Haas hoffte, er würde nachwirken. Sie stand sofort auf und war als erste am Telefon im Korridor. Sie schwankte, ob sie Herlett, ihren zweiten Mann, von dem eben erfolgten Anschlag unterrichten sollte, aber andere würden mithören, und über ungelegte Eier sollte man nicht gackern. So rief sie ins Nachbarhaus, zur Bezirksleitung der Einheitspartei, und hatte den Abteilungsleiter für Kultur am Apparat. »Grüß dich, Heinrich«; sie stecke eben in einer Debatte beim Rat, spätestens dreizehn Uhr sollte Schluß sein, und sie fände es nützlich, wenn sie ihn dann sprechen könnte. »Wir essen zusammen Mittag!« rief er; er würde sich im eigenen Haus um einen Tisch kümmern.

Im zweiten Teil der Beratung ging der Kelch an ihr vorüber: Auf die Übergabe von Transportkapazität wurde verzichtet, die Schuhbrigade nicht angenommen, dafür schlug sie drei klapprige Verkaufsstände los – sie hatte noch nie eingesehen, warum im Sommer Unterwäsche und Socken auf dem Gehsteig angeboten werden sollten, da man sie zwanzig Schritt weiter regen- und windsicher auch verkaufen konnte. Also fort mit Schaden, den Preis sollte Herlett nachreichen, und dann würde das Gerümpel sogar noch abgeholt werden.

Vorzeitig wurde die Beratung geschlossen, offenbleibende Fragen sollten telefonisch weiterverhandelt werden. Kläre Haas drängte hinaus und die Treppe hinunter, ihr blieb noch eine halbe Stunde, die wollte sie an der Luft verbringen. An der frischen Luft – diese Formulierung würde nicht zutreffen, die Liebknechtstraße war voller Lärm und Gestank, bis hinunter in die Parks und Waldstücke längs der Flußläufe war es zu weit, so umrundete sie einen Häuserblock und noch einen, blieb in einer Seitenstraße stehen, versuchte, an etwas gänzlich anderes zu denken, als es hinter und vor ihr lag: an das Häuschen in Gransow, zwei Liegestühle auf der Terrasse, sie in einem, Marion im anderen, auf den Stufen, die ins magere märkische Gras hinunterführten, hockte Jan, der sanfte Holländer mit den langen blonden Haaren, der leisen Stimme und den schönen schmalen Händen,

dieser Langweiler von Graden. Kläre Haas stellte sich ihn als Weihnachtsengel vor, die Arme ausgebreitet, Kerzen haltend, in weißem Gewand, die Haare edel geföhnt, so harrte er in der Zimmerecke. Das sollte sie Marion erzählen: Diese Szene habe sie geträumt, Jan als leibhaftiger erzgebirgischer Weihnachtsengel, oder wie wäre das: als thorwaldscher Christus-Ersatz – nein, das klänge zu gemein. Aber Marion durch die Blume beibringen, was sie von diesem netten Jungen hielt... Sich vorzustellen, Marion bekäme von Jan einen Jungen, und der hätte dann ebensolche karpfenblauen Augen – o nein!
Es war heller Mittag, die Sonne schien auf die Kuppeln der Markthalle. Im Süden grummelte, rumpelte es, in einem Tagebau, der sich bis an den Rand von Markkleeberg vorgefressen hatte, wurden Steinschichten zwischen den Braunkohleflözen gesprengt, Druck- und Schallwellen pflanzten sich bis in die südlichen Stadtteile fort. Auch unter ihren Füßen lag gewiß beste Braunkohle, eine Reserve für die Urenkel. Verkehrslärm über der Stadt, aber Kläre Haas überhörte ihn, sie hielt für ein paar Minuten das Gesicht in die Sonne und dachte an Gransow und zwei Liegestühle; der sanfte Jan fehlte diesmal im Bild.
Der Pförtner der Bezirksleitung trug die Personalien in eine Kladde ein, verwahrte den Ausweis und gab dafür eine Besucherkarte aus; die Prozedur war umständlich. Kläre Haas stieg hinauf in den obersten Stock, dort lag die Kantine und hinter ihr ein durch Bambuswände abgeteilter Bereich für solche, die speisen und nicht nur Nahrung aufnehmen wollten; hier aß man besser als im Interhotel. Und billiger. Dr. Schnippchen stand sofort auf und kam ihr entgegen, und wie schon manches Mal dachte sie, wie

ungerecht das Schicksal war, daß es diesem Mann einen so lächerlichen Namen zugeteilt hatte. Heinrich Schnippchen war einsfünfundachtzig und von einem Äußeren, das in älteren Romanen als »gewinnend« bezeichnet wurde. Schnippchen *gewann* die Menschen, fand Kläre Haas, man schaute zu ihm auf, für gewöhnlich hielt er den Kopf leicht gesenkt, das wirkte, als ginge er schon dadurch auf das ein, was ihm mitgeteilt wurde. Er trug sein bräunlich glänzendes Haar länger als es bei Funktionären üblich war, und war besser angezogen als andere aus dem Apparat – das allerdings war kein Kunststück. Er sagte, nun habe dieser graue Tag seinen Lichtblick, ein Mittagessen mit der charmantesten Genossin weit und breit, im übrigen habe er mit der Bedienung gesprochen: Die Küche verfüge über ein paar Portionen Pökelzunge – also?

»Ich mache mir Sorgen um Hans-Georg«, begann sie. Schnippchen hatte, so fand sie, Zuhöraugen, in sie hinein konnte man reden und reden, schlug immer noch einen Bogen um das schon Gesagte, brachte noch ein Beispiel, eine Nuance. Die Augen waren von gewölbten Lidern halb verdeckt, das machte ihren Ausdruck sanft, die Wimpern stachen vor, als ob sie künstlich wären. Vor einer Woche sei Hans-Georg ziemlich kaputt aus Berlin zurückgekommen. Monatelang war die Rede davon gewesen, sie beide sollten durchs Mittelmeer fahren, jetzt wollte man ihn allein nach Griechenland schicken. »Dabei geht es gar nicht um mich. Das heißt, ich hatte mich auf die Reise gefreut, natürlich. Aber für Hans-Georg wird es zum Problem der Selbstachtung.«

Dr. Schnippchen nickte, als könne er nachfühlen. Kläre Haas redete weiter: Inzwischen sei es ja geradezu

üblich geworden, daß Schriftsteller reisten, manche beinahe jedes Jahr. Lesungen in DKP-Buchhandlungen, eine Botschaft organisierte etwas, einer wurde für ein Vierteljahr an eine Universität in die USA vermittelt, wer »drüben« Auflagen hatte, machte mit eigenem Geld Studienreisen, einer hatte sich sogar einen Sportwagen mitgebracht – und Hans-Georg klebte Jahr für Jahr zu Hause. »Verstehst du, daß er sich allmählich als Mann zweiter Klasse vorkommt?«
»Aber!« widersprach Schnippchen matt, »aber!«
»Wenn im Verband seine Kollegen erzählen: Frankfurt am Main, Schottland, Amsterdam – ich merke, wie er dann geradezu versteint. Einmal hat er demonstrativ gegengehalten: Wir haben in Mölkau Himbeeren gepflückt, solche Dinger!« Sie fragte sich, ob sie vor allem hierhergekommen war, um sich einreden zu lassen, sie sähe zu schwarz, Hans-Georg dramatisiere, und dieses Mal würde es mit der Westreise, die eigentlich eine Südreise war, bestimmt klappen. »Nun hängt er zwischen zwei Hoffnungen. Soll er beide Sachen betreiben oder nur eine? Ich fürchte, daß er seine Arbeit vor sich herschiebt. Er fängt mal das an, läßt es liegen, dann etwas anderes ...«
»Ich bin nächste Woche in Berlin.« Schnippchen nahm einen Happen Fleisch in den Mund und kaute gründlich, Kläre Haas überlegte, ob er das tat, um Zeit zu gewinnen. Was folgte, klang ihr nicht sonderlich entschlossen: Er habe mit dem Verband keine direkte Erfahrung, zumal es keine Zuständigkeiten gäbe. Jede Westreise müsse auch vom Rat des Bezirks genehmigt werden, da sehe er natürlich nicht das geringste Problem. Was Rat des Bezirks und Bezirksleitung tun könnten ...
Sie unterbrach: Daran würden weder Hans-Georg

noch sie zweifeln – das wäre ja auch noch schöner, wenn die Genossen aus der eigenen Stadt etwas verbummelten! Nein, Trost von dieser Seite und Versicherung dieser Art brauche sie nicht. Weit oben müsse klargemacht werden ... »Damit meine ich das ZK.«
»Aber du glaubst doch nicht, daß jemand vom ZK ein Interesse daran haben könnte, daß Hans-Georg nicht fährt!«
»Es müßte aber jemand Interesse haben, *daß* er fährt. Sagen wir: Kurt Hager.«
Schnippchen tupfte sich mit seinem Taschentuch den Mund. Das tat er gründlich, dabei blickte sie auf seine Manschettenknöpfe, sie waren groß, nicht zu groß; vielleicht war er der einzige in der Bezirksleitung, der Manschettenknöpfe trug. Nur im ganz heißen Sommer verzichtete er auf die Krawatte. Er schwitzte nie. Sie entsann sich, daß sich Marion abfällig über das Geschniegelte, überaus Hygienische dieses Genossen geäußert hatte. Der hätte bestimmt weder Fußpilz, noch würde er je pupsen, und es sei undenkbar, daß er jemals Popeln in der Nase habe; seitdem hieß er bei Marion: »der Popellose«.
»Der Genosse Kurt, tjaaa. Ich werde in der Kultur-Abteilung vorbohren. Werde das Problem klar benennen. Versprech ich dir, Kläre. Was für eine Arbeit schiebt dein Mann denn vor sich her?«
»Sonst zeigt er mir immer, was er gemacht hat. Oder redet wenigstens drüber. Aber jetzt sagt er gar nichts.«
»Ich besuch euch. Gleich, wenn ich aus Berlin zurück bin.«
»Mach das. So, nun muß ich wieder in meinen Laden.«
Schnippchen brachte sie bis an die Straßenbahn; das

tat ihr wohl. Er deutete ein Winken an, von der schon fahrenden Bahn aus sah sie, wie er mit langen Schritten auf die Bezirksleitung zueilte und auf die Uhr schaute; wie es schien, hatte er sich verspätet. Sie überlegte, was sie ihrem Mann über dieses Gespräch erzählen sollte – am besten alles. Auch über den Druck, dem sich Hans-Georg ausgesetzt fühlte, hatte sie geredet. Auch davon, daß er sich allmählich als Schriftsteller zweiter Klasse fühlte. Ach was, vielleicht fuhren sie in zwei Wochen durch den Nord-Ostsee-Kanal nach Hamburg oder Bremen, London oder Brest, irgendwann würde der Felsen von Gibraltar links liegen, um nicht zu sagen backbord.

Während der Fahrt bis vors Kaufhaus sanken ihre Gedanken bis an die Grenze der Schläfrigkeit. Man konnte nicht alles mit Elan angehen; diese Beratung über einen neuen Versorgungsschwerpunkt – abgehakt. Das Essen mit Schnippchen – hoffentlich hatte sie einen Nagel in die Wand geschlagen, an dem sich etwas aufhängen ließ. Sie informierte Herlett, er hielt den Notizblock auf den Knien. »Ich kümmere mich drum«, sagte er, als er vom Abstoßen der Verkaufsstände gehört hatte. Ein brauchbarer zweiter Mann, dachte sie, es würde nur problematisch, wenn er sich zu einem ersten Mann aufschwingen wollte. Herlett war auch äußerlich geradezu prädestiniert für eine Zuarbeiterrolle, nicht mit dem gesegnet, was man Ausstrahlungskraft nannte. Wenn man beispielsweise Schnippchen und Herlett nebeneinanderstellte und fragte, wer der erste und wer der zweite wäre, käme keiner auf die Idee, Herlett den Vorzug zu geben. Kaum einsfünfundsechzig groß, schmal in den Schultern, zu groß die Ohren, das Haar ohne benennbare Farbe. Wenn sie sich Herlett vorzustellen versuchte,

dachte sie zuerst an seinen Ring mit dem flachen schwarzen Stein – bei Männern, die Ringe außer dem Ehering trugen, vermutete sie von vornherein seelisches Defizit. Vom Ring aus baute sie dann Hände auf, Jackettärmel, meist zu grelle Krawatte und schließlich das Gesicht, groß der Mund, der Lächeln mangelhafter Zähne wegen nicht gewohnt war. Herlett und Frauen – schon der Gedanke daran war ihr widerwärtig und wurde sofort unterdrückt. »Und«, fragte sie, »im Hause?«
Eine Personalentscheidung hatte Herlett vorbehaltlich der Zustimmung der Direktorin gefällt – richtig so? Absolut. Eine Lkw-Ladung aus Plauen war verlorengegangen und vergammelte wahrscheinlich irgendwo. Eine Sekretärin telefonierte nun alle Leitungen heiß. Ein Diebstahl in der Lebensmittelabteilung, er hatte die Frau, Ärztin, Mutter von drei Kindern, der Kripo übergeben. Ein Fall, der im Grunde vor den Psychiater gehörte, aber zwei Flaschen Whisky und eine Flasche Kognak unter dem Mantel, Gesamtwert über zweihundert Mark – Herlett war nicht bereit, auf Anzeige zu verzichten. Sie überlegte, ob sie die Frau zu sich beordert und über die Gründe befragt hätte, ob es dann möglich gewesen wäre, hausintern... Aber hier war nichts rückgängig zu machen.
»Und dann hat die Seereederei Rostock angerufen. Ob du das Visum hättest.«
»Und was hast du gesagt?«
»Daß ich es nicht wüßte. Und daß du am Nachmittag wieder hier wärst.«
»Aber du hast es gewußt?«
»Ich kannte den Stand von gestern. Aber ich wußte nicht, ob das die Seereederei wissen sollte.«
Sie nickte; sicherlich war es so am besten. »Die schaf-

fen es noch, daß ich kündige.« Von diesem Satz war sie selbst überrascht, und Herlett schmunzelte.
Eine halbe Stunde war sie noch allein, sah Kundenwünsche und Beschwerdebriefe durch und schrieb Bemerkungen an den Rand. Das meiste würde sie an Herlett delegieren. Seit drei Jahren erst war Herlett Genosse, es war schwierig gewesen, ihn ins Kandidatenkontingent des Stadtbezirks zu hieven. Ein Anteil von Kandidaten aus der Arbeiterklasse von fünfzig Prozent mußte gewahrt bleiben, Herlett war Angestellter, in diesem Bezirk aber gab es wenig Industrie, wenig Kandidaten also, die Arbeiter waren – schließlich hatte sie ihn auf eine Sonderliste gebracht. Wenn einer ihr dankbar sein mußte, dann Herlett.
Also Feierabend: Sie schloß den Schreibtisch und danach den Panzerschrank ab, dabei sagte sie sich wie jedesmal: Ich hab jetzt den Panzerschrank abgeschlossen, hab ihn abgeschlossen, hab abgeschlossen. Das tat sie seit Jahren, ehe sie spätnachmittags das Zimmer verließ. Sie war gerade von der Hochschule gekommen, da hatte ihr Chef den Safe mit den Personalbögen über ein Wochenende offen gelassen, am Montag war er krank gewesen, andere hatten den Schlüssel im Schloß entdeckt. Mangelnde Wachsamkeit! Agenten Vorschub geleistet! Parteiverfahren, strenge Rüge, Versetzung. Diese Erfahrung lag in ihr, ohne noch zum Gedanken und zum Wort zu werden, bestimmend wie tausend andere Eindrücke. Die Schlüssel ins linke Handtaschenfach. Die Hausschlüssel rechts. Kontrollgriff: Geldbörse, Straßenbahnkarte.
Wie jeden Tag nahm sie einen anderen Weg durch die Etagen hinunter, diesmal bei Teppichen und Fußbodenbelägen beginnend, durch die Abteilung Haushaltswaren – Geschirr – Küchengeräte; Kartons sperr-

ten im Weg, sie fragte eine Verkäuferin, von der sie das Gesicht, nicht den Namen kannte, neu seit einem Vierteljahr, aus Halle zugezogen, ihr Mann bei der Reichsbahn, zwei Kinder, das immerhin hatte sich ihr eingeprägt – sie fragte, wie lange die Kartons herumlägen, und hörte, dreimal sei im Lager IV angerufen worden, aber dort rührte sich keiner, und sie selber könne ja nicht weg. Das in Ordnung zu bringen, hätte für Frau Direktor Haas bedeutet, selbst im Lager IV anzurufen, notfalls bei der Reinigungsbrigade, das hätte geheißen, auf ein viertklassiges Problem erstklassige Energie zu verwenden. Damit konnte sich ein Leiter kaputtmachen. »So geht es jedenfalls nicht«, damit fand sie den Zustand genügend gerügt, hatte über Schlamperei nicht hinweggesehen und würde nicht wieder darauf zurückkommen.
Zu wenig Licht bei den Schuhen, bei diesem Gedränge dort, die Lieferung von »Salamander« konnte gar nicht schnell genug ausgepackt werden, in zwei Tagen würde wieder alles über die Tische sein. »Wir müssen uns da was einfallen lassen«, sagte sie zur Abteilungsleiterin, indem sie zur Decke zeigte und die Oberlippe hochzog, das war ein Routinesatz, der zu nichts verpflichtete, sie konnte schließlich nicht schon wieder Trennwände versetzen und die Elektrik herausreißen lassen. Für die nächsten beiden Quartale war alle Baukapazität verplant, wert- und arbeitskräftemäßig. »Dann mal noch schönen Umsatz!« Darüber lachten sie beide. Kein Kunststück.
Schlangen an den Lebensmittel-Kassen waren um diese Zeit gewohnt. Ein Schild ärgerte sie: »Heute keine Flaschenannahme«, da stockte der Abtransport wieder mal. Kein Gedanke mehr daran: Ihr Feierabend sollte beginnen, sobald die Tür im Erdgeschoß hinter

ihr zuschwang, sie nahm keine Akten mit nach Hause und nach Möglichkeit keine Gedanken, morgen früh wieder, bitte schön. Auf der Fußgängerbrücke, oben im Wind, blickte sie in Richtung Hauptbahnhof, von dort mußte ihre Bahn kommen, dort entschied es sich, ob sie sich beeilen, die Treppe hinunterdrängen, schieben, überholen mußte. Ihr blieb Zeit, sie legte die Hand aufs Geländer und schaute aufs Kaufhaus, metallen die Front, der Lichtgürtel an der oberen Kante, von dem jede dritte Lampe brannte, um Strom zu sparen, nur die Messezeit blieb ohne Beschränkung. Dahinter der Imbiß, das Sorgenkind. Also hatte sie doch einen Gedanken mit aus dem Kaufhaus geschleppt. Minuten später in ihrer Bahn, die wie immer überfüllt war, schloß sie die Augen und mühte sich, leere Kartons und schlechte Rentabilität der Imbißabteilung hinauszudrängen. Es gab weiß Gott andere Probleme, so das der Kachelöfen daheim, von denen zwei umgesetzt, wenn nicht erneuert werden mußten, das bedeutete Dreck, Dreck, Dreck in der ganzen Wohnung. Wenn sie nicht endlich eine Gasheizung bewilligt bekamen: Hans-Georg hatte Anträge beim Stadtbezirk und beim Verband gestellt – sinnlose Schreiberei. Sie mußte darüber mit Schnippchen reden. Eine Erinnerung an die Fußgängerbrücke kehrte wieder: Ein Besucher aus Hamburg hatte ihr einmal geschildert, in jeder mittleren westdeutschen Stadt wäre ein Untergeschoß mit Läden und Rolltreppen gebaut worden mit direktem Zugang zum Kaufhaus und zum Hotel; die Fußgänger, auch die Rollstuhlfahrer, hinaufzuzwingen in Regen und Wind wäre barbarisch. Da hatte sie auf den Grundwasserstand und die Versorgungsleitungen da unten hingewiesen; der Hanseat hatte kühl geantwortet, gegen Grundwasser kenne man Betonwannen. Damals hatte sie angeregt, von der Brücke einen Zugang zum Kaufhaus hinüberzuschlagen in den ersten Stock hinein, ihn zu überdachen. Abgelehnt aus Kostengründen, und Stahl war knapp. Nun würde sich hier nichts mehr ändern. Wie lange hielt solch eine Brücke dem Rost stand? Fünfzig Jahre oder hundert? Diese hier eher vierzig.

Hans-Georg Haas hockte in seinem Arbeitszimmer auf dem Fußboden, umgeben von aufgeschlagenen Mappen. »Ich weiß endlich, wer Kloßner ist«, sagte er sofort. »Heute mittag ist es mir eingefallen. Ein Historiker aus Halle. Hab mal über ihn geschrieben. Ist glatt dreißig Jahre her.«

»Ist dir eingefallen – aus heiterem Himmel?«

»Seltsam, nicht wahr? Auf einmal war die Erinnerung da.« In einem Artikel war es um den mitteldeutschen Aufstand gegangen, Sipo-Einsatz in Eisleben, Max Hölz – eigenartig, was das Hirn in einem Winkel speicherte, sozusagen versteckte, und erst nach langem Suchen wiederfand.

»Das ist wie mit deinem sogenannten Archiv.«

»Schließlich sind wir seitdem zweimal umgezogen.«

Kläre Haas ging in die Küche, er blieb hocken und las nochmals einen Artikel, den er gefunden hatte: Im März 1953 hatte er in der »Weltbühne« den Roman eines Mannes »gezaust«, der, schon nahezu fünfzig, spät zur Literatur gestoßen war. Nein, zartfühlend war er mit ihm nicht umgegangen, vielleicht hatte er sich Herbert Kloßner ebenso vorgenommen – kompromißlos nannte man das zur damaligen Zeit. So der Schluß: »Das planlose, spontane Auf- und Abtretenlassen von Personen, deren Entwicklung nur in ganz wenigen Fällen klar geführt wird, macht den zweiten Teil des Buches schwer verdaulich. Keine Gestalt gewinnt die

wirkliche Liebe des Lesers. Viel Dialog verrinnt, und am Ende legt man das Buch unbefriedigt aus der Hand. Es soll noch auf eine Besprechung der ›Neuen Deutschen Literatur‹ eingegangen werden, und zwar, weil sie an dieses Buch von einem Standpunkt aus herangeht, der in keiner Weise zur Förderung unserer jungen deutschen Literatur beitragen kann. Tilly Bergner stellt fest, der Roman ›Die Tage werden heller‹ sei ›zweifellos eine Bereicherung unserer Literatur‹ – wobei Tilly Bergner allerdings auch kleinere Schwächen und Mängel beanstandet, sie begründet ihr Urteil mit einer spaltenlangen Darstellung des Romaninhalts. Dieser politische Inhalt ist zunächst einmal zu bejahen, aber er ist im Roman wiederum nicht zu bejahen, weil er nicht in künstlerische Wirklichkeit umgesetzt ist. Diese Binsenweisheit muß endlich einmal ausgesprochen werden: Jeder Schriftsteller muß über das, was er gestaltet, zehnmal mehr wissen und sagen, als sein Leser weiß. Benno Voelkner berichtet über das Problem der Umsiedlung nur, was jeder leidlich informierte Zeitungsleser auch sagen könnte. Und im Gegensatz zu Tilly Bergner in der ›Neuen Deutschen Literatur‹ sind wir der Meinung, daß ein Buch nicht schon deshalb wertvoll ist, weil es einen aktuellen Stoff behandelt; es kommt immer noch darauf an, ihn künstlerisch zu gestalten, und das ist Voelkner in keiner Weise gelungen. Man muß unmißverständlich aussprechen: Benno Voelkners Roman ›Die Tage werden heller‹ ist keine Bereicherung unserer Literatur!«
Haas dachte: Mein Gott, wie alt war ich damals. Wie jung. Ich glaubte den Stein der Weisen zu besitzen. »Diese Binsenweisheit muß endlich einmal ausgesprochen werden.« Haas, der endliche Aussprecher. »Man

muß unmißverständlich« – Haas, der Scharfrichter, von niemandem als sich selbst dazu ernannt.
Er räumte zusammen und ging in die Küche, sagte, er habe die Suche aufgegeben. Alles konnte man nun wirklich nicht aufheben. Und Kloßner hatte sich ja nicht wieder gemeldet.
Jetzt erst erzählte sie von ihrem Gespräch mit Schnippchen. »Seltsam, wie wenig substantiell mir inzwischen alles vorkommt. Er will in Berlin mit jemandem darüber reden, vielleicht sogar im Büro von Kurt Hager. Aber dort wird doch gar nicht gebremst! An der Koordination liegt es, nicht am bösen Willen eines einzelnen.«
»Schaden kann es jedenfalls nicht.«
»Bist ja sehr genügsam!« War es nicht so, daß sich Schnippchen gern mit einem Fluidum des Geheimnisvollen umgab? Hatte überall die Finger drin, zog Fäden, durfte über seine vielgestaltigen Missionen natürlich nicht sprechen – gefiel sich Dr. Heinrich Schnippchen in der Rolle als Einfädler, diplomatischer Tausendsassa? »Wirklich eigenartig«, gestand sie abermals, »daß ich erst nach ein paar Stunden auf die Idee komme, mich selber zu fragen: Was hat er eigentlich gesagt?«
Haas spottete: Hatte die Gegenwart des schönen Heinrich lähmend auf das Urteilsvermögen der Genossin Haas gewirkt?
Nach dem Abendbrot kamen sie auf Griechenland. Er hatte sich Bücher besorgt und über den Putsch der Obristen gelesen, Patakos hieß der übelste, dessen Geheimdienst trug den klingenden Namen ASPHALIA. Die Amerikaner hatten den Putsch vermutlich nicht ausgelöst, aber verhindert schon gar nicht, und als die Militärs einmal im Sattel saßen, hatten die Amerikaner

nichts getan, um sie zum Absteigen zu bringen. Feld für eine spannende Handlung. Vielleicht so: Ein junger Mann wird aus dem Gefängnis entlassen. Oder flieht. Geht in den Untergrund, schließt sich einer Widerstandsgruppe an. Die andere Ebene: der CIA in Griechenland, getarnt als Handelsgesellschaft. Die Königsebene.

Kläre Haas versuchte herauszufinden, wie sehr das, was ihr Mann da tat, ihn wirklich interessierte. Bücher dieser Art hatten sie beide kaum gelesen. Absolut klar, daß Hans-Georg sich nie auf diese Pfade begeben hätte, bestünde nicht so die Aussicht auf eine Auslandsreise. Beim Griechenlandprojekt würde sie selbst draußen bleiben, deshalb hoffte sie immer noch, die Schiffsreise ließe sich verwirklichen – machte sie das allergisch gegen den neuen Stoff? Fand sie den Handlungsstrang, den er jetzt zu knüpfen versuchte, deshalb dünn? Der Griechenlandaufenthalt würde für ihn vier, vielleicht acht Wochen dauern, und zum ersten Mal fragte sie sich, ob sich Hans-Georg vielleicht auch auf andere Frauen freute, wenigstens auf eine andere Frau. Sie waren seit siebenundzwanzig Jahren verheiratet, seit zehn Jahren hatte sie nie Anlaß gehabt, ihm zu mißtrauen. Vorher eine ziemlich läppische Geschichte – sie hatte lange nicht mehr daran gedacht. Manchmal war er allein in Gransow gewesen, aber sie hatte sich nie vorgestellt, eine Frau käme dorthin. Jetzt das verwirrende Glück einer langersehnten Reise, es würde verjüngend wirken, Energien freisetzen, vielleicht stürmte er durch Türen, von deren Existenz er gar nichts gewußt hatte, und das gehörte dazu: Mit anderem Himmel, anderer Luft, mit den Weinen und Speisen, den Kunstschätzen des neuen Landes würde er auch ein Mädchen, eine Frau aufnehmen, es anders als brüchig empfinden. Wenn es so war, paßte der landläufige Ausdruck vom Ehebruch nicht, wann paßte der schon. Dann war sie selber vier, vielleicht acht Wochen allein in dieser Wohnung, aber es wäre natürlich etwas völlig anderes, einen Mann in dieser Zeit mit hierherzunehmen, wen denn auch. Oder zu einem anderen zu gehen und bei ihm zu bleiben. Zu wem denn auch.

»Oder ich pfeif auf dieses Projekt, ich liefere ein dummes Exposé, ein Anfangskapitel, zieh die Sache in die Länge, bis keiner mehr so richtig daran denkt. Und kümmere mich um exakte Geschichte vor Ort.«

Sie ging zu ihm hin, kniete vor seinem Sessel und legte den Kopf auf seinen Bauch. Sie spürte die Wölbung und dachte, daß ihr sein Bauch noch nie zuwider gewesen war, optisch nicht und nicht bei der Berührung. Sie sagte: »Gehen wir bald ins Bett?«

Sie kniete aber noch eine halbe Stunde danach vor ihm, er streichelte ihr Haar, hin und wieder redeten sie etwas. »Ich kann mir nicht helfen«, sagte sie, »ich bin fest davon überzeugt, daß es mit der Schiffsreise etwas wird. Ich seh den Felsen von Gibraltar ganz genau. Jeden Affen darauf einzeln.« Der Druck ihres Kopfes und ihrer Hände erregte ihn, jetzt wäre es für ihn an der Zeit gewesen, ins Bett zu gehen, ohne Gedanken an Aufräumen oder ähnliches dazwischenkommen zu lassen, er kannte das: Seine Anspannung wich dann wieder, und es fiel ihm schwer, sie zurückzurufen. Oder so: Es war dann eine andere Spannung, eine neue Erregung. Und um jede war es schade, wenn sie ungenutzt blieb. Vielleicht gar nicht erst unter die Dusche, so warm war der Tag nicht gewesen. Sich auf den Geruch ihres Körpers einstellen, ihn erwarten. »Also komm jetzt!«

Später, als ihr Atem wieder flach geworden war, sagte er: »Wenn es nicht gleich etwas wird mit der Reise, fahr ich noch ein paar Tage nach Gransow. Mal die Arbeit vorantreiben, einen Ruck machen.«
Ihr fiel ein, daß sie sicher gewesen war, er hätte niemals eine Frau dorthin mitgenommen, dorthin bestellt. Einen Augenblick lang hätte sie gern gefragt, ob sie damit recht gehabt hatte. Aber derlei war zwischen ihnen niemals ein Thema gewesen. Sie dachte: Wie gut. Nichts zerreden.

2

Also dieser Griechenlandstoff – Hans-Georg Haas zog Linien zwischen Namen, die er aus Romanen und Zeitungsartikeln zusammengesucht hatte. Nikos Luovaris, er sprach sich den Namen vor, sollte der Held heißen, ein junger Mann. Dhimos, sein Freund, älter, erfahren im politischen Kampf. Die Geheimdienstleute von der ASPHALIA haben ihn gefesselt an eine Mauer gestellt und über seinen Kopf hinweg geschossen, zum Spaß, da ist er wahnsinnig geworden. Oder ein Seemann hat es Nikos so erzählt, und Nikos weiß nicht: Ist es eine Provokation, soll seine Reaktion getestet werden? Soll er zugeben, daß er Dhimos kennt? Haas hatte getippt: »Der Seemann hat ihm eine Falle stellen wollen, er wird nicht diesen Kellner aufsuchen, wird sich nicht ins Ausland schleusen lassen und kein Wort von dem verraten, was der Seemann über den Tod von Dhimos gelogen hat. Der Seemann ist ein Provokateur.«
Ganz anders hatte er sich an den Algerienstoff herangetastet, da hatte er ein theoretisches Ziel, wollte eine

abgebrochene Revolution deutlich machen. Sah Parallelen von den Bauernkriegen an mit der Gestalt Luthers, der als Reformer begonnen hatte, aber die Revolution lief auf Sand, und wohin sollte dann ein Reformer? Münzer unterlag bei Frankenhausen, Luther wurde feist in Wittenberg. Oder die Revolution der Sowjetunion, versteint irgendwann. Oder die in der DDR. Darüber hatte er nachgedacht, es freilich nicht formuliert. Im Algerienstoff hatte er danach gesucht, wo sich die Revolutionäre von einst gegenseitig in den Kerker steckten.

Er brühte sich Tee auf, das tat er gewöhnlich gegen elf, der Tee gab Schwung bis Mittag. Noch war die Post nicht da, vergeblich schaute er im Hausflur im Kasten nach. Also diesmal nicht theoretisieren, sondern Personen erschaffen und agieren lassen: »Gegen Mitternacht, als sich der Gastraum leert, zahlt er und tritt auf die Straße. Dabei hofft er, daß diese Taverne keinen Hinterausgang hat, und wirft sich vor, das nicht eher nachgeprüft zu haben. Eine halbe Stunde später tritt Zannos aus der Tür, er hat die Jacke lose über die Schultern gehängt, denn es ist noch immer warm. Nikos steigt nach ihm auf eine Straßenbahn und setzt sich ihm gegenüber. Zannos lächelt oder lächelt nicht, Nikos kennt sich in diesem Gesicht nicht aus, aber jetzt weiß er, daß dieser Mann eine beneidenswerte Zähigkeit ...«

Haas drehte den Bogen hoch, las, das sollte in Athen spielen – wie war das mit diesem Wort: Taverne? Hieß das so in Griechenland oder Italien oder Spanien? Das war es wieder, so ein Wort mußte sich wie selbstverständlich einfinden, er müßte in einem griechischen Fischerdorf vor einer Hafenkneipe sitzen, den Block vor sich, müßte schreiben, der Wirt müßte ein Glas

vor ihn hinstellen, womit? Segel draußen, Wind, der von Afrika herüberstrich. Alles würde sich fügen, wäre er nur einmal in Afrika an Land gegangen.
Also Martha anrufen. Martha war überall gewesen, nun, überall doch nicht. Rentnerin seit gut zehn Jahren, gesund, quirlig. Ihre Schwester in Württemberg besaß eine Fabrik und einen Haufen Geld, und jedes Jahr, seit Martha reisen durfte, hatte sie vier Wochen lang Westeuropa abgeklappert, mit dem Bundespaß nach Italien, Paris, Brüssel, London, Stockholm. Sie hatte keine Ansichtskarten in die DDR geschrieben und hinterher nur wenigen Freunden erzählt, wo sie gewesen war, denn natürlich war es verboten, sich drüben einen Paß ausstellen zu lassen, und mit dem DDR-Paß kam keiner weit. Also Martha anrufen: Hallo, was machen die Kirschen? Ja, wir kommen am Wochenende bestimmt. Du, sag mal – nein, in Griechenland war Martha nie gewesen. Sie zählte auch die südlichen Länder nicht auf, die sie besucht hatte, das tat man nicht am Telefon. Taverne – mal im Lexikon nachschauen. Ristorante – nee, das war etwas anderes und italienisch. Martha lachte, er stellte sich vor, wie sie dabei den Kopf in den Nacken legte. So schmetterte Martha gern, demonstrativ, früher hatte er einmal gedacht, sie habe vor langer Zeit das Wort »kapriziös« mißverstanden, und niemand habe sie aufgeklärt. Martha, die Weltdame aus Reudnitz. Also schön, wir holen dir die Kirschen vom Baum.
Er ging wieder zum Postkasten, beim Hinaufsteigen wendete er die Umschläge: Bankbeleg, vom Verband in Berlin – doch nicht wegen der Reise? –, von einer Bibliothek in Thüringen, vermutlich Einladung zu einer Lesung. Herbert Kloßner. Diesen Brief schlitzte er zuerst auf, noch stehend las er:

Testament

für H.-G. H.

Von mir bleibt eine leere Wodkaflasche –
verstreut, vergessen alles, was ich einst verlor.
Man stecke sie in eine Aktentasche
und stelle sie ans Brandenburger Tor.

H. K.

Keine Anrede, kein Gruß. Ein Spinner, dachte er entschlossen, ein Kranker, der vom Bett aus seine Pfeile verschießt. War makaber. Und warum an ihn? Ihre Begegnung lag fünfundzwanzig Jahre zurück, die Hälfte eines Berufslebens, ein Vierteljahrhundert. Haas las wieder, fühlte sich unbehaglich. Die letzten beiden Wörter zielten ins Politische: das Brandenburger Tor, also die Mauer, die deutsche Teilung. Ein Mann, der vielleicht politisch und beruflich gescheitert war und nach Schuldigen suchte. Er sollte, meinte Haas, dieses Geschreibsel als Kuriosum betrachten. Dennoch las er es wieder. Es hatte Rhythmus, drängte auf den Schlußbegriff zu, der wirkte wie eine Explosion. Nun, wie ein Explosiönchen. Haas zwang sich abzuwiegeln: Da platzte ein Luftballon.
Der nächste Brief: nichts vom Genossen Schreiber über die geplante Reise, sondern eine Einladung zu einer Diskussion, die der Kulturbund in Dresden über südamerikanische Lyrik veranstaltete; er würde natürlich nicht hinfahren. Er las noch einmal Kloßners Verse und war neugierig, was Kläre dazu sagen würde. Er hoffte auf ihren praktischen Verstand.
Also wieder der Roman. Nikos ist auf einer Insel gefangen, wird entlassen, es ist nicht gravierend, was

ihm vorzuwerfen ist. Politisch natürlich, vielleicht mehr Verdacht als Straftat. »Immer wird vier Uhr mit der Arbeit begonnen. Da glänzt der Himmel noch weich und dunkelt nach dem Zenit zu; manchmal verdichtet sich der Nebel im Westen zu einer Wolkenbank, die Kühle verspricht, aber in dieser Jahreszeit niemals hält. Die Sonne schlägt die Wolken gegen das Meer, zwei Stunden später ist es schon so heiß, daß alle Häftlinge überzeugt sind, der heißeste Tag dieses Jahres stünde bevor. Gegen sieben ordnet der Brigadier die erste Pause an und bittet um Erlaubnis, zwei Mann in die Baracke am Rand des Hanges schicken zu dürfen. Die beiden Häftlinge schleppen eine Kanne ...«

Was werden sie trinken auf einer griechischen Gefängnisinsel? Essigwasser. Aber vielleicht ist Essig dort teurer als Wein? Wein nun doch nicht. Also Wasser.

So leicht fiel es nicht, das Testament aus dem Bewußtsein zu drängen, er las es wieder. Für H.-G. H., für Hans-Georg Haas, auf ihn gezielt, als trage er Schuld, daß da nichts bliebe als eine leere Wodkaflasche. »Verstreut, vergessen alles, was ich einst verlor« – mangelhaft durchdacht, da war etwas verloren worden, nun sollte es obendrein verstreut und vergessen sein. Oder bewußte dreifache Negierung? »Man stecke sie in eine Aktentasche und stelle sie ans Brandenburger Tor.« Da wollte ihn einer aus dem Dunkel heraus verantwortlich machen – Haas ärgerte sich, daß er dem Inhalt wohl doch Bedeutung beimaß.

Also endlich weitergeschrieben: »Sie nehmen ihre Werkzeuge wieder auf und zerschlagen Steine und karren Kies und planieren, sie teilen ihre Bewegungen ein und hoffen auf Wolken und Wind, und in der zweiten Pause trinken sie den Rest des Essigwassers«

– oder des verdünnten billigen Weins? Aber Wein für Häftlinge in einem Buch für DDR-Leser, um Gottes willen. »Da brennt die Sonne wie an jedem Tag, Schweiß läuft ihnen in die Augen, der Posten knöpft das Hemd bis zum Hosenbund auf.«

Das schriebe sich leichter in Gransow, wenn es Sommer wäre. Oder eben in Athen mit Blick über das Häusermeer. Aber es war Herbst in Leipzig. Kurz vor zwölf, er könnte spazierengehen und dabei ein wenig einkaufen, Flaschen wegbringen. Aber es war windig, er sah, wie hinter einem Dach eine Rauchfahne zerstob, sie wurde aus dem Schornstein gerissen, daß sie sich überschlug, auffächerte, in Streifen davonflog. Und da soll er über mittelmeerische Hitze schreiben, über Durst, er, der eben Tee trank. ». . . eine leere Wodkaflasche« – es war zu früh, Wodka oder Korn in den Tee zu tun.

Gegen ein Uhr wärmte er sich Eintopf auf, dabei hörte er Nachrichten des Deutschlandfunks aus Köln, auf den das Radio seit Jahren eingestellt war. Der Mittagskommentar – er kannte Namen und Stimmen. Während er löffelte, rief seine Frau an – das war die Zeit, da sie sich am wenigsten störten, Gelegenheit, ein paar gute Worte zu sagen, fühlen zu lassen, daß man aneinander dachte, auch wenn der Trubel über einem zusammenschlug, natürlich nur auf ihrer Seite. Ja, es sei ziemlich verquer gegangen den Vormittag über, der höchste Krankenstand seit uralten Zeiten, Streichung eines fest zugesagten Warenpostens, sie würde in Berlin ein Faß aufmachen. »Und bei dir?«

»Hab gut gearbeitet«, er überlegte, ob er Kloßners Testament erwähnen sollte. Er hätte es dann vorlesen und kommentieren müssen – das würde mehr Zeit kosten, als die Sache Gewicht hatte. Schuhe seien abzuholen, sie habe versäumt, es ihm zu sagen. Der Bon läge bei den Notizzetteln. Auf keinen Fall vergessen, denn Ausgabe sei neuerdings nur alle zwei Wochen. Bei ihr könne es später werden, sie brauche ein paar Leute an einem Tisch, und das war erst nach Feierabend möglich.

Nach dem Essen schlief er eine Stunde. Als er das nächste Mal von seinem Manuskript aufschaute, waren die Dächer naß. »Mittagshitze liegt über der Stadt, als Nikos im Bus nach Posidhonia sitzt, als er sich klarmacht: Wenn der Seemann ein Provokateur ist, dann ist er selbst in die Falle hineingetappt, ist es gleichgültig, ob jemand von der ASPHALIA weiß, warum er jetzt die Schwester von Dhimos sucht, da braucht er sich nicht erst zu diesem Kellner durchzufragen; es genügt, wenn der Seemann aussagt. Andere werden bestätigen ...«

Gegen vier brühte er sich einen Kaffee. Dazu einen Weinbrand – er hätte ihn gern getrunken, wenn er nicht noch hinausgemußt hätte. Man konnte nicht alles haben, beziehungsweise: Strafe mußte sein. Er brachte ein Netz leerer Bierflaschen zum Konsum um die Ecke und schlug einen Bogen durch ein Parkstück. Auf einer kleinen Brücke, die über einen Graben mit fast stehendem, faulig riechendem Wasser führte, kam ihm die Idee, einen Roman im Roman zu schreiben, wie ein Schriftsteller, also er, sich, um Reisen zu erzwingen, an einem exotischen Stoff versuchte, die Nikos-Geschichte in die Haas-Geschichte verpackt, und am Ende scheiterten beide. Das wäre literarisch reizvoll und natürlich bei keinem DDR-Verlag unterzubringen, da brauchte das Ministerium gar nicht erst einzugreifen, so etwas strandete schon auf jedem Verlagstisch.

In der Reparatur-Annahmestelle suchte eine abgehetzte, sich um Freundlichkeit bemühende ältere Frau eine halbe Stunde lang vergeblich nach seinen Schuhen. »Eichndlich«, sagte sie, »eichendlich mißtn se da sein.« Vielleicht falsch eingeordnet. Ob die Reparatur besonders schwierig gewesen sei? Falls etwa die Brandsohle hätte ersetzt werden müssen, könnte es schon sein, daß dieses Paar nicht mit zurückgekommen sei. Sie werde am nächsten Tag in der Werkstatt anrufen, und wenn der Herr am Nachmittag noch einmal vorbeikommen könnte, wäre vielleicht schon etwas geklärt. Er möge dort an der Seitentür viermal klopfen, das sei das Erkennungssignal, sonst ließen sie niemanden ein. Und wenn die Schuhe tatsächlich verschwunden seien, woran sie nicht glaube, gäbe es selbstverständlich Ersatz.
Da bedankte sich Haas, diese Frau konnte ja nichts dafür. Auf dem Rückweg kaufte er ein, was das Netz faßte, Bier, Waschpulver, Senf, Öl, Toilettenpapier. Daheim überlegte er, ob er einen Weinbrand trinken sollte oder gleich ein Bier. Im allgemeinen galt der Grundsatz: Kein Bier vor fünf, jetzt war es halb sechs, da konnte er auch noch bis zum Abendbrot warten. Also doch einen Weinbrand. Er schlug den Atlas auf und ließ seinen Blick über Griechenlands Inselwelt gleiten. Da das strittige Gebiet zwischen Griechenland und der Türkei, es ging um Erdöl. Da die Gefängnisinsel. Da entlang wird das Schiff fahren, das Nikos in die Halbfreiheit bringt. Er schlägt sich nach München durch. Nach München, hoffte Haas, werden sie mich wenigstens fahren lassen, wenn es schon mit Griechenland nicht klappt.
Zu dieser frühen Abendstunde, im Gefühl, seine Arbeit getan zu haben, las es sich gut im Manuskript.

Hier und da eine Kürzung. »Der Hauptmann erhebt sich mit einem Ruck, Nikos' Blick schreckt hoch, er steht sofort auf, hört Paragraphen und steife Formulierungen, daß er auf Grund eines Gnadenerweises vorzeitig zu entlassen sei, daß er seinen Aufenthaltsort nur mit Zustimmung . . .«

Kurz vor sieben klappte Haas das Manuskript zu. An der Seite des Schreibtischs, auf anderen Briefen, lag das Testament des Herbert Kloßner. ». . . und stelle sie ans Brandenburger Tor.« Er sah das Bauwerk vor sich, eingebettet in die Sicherungsanlagen, davor eine kleine Aktentasche. Natürlich um des Reimes willen: das Wort »Wodkaflasche« war eher dagewesen. Diese Sache mit Kloßner würde weitergehen, dessen war er sicher. Erst die Karte, dann das Telefonat mit Kloßners Frau, der Hinweis auf den Artikel, nun das Testament. Vielleicht sollte er Marion zu Kloßners Frau schicken. Marion konnte nicht wegen Fehlern aus der Vergangenheit zu irgend etwas verpflichtet werden. Marion würde berichten, dann blieb ihm Zeit für eine Entscheidung, falls überhaupt eine gefällt werden mußte. Was gingen Marion die Querelen der fünfziger und sechziger Jahre an. Ein Mensch ohne Narben. Vielleicht brachte sie einen nüchternen Blick mit: Seid ihr denn alle verrückt?

Schon daran, wie seine Frau aufschloß, merkte er, wie erschöpft sie war. Er ging ihr in den Korridor entgegen und half ihr aus dem Mantel. Natürlich sagte sie, sie hätte keinen Hunger, da zählte er auf, was er anbieten konnte: Nudelsüppchen, Büchsenfisch aus Cuxhaven, Tee mit viel Zucker und Milch – er habe gelesen, die Briten würden Wind und Regen auf ihrer Insel nur mit Hilfe dieses Tranks aushalten. Um sie abzulenken, kommentierte er die britische Weisheit,

während er zwischen Zimmer und Küche hin und her ging. Er legte eine Schallplatte auf, Mendelssohn-Bartholdy. Und was sei noch losgewesen im Kaufhaus?
Kontingentkürzung bei Lampen, Auslegwaren und Kosmetika, das letztere ohne jeden ersichtlichen Grund auch bei Warenarten, die reichlich vorhanden waren: In Berlin saßen mindestens zwei Idioten, die gegeneinander arbeiteten. Sie hatte einen Gegenplan ersonnen, Herlett würde am nächsten Tag nach Berlin fahren und nacheinander auf zwei Tische hauen. Wenn diese Idioten mit ihren idiotischen Vorstellungen durchkamen, rutschte das sorgsam ertüftelte Rentabilitätsgebäude in ein schwarzes Loch.
»Herlett wird das alles deichseln«, in seiner Stimme klang Überzeugung. Er fand, jetzt sei die richtige Zeit für Kloßners Testament, er holte es vom Schreibtisch und las es ihr vor.
»Lies noch mal.« Als er das getan hatte, sagte sie: »Das ist noch nicht mal ein schlechter Scherz, das ist überhaupt keiner. Der Mann steigert sich.«
»Er will mich einschüchtern.«
»Du mußt diese Artikel ausgraben. Vielleicht in der Deutschen Bücherei.«
»Versuchen muß man's. Obwohl es dort in der Registratur schlimme Lücken gibt.« Und er trug ihr die Idee vor, Marion auf die Fährte des seltsamen Mannes zu setzen.
»Und du fürchtest nicht, daß Marion ihren Vater bei dieser Gelegenheit ein wenig zu gut kennenlernen könnte?«
Ein verblüffender Gedanke, fand Haas.

3

Die Direktorin hatte gehofft, Herlett würde gleich nach Arbeitsbeginn Bericht erstatten können, aber zunächst war eine Panne zu beheben, die außer ihr niemand zu meistern verstand: Drei Rolltreppen bewegten sich nicht, ein Monteur war zu einer Reserveübung eingezogen, der andere krank. So mußte sie den Direktor eines HO-Kaufhauses anrufen und ihn um brüderliche Hilfe bitten. Während sie den Hörer in der Hand hielt, tauchte Herlett im Türrahmen auf und winkte ihr zu, nahm wohl an, er könne rasch noch etwas anderes erledigen, und kam erst eine halbe Stunde später wieder, ein wenig außer Atem. Seine Unterlagen waren übersichtlich, sie konnte sich nicht vorstellen, daß sie in dieser Form während der Sitzung oder gar während der Bahnfahrt entstanden waren, da steckte nächtliche Heimarbeit drin. Die Kürzungen von Kosmetika hatte Herlett bravourös vom Tisch gefegt, war aber bei den Lampen keinen Schritt vorangekommen. Die Sowjetunion hatte überraschend den gut Teil einer DDR-Monatsproduktion bestellt, kleinere Lieferungen gingen nach Belgien, folglich mußte der Binnenmarkt seine Ansprüche herabsetzen. Eine Umverteilung des Restes war ohne Sinn. Immerhin, im Lager steckte ein Bestand schwer verkäuflicher Ware, um nicht zu sagen Ladenhüter, die würde man jetzt nach vorn stellen. In der Sowjetunion, wußte Kläre Haas, konnte man auch die häßlichste Lampe verhökern, warum also nicht aus der Lagermasse abzweigen und exportieren – aber diesen verwerflichen Gedanken behielt sie für sich.
»Sehr ordentlich«, lobte Kläre Haas. Mit dem Auswechseln von Arbeitskräften möge er noch warten.

»Hätte schlimmer kommen können.« Herlett nickte.
»Zwei Dinge noch«, sagte er und breitete den »Eulenspiegel« aus, das satirische Blatt der Hauptstadt. Herlett hatte einen Leserbrief angestrichen, und die Direktorin las:
»Bei meinem Einkaufsbummel durch das Konsumwarenhaus in der Turn- und Sportfeststadt Leipzig war ich gegen 17.30 Uhr in der Rundfunk- und Fernsehabteilung angelangt, als die bekannte Fanfare der DDR-Radrundfahrt ertönte. Ich dachte mir: Da kannst du dir ja mal ansehen, wer heute gewonnen hat. Ähnliche Gedanken schienen etwa zehn weitere Kunden zu bewegen. Mitten in die einführenden Bemerkungen des Moderators tönte eine Stimme aus dem Hintergrund: ›Was ist denn hier los? Das ist doch kein Fernsehraum!‹ Eine junge Verkäuferin schaltete mit den Worten: ›Sollen die doch zu Hause gucken!‹ kurz entschlossen alle Fernsehgeräte ab oder auf das 2. Programm um – bis auf eines, bei dem sie nur den Ton wegdrehte. So hatten die interessierten Kunden, u. a. auch ich, wenigstens die Gelegenheit, die Etappenankunft als Stummfilm zu erleben.«
»Ist doch unglaublich«, sagte sie. »Und wer war das?«
»Drei Verkäuferinnen kommen in Frage, und alle drei streiten es ab.«
»Was mag denn bloß in dem Mädchen vorgegangen sein! Diese Bösartigkeit aus heiterem Himmel. Dieses Mädchen muß seinen Beruf und dieses Haus und die Kunden geradezu hassen.«
»Oder der Freund ist ihr weggelaufen, und der interessierte sich für Radsport.«
»Laß das Detektivspielen und rede mit allen dreien. Frag sie nach dem Klima in dieser Abteilung.«
»Und dann: Ein Ingenieur bewirbt sich. Er hat gehört,

daß es bei uns mit dem Kundendienst für Küchengroßgeräte hapert. Er will die Geräte ausfahren, anschließen, probelaufen lassen.«

»Noch in Arbeit?«

»Ja, in Schkeuditz. Da will er wohl weg.«

Sie ließ sich den Personalbogen reichen und las: Wolfgang Wülff, geboren 1949, Fachschulingenieur in ungekündigter Stellung, verheiratet, Vater von drei Kindern. »Da kriegen wir sofort Ärger mit dem Amt für Arbeit. Genau wie mit den Fensterputzern.« Da hatten sich doch zwei Lehrer, einer für Geschichte, einer für Mathematik und Sport, als Fensterputzer beworben, und einer war sogar Genosse.

»Da ist noch etwas«, er setzte sich zurecht. »Gestern in Berlin hat mich Böhmer zu sich geholt. Erst hat er rumgedruckst, weil noch zwei Leute im Zimmer waren, und dann ist er mit mir auf den Gang. Du, ich muß dich bitten, das für dich zu behalten. Ich hab nämlich Böhmer auch versprechen müssen ...«

»Gut. Und?«

»Er hat mich gefragt, ob es stimmt, daß du kündigen willst.«

Böhmer war der Mann für Personalfragen unter dem stellvertretenden Minister, und wenn der so was fragte, hatte das Gewicht. Sie überlegte, wie aus einem tastenden Gespräch, das sie mit einem Kollegen aus Greifswald über dieses Thema geführt hatte, etwas nach Berlin gedrungen sein konnte – oder über die Seereederei? »Und was hast du gesagt?«

»Daß ich keine Ahnung hätte. Aber für ein paar Monate möchtest du verreisen, hat Böhmer angefügt, und was du machen würdest, wenn das nicht genehmigt werden könnte.«

»Und du?«

»Daß ich keine Ahnung hätte.«
»Am liebsten möchte ich Böhmer sofort anrufen.«
Herlett hob beschwörend die Hände. »Vielleicht denkt jemand, du wendest die Kündigung als Druckmittel an.«
Dieser sanftmütige Kollege aus Greifswald ein Klatschmaul? Daß die Seereederei zur Sicherheit bei ihrer übergeordneten Dienststelle angefragt hatte?
»Ich dachte, es ist besser, ich sag's dir.«
»War Böhmer besorgt? Ärgerlich?«
»Eigentlich tat er ganz sachlich. Besorgt – ja, schon. Einmal«, Herlett atmete tief ein und stieß die Luft aus, »das ist noch gar nicht lange her, hast du *zu mir* gesagt, du würdest unter bestimmten Umständen kündigen.«
»Iiiich?«
»Hier in diesem Zimmer.«
»Aber das kann doch nicht sein!«
»Du hast das natürlich überhaupt nicht ernst gemeint. Du kamst von der Bezirksleitung – vielleicht erinnerst du dich? Die Seereederei hatte angerufen, ob du das Visum hättest. Und du hast im Spaß gesagt, unsere Leute in Berlin würden es noch dahin bringen, daß du kündigst. Vielleicht hast du auch woanders so geredet? Und das ist weitergetratscht worden?«
»Was man alles so daherredet, was?«
»Also ich«, rief Herlett, während er aufstand, »also ich hatte es in meinem Herzen verschlossen. Ehrenwort!«
»Daran zweifelt keiner.« Sie mußte über die dramatische Formulierung lächeln.
Vor der Mittagspause, in einer ruhigen Minute, rief sie zu Hause an. Mit Kopp, dem Lektor, habe Hans-Georg telefoniert, der sei natürlich überrascht gewesen, daß nun Griechenland der Schauplatz des

reißerischen Unterfangens sein sollte. Kopp habe einen Besuch für die nächste Zeit in Leipzig angekündigt, er hätte privat hier zu tun und wollte in die Dichterwerkstatt schauen. Von den Rolltreppen berichtete sie und von dieser seltsamen Geschichte: »Böhmer fragt nicht ohne Grund, auf Gequatsche reagiert er nicht so. Und wie findest du's, daß er hinter meinem Rücken Herlett aushorchen will?«
»Zu mir hast du auch mal von Kündigung geredet.«
»Herlett meint« – was war denn bloß mit ihr los? Quasselte sie Dinge, die sie nicht ernst meinte, wollte sie Reaktionen testen, und das schlimmste: Nach ein paar Tagen wußte sie es nicht mehr?
»Wirklich, Kläre, du hast zu mir gesagt: Wenn es denen nicht paßt, könnte ich ja auch kündigen.«
»Könnte!«
»Andere berücksichtigen deine stilistischen Feinheiten wohl nicht so.«
»Wenn doch endlich etwas entschieden wäre.«
»Wem sagst du das.« Zwei Seiten habe er geschrieben. Nein, Post sei noch keine da, er schaue gleich ein zweites Mal nach. Also: in diesem Sinne.
Sie stellte sich ans Fenster, unten lärmten Straßenbahnen und Autos, gingen Menschen, es war wie immer, Bewegung, die sie nicht berührte. Zum ersten Mal seit Jahren machte sie sich mit dem Gedanken vertraut, wie es denn wäre, zöge sie sich aus dem Beruf zurück. Vielleicht, wenn sie fünfzig wurde, also in zwei Jahren. Doppelte Feier, Blumen, Reden. Dann das große Ausspannen, Reisen mit Hans-Georg, wozu die Zeit nie gereicht hatte, die Reise aller Reisen, die dem hiesigen Normalmenschen möglich war: Mittelasien und Baikal, Samarkand und Alma Ata. Einen Sommer über in Gransow. Hans-Georg zur Hand gehen bei

Recherchen, tippen, ihm Kleinkram abnehmen. Eine hilfreiche, sich nicht in den Vordergrund drängende Schriftstellerfrau sein. Nach ein paar Jahren die Enkel. Ein Wort fiel ihr ein: Lebensabend. So nun natürlich nicht, es würde eine weitere Phase sein, wichtig wie die jetzige. Gerede über Selbstverwirklichung und derlei Modisches war nicht am Platz. Sie war sich fast immer selbst genug gewesen und würde es auch dann sein. Manche Schriftsteller *bestanden darauf*, daß ihre Frauen sie nach Schottland oder Kanada begleiteten. Und setzten sich durch.

An diesem Tag hatte sie noch mit ihrer Sekretärin einen Streit, weil sie in einer Ablage nicht das fand, was sie suchte, dann stellte sich heraus, daß sie es selbst zur Personalabteilung weitergeleitet hatte. »Elke«, sagte sie schuldbewußt, »was ist bloß mit mir heute los? Elke, nimmst du mir das auch nicht übel?« Das war ein zu gewichtiger Ton bei einer kleinen Panne. Sie ging zu Fuß nach Hause, aber das brachte keine Erleichterung, es war zu laut in den Straßen, und die Luft stockte unter einer niedrigen Wolkendekke. Sie wollte sich aufs Sofa legen; als es dreimal wie wild klingelte, sprang sie zur Tür und riß sie auf, ohne zu wissen, was sie erwartete, ein Telegramm von der Seereederei vielleicht.

Torsten stand in der Tür.

»Du kannst einen vielleicht erschrecken!«

»Wollte ich nicht, Mütterchen. Drei Tage Sonderurlaub für den verdienten Regimentsfotografen.« Er stellte die Aktentasche ab und nahm seine Mutter in die Arme, und sie dachte wie jedesmal: Ist er schon wieder gewachsen? Haas trat in den Flur und legte seinem Sohn die Hand auf die Schulter und sagte übliche Sätze von Überraschung. »Sonderurlaub?«

Torsten verschwand in seinem Zimmer, rumorte im Bad, und als er ins Wohnzimmer trat, schauten Schlafanzughosen unter dem Bademantel hervor; diesen Kontrast zu Uniform und Stiefeln genoß er bei jedem Urlaub. Ob er etwas zu essen wolle, hatte seine Mutter durch die Badtür gerufen – nein, später vielleicht. Haas fragte: »Sonderurlaub wofür?« und Torsten antwortete fröhlich, das sei eine lange Geschichte, sie habe mit dieser Feldübung begonnen – habe er sie nicht auf einer Postkarte angekündigt? Nein? Dann habe er es vorgehabt, wer weiß, was dazwischengekommen war. Drei Tage nicht aus den Klamotten, nicht mal Zelte, Dreck und Nässe, und das bei der Kälte – na! Links angelehnt die Freunde, rechts eine Truppe aus der ČSSR. Am ersten Tag Panzer auf Eisenbahnwaggons verladen, üble Schufterei. Nachts entladen, eingraben, fünf Kilometer vor, wieder eingraben, und was machte unterdessen der Regimentsknipser? Saß in einem Kübelwagen, hatte den Hintern warm, lauerte auf Motive für die berühmte Regimentschronik. Ein Lkw schief im Graben, wurde von einer Zugmaschine rausgezerrt – so Zeug. Kanone vor Sonnenuntergang, Feldwebel mit Fernglas. Und das alles, ohne sich die Stiefel dreckig zu machen.
Haas fragte, ob seine Kameraden nicht neidisch seien auf diesen Druckposten, und Torsten antwortete, natürlich seien sie das, und er hielte es für ihr gutes Recht. Noch während der Grundausbildung war gefragt worden, wer etwas von Fotografie verstünde, da hatte er die Hand gehoben: Fotograf mit Facharbeiterprüfung – ein Offizier hatte ihn in ein reich ausgestattetes Fotolabor geführt, das war einmal eingerichtet worden, als Geldmittel für die kulturellen Aktivitäten geflossen waren, hier hatten die Soldaten an Feier-

abenden einem kulturvollen Hobby frönen sollen. Der Offizier war versetzt worden, das Labor lag verwaist, nun hatte es einen neuen Herrn, den Genossen Soldaten Torsten Haas. »Also, ich fotografier still vor mich hin, da kommt der Befehl: Sofort nach Magdeburg ins Interhotel! Dachte, was da sein könnte. Großaufnahmen von 'nem General machen vielleicht, fürs Familienalbum!«

Haas schaute seine Frau an, sie zwinkerte aus den Augenwinkeln heraus. Sie kannte ihren Jungen, der hinzumogelte, wenn es für eine Pointe paßte; er neigte in liebenswerter Weise zum Flunkern. Bei Gelegenheit war Marion mit geballten Fäusten über ihn hergefallen, hatte ihn einen Lügner geschimpft, einen verflixten Münchhausen, da hatte er sich fröhlich verteidigt: Es sei die Wahrheit, die ganze Wahrheit und kein Fünkchen dazu!

»Ich fuhr also vor dem Interhotel vor. Wurde vorgefahren, da stand ein Feldwebel, wartete schon auf mich, der führte mich zu einem Leutnant, der zu einem Major.«

»Der zu einem General«, ergänzte Haas.

»Der Major sagte, ich sollte am Abend das Buffet fotografieren, die Manöverleitung würde sich kameradschaftlich zusammenfinden, große Drushba, jede Menge Völkerverständigung, und die Politabteilung brauchte Abzüge für sich und die Genossen aus Böhmen und der Sowjetunion zur Erinnerung. Ich hoffte, da würden ein paar Schinkenröllchen und vielleicht etwas Geflügelsalat für den Genossen Fotografen abfallen, ich hielt mich beim Mittagessen zurück, Steak mit Mischgemüse, der Major und zwei Leutnants neben mir, Politniks, und sie redeten in einem fort, daß sie in der Küche aufpassen müßten, daß nichts abgezweigt würde, aber sie dürften nicht rein wegen der Hygiene. Von Berlin war das Zeug gekommen, Sonderversorgung A von einer Hauptverwaltung, in 'nem Kühlwagen rangefahren, aber sie würden den Bullen in der Küche auf die Finger hauen, wenn ein einziger Hummerschwanz fehle. Sonderverpflegung A, da waren der Major und die Leutnants aufgeregt, als wären sie an 'nem ungeheuren militärischen Geheimnis dran. Den Kognak habe der Major auf sein Zimmer bringen lassen, Whisky und Gin auch, der Sekt sei natürlich im Kühlraum, aber gezählt Flasche für Flasche, und wenn die bloß 'ne Pulle umtauschten, sei der Teufel los. Die zieh ich alle zur Reserve ein!, rief der Major, und die Leutnants lachten. Dann haben sie gesagt, ich hätte frei, hab mich auf die Betten gehauen und gepennt, hab ferngesehen und bin runter, mal schnüffeln. Da traf ich einen der Leutnants, der war aufgeregt: Geht alles seinen Gang!, und wenn ich ein Bier trinken wollte, sollte ich bloß meine Zimmernummer angeben. Da ließ ich mir Eis mit Früchten bringen, kostete mich nischt, und Mokka und Pfirsich mit Schlagsahne, da stand der Major hinter mir, ich hoch, weil ich dachte, er will was Bestimmtes. Da merk ich, was er für 'ne Fahne hat, er hatte wohl auf seinem Zimmer schon bißchen probiert. Und ob ich wirklich Berufsfotograf sei, und da sagte ich ihm, ich hätte die Facharbeiterprüfung glänzend bestanden und käme auf die Hochschule. Sechs Generäle, sagte er, neun Oberstleutnants, Majore, zusammen über dreißig, und es müßte laufen wie am Schnürchen. Die Hummer, die Hummer, dann haute er wieder ab, 'n Etappenmajor für Logistik, wie das wohlklingend heißt, für Nachschub von Hummer und Sekt.«

»Nun übertreib nicht«, sagte Haas.

»Iiich? Vater, unsere Berufe unterscheidet eines, du kannst dir Zeug ausdenken, und keiner kann nachweisen, ob du denen die Hucke vollschwindelst. Aber ich! Ich lege Beweise vor! Hummer in Farbe! Hast du überhaupt mal Hummer gesehen? Die kamen aus Flensburg, wir haben am nächsten Tag die Kisten gestapelt, der Fahrer und ich, als wir die Spuren beseitigten. Hummer aus Flensburg, zwölf Stück. Vom Klassenfeind.« Er ging in sein Zimmer und kam mit großformatigen Fotos zurück, die Hummer leuchteten krebsrot, weiß die Eiswürfel, gelb die Zitronenstücke. Nein, die Eltern Haas bekannten, Hummer nur aus dem Fernsehen oder aus Kochbüchern zu kennen, und ihr Sohn tröstete: Gewiß würden sie in Algerien Riesendinger verspeisen, und übrigens sei es gar nicht einfach, mit ihnen umzugehen. Ein russischer General hatte es vorgemacht, zum Besteck gehörten spezielle spitze Gabeln und sogar ein ganz gewöhnlicher Nußknacker. Nein, kein geschnitzter aus dem Erzgebirge – blöde Frage übrigens. Das da, nicht unbedingt zu erkennen, seien Krabbencocktails. Da die beiden Spanferkel, die von Ordonnanzen zerlegt wurden, da durften noch nicht mal die Generäle dran schnippeln. Da der Kessel mit Hühnersuppe, Klößchen drin, Pilze, Spargelstückchen. Röllchen, Häppchen, Ananas, Salate, Krokettchen, Pastetchen ... »Die haben gefressen. Und gedrängelt am Buffet, als hätten sie drei Tage lang nichts gekriegt.«
»Zeig die Bilder möglichst niemandem«, mahnte Haas. »Vor allem deinen Kumpeln nicht.«
Jetzt alberte Torsten nicht mehr, eine Minute lang waren die drei stumm, schauten die Fotos an, und schließlich zitierte Haas: »Im Feldquartier, auf hartem Stein, streck ich die müden Glieder – daß Generäle

spartanisch leben, hab ich natürlich nie angenommen – aber so?«
Durch eine Wand abgeteilt sei ein kleines Buffet aufgebaut gewesen für die Ordonnanzen und für ihn, den Fotografen, berichtete Torsten weiter, ohne Hummer und Ferkel, aber auch üppig genug. Zwölf Sorten Käse, alle von drüben. Pastetentöpfe aus Belgien.
»Nun übertreib nicht«, sagte diesmal Kläre Haas.
»Du denkst doch nicht, daß die Generäle in Westdeutschland . . .«
Kläre Haas wußte, was Marion jetzt einwerfen würde: Aber wolltet ihr nicht eine gerechte Welt aufbauen?
»Das beste Foto ist natürlich das.« Es steckte in einem Beutel für sich, Torsten legte es beinahe feierlich auf den Tisch, und Kläre und Hans-Georg Haas sahen sofort: Da hielt sich ein Mann an einem Pfosten fest, er hatte die Uniformjacke aufgeknöpft, Haare hingen ihm in die Stirn, das Gesicht gerötet, und da troff es aus seinem Mund, war im Fallen von schlauer Fotoapparatur festgehalten worden, Schleim und Brocken, verwischt, trübten den Blick auf eine Ordensschnalle, vier Reihen waren das, die untere etwas kürzer, da war noch Platz, vielleicht kam nach diesem Manöver noch eine Auszeichnung hinzu für Bewährung brüderlicher Waffenfreundschaft, darüber zwei Sterne, fünfzackig, da erbrach sich ein General, da kotzte ein General, vielleicht war er auch bloß Oberstleutnant und wollte noch General werden.
»Der Befehlshaber der tschechoslowakischen Streitkräfte im westböhmischen Militärbezirk«, sagte Torsten, »der Mann an der Nahtstelle zwischen Ost und West, der Hüter der Böhmerwaldfront. Der Garant für unverbrüchliche . . .«
»Für dieses Foto können sie dich einsperren«, stellte

Haas fest. »Am liebsten möchte ich es in den Ofen stecken.«
Kläre Haas sagte: »Torsten, du bist verrückt. Als du das aufgenommen hast, hat denn das keiner gemerkt?«
»Das war um eins oder um zwei. Natürlich waren auch die Ordonnanzen wenigstens halbblau. Der einzige Nüchterne außer mir war der Major, der das Fressen leitete. Dem hab ich am Ende noch geholfen, einen Karton Sekt in ein Privatauto vor dem Hotel zu tragen. Mir hat er eine Flasche Whisky geschenkt. Bring ich euch das nächste Mal mit.«
»Du bist wirklich verrückt«, wiederholte Kläre Haas.
»Eine Sauferei wie beim letzten Kegelklub«, sagte Torsten. »Vielleicht gibt es überhaupt nur Kegelklubs. Ob Politbüro oder Bundesregierung – da ist immer einer, der zuerst besoffen ist, einer erzählt zuerst schweinische Witze, einer fragt zuerst, wo's denn hier Mädchen gibt, einer schmeißt zuerst das Glas um, einer kotzt zuerst.«
»Kannst dir alles vermasseln«, mahnte Haas, »alles.«
Was er eben erfahren hatte, war so selbstverständlich wie banal. Wer an der Krippe saß fraß. Du sollst dem Ochsen, der da drischet. Er selber hatte sein Auto in der Werkstatt der Bezirksleitung reparieren lassen. Weiter oben waren eben die Spesen größer.
Das Gespräch ging weiter in kleinen Schritten. Was es doch für ein gutes Gefühl sei, in den vertrauten Wänden zu sitzen, er, Torsten, habe sich Vaters Arbeitszimmer kleiner vorgestellt – lag das an der Enge der Kasernenstuben? Der Schreibtisch, Mahagoni, grünes Leder darauf, goldgeprägt, hoffentlich wirklich aus England stammend und über hundert Jahre alt, vor zehn Jahren von einem unerwarteten Honorar ge-

kauft, heute würde man so was viel schwerer auftreiben können – Torsten erwog, Vater hinter diesem Schreibtisch zu fotografieren, einen Morgen lang, still wartend, bis Vater nicht mehr daran dachte, daß eine Linse auf ihn gerichtet war. Hundert Aufnahmen, drei auswählen, besser noch: eine, die war dann gültig. »Wenn du mal richtig berühmt bist...« Wenn Vater das Meißen-Buch schrieb, wenn es exportiert würde wie Meißner Porzellan. Ein weiteres Thema: Die Personalstärke der Volksarmee, die Sorge der Bundeswehr, bei den zu erwartenden schwachen Jahrgängen die Sollstärke zu halten – auf einmal sagte Torsten: »Warum exportieren wir nicht einfach eine Division? Zum Beispiel meine?«
Eine Division, das war ein Gedankenspiel, das Hans-Georg Haas reizte: Während der Leipziger Messe trafen sich Handelsleute und Generäle, unter äußerster Geheimhaltung wurde beraten. Zwanzigtausend Mann sollten in den Dienst der Bundesrepublik treten, auf wie lange, was wurde dafür gezahlt? Bares natürlich, sodann lieferte die Bundesregierung einige zehntausend Volkswagen, sie baute eine Fabrik für Taschenrechner in Plauen, für Jeans in Magdeburg.
»Weihnachtsbäume aus Plast«, schlug Kläre Haas vor, »Alu-Fahrräder, Lego-Spielzeug – für mein Kaufhaus muß auch was abfallen.«
»Das ist nicht die Hauptsache, Genossin«, Hans-Georg Haas gab sich kämpferisch, als säße er am Verhandlungstisch im Politbüro. »Genossen, der Schwerpunkt ist die ideologisch-politische Arbeit innerhalb dieser Division, ist der glasklare Standpunkt der Genossen, die diesen Klassenauftrag...«
»Also ich als Regimentsfotograf – ich spioniere wie verrückt, liefere jede Menge Unterlagen...«

»Genosse Fotograf«, Hans-Georg Haas blieb mit gespieltem Ernst bei dieser Linie, »ich rufe dich zur Ordnung! Die DDR liefert nur das Beste, auch diese Division muß das Gütezeichen tragen und eine der zuverlässigsten Divisionen der Bundeswehr sein. Also kein Trojanisches Pferd, wenn du weißt, was ich meine. Sie muß absolut einsatzfähig im Sinne der Bundeswehr sein, muß treu zum Atlantischen Bündnis stehen. Es ist klar, daß diese ideologische Umstellung nur die dialektischsten Denker schaffen.«
Jetzt lachte Kläre Haas aus vollem Hals. Ein krauses Spiel, mit Drehungen um hundertachtzig Grad, aus weiß wurde schwarz, darin war Torsten noch besser als sein Vater, und sie bedauerte nicht, daß ihr die Fähigkeit zum Mitspinnen fehlte. Torsten legte eben die Hände an die Nähte seines Schlafanzuges und schnarrte: »Jawohl, Genosse Politbüromitglied! Kampfauftrag begriffen! Ich diene der Deutschen Demokratischen Republik, indem ich dem Klassenfeind diene!«
»Sitzen Sie bequem, Genosse. Was werden Sie tun, wenn sowjetische Panzer vor Ihrer Stellung auftauchen?«
»Ich werde sie bis zum letzten Blutstropfen fotografieren.«
»Im Prinzip sehr gut, Genosse. Und dann?«
»Dann werde ich die Fotos unverzüglich entwickeln.«
»Falsch, Genosse!«
»Ich sehe meinen Fehler ein und will's nicht wieder tun, Genosse Politbüro. Ich werde die Filme sofort vernichten.«
»Selbstverständlich werden Sie auch das nicht tun!«
»Jawohl, Genosse Polit!« Torsten gelang es, wie ein dümmlicher Rekrut in einer Militärklamotte zu blik-

ken, die Augen starr, den Mund aufgerissen. »Ich diene der Sowjetunion!«
»Selbstverständlich, Genosse. Sie dienen ihr und der ihr unverbrüchlich verbundenen DDR, indem Sie, zeitweilig der Bundesrepublik unterstellt, dort Ihr Bestes tun. Ihre Klasse erwartet von Ihnen...« Jetzt mußte auch Hans-Georg Haas lachen. »Ein großartiger Einfall«, befand er. »Ein Roman mit dieser Ausgangsposition. Dann durchspielen mit eiserner Konsequenz. Damit könnte man beide deutschen Armeen in die Pfanne hauen. Ein DDR-General wird schwul auf der Hardthöhe...«
»Bekommen die Leute Urlaub?«
»Eine gute Frage, Kläre! Ich würde abraten. Kein ›Neues Deutschland‹ für die Genossen da drüben im harten Klassenauftrag, sondern ›BILD‹. Die Heimat im Herzen – freilich. Honeckers Foto im Speiseraum. Das Divisionslied: ›Deutsch bleibt die Saar, deutsch immerdar.‹ Und harten Polituntericht: Wieder haben wir hundert Waggons Steinkohle für die Heimat verdient, wieder tausend Tonnen Nesquick für unsere Jungen Pioniere. Im selbstlosen Kampf...«
»Und nach zehn Jahren, Genosse Polit, wenn die Ausleihe vorbei ist?«
»Nicht alles auf einmal. Man müßte eine Kommission einsetzen, die die weiteren Fragen klärt.«
»Der Divisionär erschießt sich«, probierte Torsten, »weil ihn seine daheimgebliebene Gattin bedrängt, er soll für sie durch einen Spezialtrupp ein Loch in den Grenzzaun schneiden lassen. Sie will zur Modenschau nach Düsseldorf – der Divisonär zerbricht an diesem Zwiespalt.«
»Ich sag's, das wäre ein Stoff, über den sich die Welt totlachen würde. Wenn sie's dürfte.«

»Vater, damit würdest du berühmt wie Hašek mit seinem Schwejk. Würdest der DDR-Haas-schek.«
»Schlag's doch dem Kopp mal vor.«
»O Gott, der arme Kopp.«
»Kinder, was für ein Spaß.« Ein abschließendes Stöhnen zeigte, wie müde Kläre Haas war.
Torsten packte seine Fotos weg. »So was heb ich nicht im Spind auf. Bin doch nicht blöd.«
Haas sagte: »Und für diese Heldenfotos hast du drei Tage Sonderurlaub gekriegt?«
»Habe mir ihn selber verliehen. Ich hab ihn auf der Rückfahrt in meine Papiere eingetragen. Mit täuschend ähnlicher Unterschrift von diesem Major. Stempel. Wer ein Fotolabor hat, schafft das.«
»Also gefälscht.«
»Wer wird so harte Worte gebrauchen, Vater.«
»Du bist verrückt.«
»Aber es macht Spaß, Väterchen.«

Am besten München

1

»Oder du wartest da drüben an der Kirche. Kannst dich ja auf die Stufen setzen.« Marion Haas ärgerte sich, daß sie nun schon den dritten Vorschlag machte: Jan könnte dort in der Eckkneipe bleiben oder versuchen, in der Straße zur S-Bahn hinunter einen Laden zu finden, in dem es Briefumschläge gab. Hang zur Mütterlichkeit diesem Jungen gegenüber war nun wirklich das letzte, was sie wollte, aber sie ertappte sich wieder, daß sie ihm, das war ihr Ausdruck dafür, ein Lätzchen umband.
»Gut, an der Kirche.«
Ihr blieben vier Minuten, um über die Straße und zu Kloßners Wohnung hinaufzugehen. Frau Kloßner hatte am Telefon gesagt, in einer halben Stunde könne man allerhand bereden.
Nach dem Klingeln wurde die Tür so rasch geöffnet, als hätte Frau Kloßner dahinter gewartet. Als erstes fielen Marion die Augen auf, helle, starre, vielleicht sogar stechende Augen. Marion nannte ihren Namen, Frau Kloßner nickte kaum merklich. Ihr Arm hielt ausgestreckt die Tür, als wäre noch nicht entschieden, ob sie die Besucherin einließe. »Guten Tag«, sagte Marion, da fiel die Hand von der Klinke. »Ja, guten Tag. Bitte kommen Sie.« Frau Kloßners Hand fühlte sich kalt an, dünn. Sie gingen in eines dieser Zimmer, wie es sie überall in den Häusern gibt, die in den

sechziger und siebziger Jahren gebaut worden waren, zwanzig Quadratmeter groß, niedrig die Decke, mit Couch, Ausziehtisch und Schrankwand, der Fernseher über Eck, Bücherregal über der Couch und die Lampe mit einer Kordel von der Zimmermitte über den Tisch gezogen. Ob Fräulein Haas Kaffee oder Tee wünsche, fragte Frau Kloßner, und Marion sagte, einen Schluck Selters hätte sie gern. Dabei streckte sie die Arme seitlich vom Körper weg, beim dritten Mal wurde es ihr bewußt, und sie legte die Arme fest an. Frau Kloßner war eine mittelgroße Frau von fünfzig Jahren mit straff gekämmten und im Nacken festgesteckten Haaren, bräunlich mit Grau eingemischt, mit schmalem Gesicht und blasser Haut, darin diese Augen, die, hatten sie ein Ziel gefunden, sich schlecht von ihm lösen zu können schienen. Jetzt spürte Marion sie auf sich und sagte, was überflüssig war, und sie wußte es: »Aber es muß nicht sein.«
»Doch, hab ich da.« Als Frau Kloßner hinausging, sah Marion, daß sie einen schmalen Rücken mit nach vorn gebogenen Schultern hatte und dünne Beine unter einem glatten Rock.
»Da sind wir also die Stellvertreter«, begann Frau Kloßner, als sie saßen. Ihr Lächeln war gerade noch eine Andeutung.
»Meinem Vater ist die Sache unangenehm«, sagte Marion. »Daß er sich so schlecht besinnen kann. Ich soll Ihnen das nicht so sagen, möchte aber nicht herumreden. Er hat wie verrückt nach den Artikeln gesucht.«
»Für ihn waren sie nicht ganz so wichtig.«
Marion nahm einen Schluck Selters. »Und wie geht es Ihrem Mann?«
Man habe diese schwierige Herzoperation gemacht,

wo ein Stück Vene aus dem Oberschenkel um die Herzkammer gelegt wurde. Vom medizinischen Standpunkt aus sei es nicht so aufregend, Zehntausende liefen auf der Welt herum, bei denen das geklappt habe. »Aber Herbert kommt nur mühselig wieder auf die Beine. Er war schon aus der Klinik raus, mußte rein, wieder raus, rein. Und jetzt lassen sie ihn wohl nicht so schnell wieder los.«
»Was arbeitet Ihr Mann sonst?«
»Gar nichts«, es klang schrill, als könnte Marion dafür, oder als sei es unanständig, danach zu fragen, oder als verstehe es sich von selbst. »Invalid seit zwei Jahren.«
Marion fand, daß sie sich nicht in die Schuldecke schieben lassen durfte, sie war nicht die Partei, das waren Kloßner und ihr Vater, und natürlich hielt Frau Kloßner zu ihrem Mann. »Und vorher?«
»Lehrer. Aber hat Ihr Vater Ihnen gar nichts gesagt?«
»Daß Ihr Mann zuletzt Lehrer war, weiß er nicht. Frau Kloßner, bitte gehen Sie davon aus, daß mein Vater überhaupt *alles* vergessen hat.« Ihr wurde bewußt, daß ihr eben ein Klischeesatz unterlaufen war, »bitte gehen Sie davon aus«, der immerzu im Fernsehen hüben und drüben gebraucht wurde, von dort hatte er sich in Referate und Schulstunden eingeschlichen: Gehen wir davon aus – dauernd wurde von irgendwo ausgegangen, aber wohin? »Wollen wir beide ganz von vorn anfangen?« Marion war sicher, daß ihr der letzte Satz ohne Schärfe gelungen war, sie hatte sich dabei vorgeneigt, hatte ausdrücken wollen, sie sei zu Vermittlung bereit, sogar zu Kumpanei: Frau im Bündnis mit Frau gegen sich sperrende, sich spreizende Männer.
»Ich zeige Ihnen die Artikel.« Frau Kloßner stand auf

und öffnete eine Schublade. In ihr lag griffbereit eine Mappe, sie schlug sie auf und legte sie vor Marion hin. »Da, der Name Ihres Vaters.« Und Marion bestätigte es.

»Stippvisite auf unserem Dorf«, hieß der erste Beitrag. Er bezog sich auf einen Artikel, den H. K. über seine Eindrücke nach einer Reise durch Mecklenburg veröffentlicht hatte, H. K. hatte ein Staatsgut besucht, Haas schrieb darüber:

»Die Arbeiter hatten mit einem Gutsleiter zu tun, der in nichts dem preußischen Inspektor glich. Nicht Nur-Fachmann, sondern Sozialist, verstand er es, Kräfte zu wecken, die in ehemaligen Gutsknechten und ihren armselig aufgewachsenen Kindern steckten. Und welch ein Erbe hatten die Herren hinterlassen! Der Gutsleiter fand die verborgenen Fähigkeiten des rüpeligen Halbwüchsigen ebenso wie die des sechzigjährigen Analphabeten. Der Schweinemeister, vierzig Jahre alt, verrichtete seine Arbeit nach sowjetischen Methoden. Als Sohn eines Wanderschäfers hatte er nie eine Schule besuchen können. Seine Frau las ihm die Fachbücher vor, der Gutsleiter erklärte ihm unbekannte Begriffe. Der Gutsleiter war der Sohn eines Kleinbauern. Sein Jugendtraum, Landwirtschaft zu studieren, konnte im Hitlerdeutschland natürlich keine Verwirklichung finden. Während seiner Gefangenschaft in der Sowjetunion hatte der Mann neben der Arbeit auf einem Kolchos Agrarwissenschaft und das Notwendigste, Gesellschaftswissenschaften und Ökonomie, zu studieren begonnen. Als Gutsleiter holte er während fünf langer Jahre im Fernunterricht das Fachstudium nach. Als er die Leitung des Gutes übernahm, fand er es wie der Sintflut entronnen vor: die Äcker verwüstet, die Menschen in Lumpen gehüllt, in elende Behausungen verkrochen. Vom üblichen Getier gab es nicht einmal ein Paar. Jetzt war die Existenz der Familien gesichert; man sah schon Wohlstand, sogar manche Schönheit. Daß sich die Lebensverhältnisse weiter bessern würden, betrachteten alle als selbstverständlich.«

Marion las die letzten Sätze noch einmal – nein, sie hatte nichts übersehen, das aufregend gewesen wäre. Der Schreiber Haas ließ es langsam angehen. Es war so still im Zimmer, daß Marion hörte, wie im Selters die aufsteigenden Bläschen zerplatzten; wie es schien, hatte Frau Kloßner zu atmen aufgehört. Also ruhig weiter im Text:

»Doch Volksgüter bewirtschaften nur einen geringen Prozentsatz des Bodens. Man mußte zum Beispiel die ökonomische Entwicklung der bäuerlichen Schichten verfolgt haben, um die Notwendigkeit der Bildung von Genossenschaften zu begreifen. Man mußte unsere Politökonomen befragen: Wir hatten uns lange darüber gewundert, daß der Staat den Bauern ihre Übersoll-Produkte zu hohen Preisen abkaufte. Es gab und gibt reiche Bauern bei uns, die den sozialistischen Bestrebungen ablehnend gegenüberstehen. Wir waren überzeugt, daß einschränkende Maßnahmen deshalb nicht getroffen wurden, weil niemand von unseren Landwirtschaftsfachleuten die Entwicklung beobachtet hatte. Wir waren erbittert über unsere ›Experten‹; wußten wir doch, auch die Arbeiter brachten kein Verständnis dafür auf, daß sie die Produkte so teuer von den Bauern kaufen mußten. Als wir unsere Beobachtungen den dafür zuständigen Stellen mitteilten, zeigte sich: Die Entwicklung war genau bekannt! Maßnahmen konnten aber noch nicht getroffen werden, weil die Produkte dringend gebraucht wurden

(der Import wäre viel teurer geworden, die Produktivität aber sofort zurückgegangen, wenn die Preise gesenkt worden wären) und weil auch die Genossenschaften im Anfangsstadium die Stützung durch die hohen Preise brauchten. Der Weg würde sein: Vergrößerung des Bodenanteils und Stabilisierung der Genossenschaften. In dem Augenblick, da die Genossenschaften produktiv genug sind, können die Preise den Kosten angenähert werden, ohne die Gefahr eines Produktionsrückganges heraufzubeschwören, der zu Versorgungsschwierigkeiten führen würde.«
Marion hätte gern den einen oder anderen Satz übersprungen, langatmig kam ihr alles vor und ohne Brisanz. Allmählich würde ein weit von ihr fortgerückter Hans-Georg Haas, damals noch nicht ihr Vater, zur Sache kommen müssen. Sie schaute auf das unbewegte Gesicht der Frau Kloßner, wollte fragen, fragte nichts und las weiter, da hieße es manche Unbequemlichkeit auf sich zu nehmen, bevor einer den Überblick gewänne, der ihn frei machte zum Gestalten der Wahrheit. Der bürgerliche Historiker, der die Probleme seiner Klasse darstellte, teilte die Lebensverhältnisse, über die er zu schreiben hätte. Ein Historiker, der über Arbeiter und Bauern mit der gleichen Selbstverständlichkeit schreiben wollte, müßte leben wie sie. Gewiß sei es notwendig, daß Wissenschaftler und Schriftsteller in den großen Städten Zentren für Kunst und Wissenschaft bildeten. »Gefährlich für den Historiker im Arbeiter-und-Bauern-Staat wird es jedoch, wenn er eingekapselt bleibt in einen Lebenskreis, der seine persönlichen Interessen umschließt. Die meisten haben noch keine Lösung gefunden, beiden Bedürfnissen zu genügen; sie versuchen, ohne Fundament zu bauen. Die Bauten sind danach. Es gibt unter uns

viele Bewunderer chinesischer Weisheit. Nachahmer finden sich weniger: In China (wo Mao Tse-tung schon vor zwanzig Jahren über die Schwierigkeiten gesprochen hat, die den aus kleinbürgerlichen Schichten und aus dem Bürgertum stammenden Historikern entgegenstehen, wenn sie über die Arbeiter und Bauern schreiben wollen) gibt es eine Bewegung zur ›Umerziehung‹ der Intellektuellen und Künstler. Viele von ihnen sind für Jahre hinausgegangen, um das Leben der Arbeiter und Bauern zu teilen. Man hört, die Einsicht verbreite sich, daß man über die arbeitenden Menschen wahrheitsgetreuer berichten kann, wenn man wie sie gelebt hat.«

Noch einmal blickte Marion hoch, hätte gern erörtert: Ein gewisser Kloßner und ein gewisses Dorf, einem gewissen Haas hatte Kloßners Reportage nicht behagt. Das Dorf war versunken, altes Mißfallen verdorrt, Dorf, Schäfer, Kühlein erstarrt wie auf einem Gemälde aus einem früheren Jahrhundert in schrundigem Goldrahmen. Marion wartete auf ein Achselzucken, ein herüberführendes Lächeln: verstaubtes Gerangel für uns beide. Aber Lippen und Brauen der Frau Kloßner blieben strichig. »Das klingt doch alles fürchterlich harmlos«, sagte Marion. »Oder übersehe ich etwas?«

»Ihr Vater hatte einen guten Ruf, sagen wir: Man kannte seinen Namen. Er war ein paar Jahre älter als mein Mann und hatte sich eine starke Stellung verschafft. Herbert war im letzten Semester und sollte in die Aspirantur. Da schlug dieser Artikel ein, er löste eine Kampagne aus. Nach ein paar Versammlungen wurde abgestimmt, daß es weise wäre, den Genossen Kloßner für ein Jahr oder zwei aufs Dorf zu schicken, damit er danach sein Studium mit repariertem Bewußtsein fortsetzen könnte.« Leise fügte sie hinzu: »Am Ende hat Herbert der Partei sogar für ihre Hilfe gedankt. Das war der Stil damals.«

»Hat das mein Vater gewußt?«

»Wahrscheinlich. Es kam aber nicht dazu. Stalin starb, die Aufregungen über den 17. Juni hielten bis in den Herbst an. Der Beschluß wurde als überspitzt aufgehoben, die Aspirantur genehmigt.«

Marion merkte, daß sie den Ellbogen auf den Tisch und das Kinn in die Hand gestützt hatte, sie zog den Arm herunter, sagte: »Ich weiß nicht, ob Sie Ihren Kindern viel über diese Zeit erzählt haben. Meine Eltern reden wenig davon. Studiert haben sie wie die Wilden. Und Versammlungen immerzu. Und Genossen waren sie sofort.« Marion versuchte, in der Einrichtung des Zimmers etwas zu entdecken, das auf die Neigung ihrer Bewohner schließen ließ. Sie hätte gern gefragt: Der Wandteppich da, haben Sie den selber geknüpft, oder woher ist er? Aber es gab keinen Wandteppich, sondern einen Druck der Sonnenblumen von van Gogh. Auf einem Bord ein Kerzenständer, mit Muscheln beklebt; wahrscheinlich stand auf der Rückseite: Gruß aus Bansin. Auf dem Bücherbord die braune Thomas-Mann-Ausgabe, die besaßen ihre Eltern auch.

»Mein Mann war an der Uni in Halle, Ihr Vater in Leipzig. Herbert bekam den Auftrag, in Eisleben und Umgebung zu recherchieren, was über die Lage der Arbeiter vor dem Ersten Weltkrieg in Erinnerung war. Herbert hat eine Reihe von Leuten interviewt und die Ergebnisse in einem Buch zusammengefaßt. Sofort gab es Krach. Das war im Herbst achtundfünfzig, fünf Jahre nach dem ersten Artikel Ihres Vaters. Chruschtschows Parteitag und der Ungarnaufstand hatten allerlei durcheinandergebracht, nun wollte die Partei die alten Positionen wieder erobern. Ein Exempel sollte statuiert werden, um gegen den berüchtigten Objektivismus vorzugehen. Bitte.« Frau Kloßner nahm den zweiten Artikel aus der Mappe. »Bitte«, sagte sie noch einmal.

Marion las:

»Eine Lektion über Wahrheit und Objektivität
von Hans-Georg Haas

Die Kreisleitung der Sozialistischen Einheitspartei in Eisleben lud zu einer Diskussion ein; es ging um eine Sammlung von Erlebnisberichten alter Mansfeld-Arbeiter. Ein junger Wissenschaftler hat eine Untersuchung über die Lage der Mansfeld Arbeiter geschrieben und Erlebnisberichte, die er als Quellen für diese Arbeit benutzte, fast kommentarlos editiert. Wegen dieser Publikation, die natürlich im Mansfelder Gebiet großes Interesse fand, wurde Herbert Kloßner kritisiert.

Diese Diskussion ging uns an! Wir erlebten, wie ernst ein Buch von Arbeitern genommen wird, dessen Gegenstand die Geschichte ihrer Klasse ist. Die Kreisdelegiertenkonferenz der Partei hatte es kritisiert; der Sekretär der Kreisleitung hielt die Auseinandersetzung für wichtig genug, um einen Tag lang an ihr teilzunehmen. Nachmittags erschienen fast zweihundert Arbeiter; Genossen, von der Schicht kommend, trugen das Buch unterm Arm und hatten sich die Stellen darin angestrichen, über die sie sprechen wollten.

Nicht zufällig münden alle unsere Diskussionen in ganz einfache ideologische Fragen, so kompliziert sie auch beginnen mögen. In Eisleben fing es gleich mit diesen Fragen an, weil der Gegenstand sie aufzwang.

Also lautete die erste Frage: Ist das wahr, was in dem Buch steht? Der Herausgeber glaubte antworten zu können: Ja, denn die Erlebnisberichte wurden von den Arbeitern so aufgeschrieben oder vorgetragen. Also wurde weitergefragt: Was wolltest du mit diesem Buch erreichen? Gerade das aber hatte sich der Autor nicht überlegt. So standen in seinem Buch Lebensberichte revolutionärer Arbeiter neben Schilderungen von Revisionisten, Opportunisten und sogar Parteifeinden. Sie widersprachen sich selbstverständlich in der Bewertung bestimmter Ereignisse. Der Autor hoffte, ganz besonders objektiv zu sein, indem er kein Wort an den Berichten änderte, jeder Auseinandersetzung aus dem Wege ging und sich selbst zum Stenographen degradierte. Er wollte auf diese Weise ein möglichst vielseitiges Bild einfangen. Durch diese Auswahl aber schildert er nur die unterdrückte, erniedrigte, teilweise sich selbst erniedrigende Kreatur. Diese Arbeiter kann man bemitleiden, aber Großes traut man ihnen nicht zu. Sie tragen nicht die charakteristischen Züge der Klasse, die einmal sich selbst befreien und die Führung der Nation übernehmen wird.
Der Saal saß voller Mansfeld-Kumpel, von denen einige aus ihrem Leben erzählten. ›So, wie es in diesem Buch herauskommt‹, sagte einer, ›so klein und niedrig hab ich mich nie gefühlt! Wir wußten immer, daß wir den anderen überlegen waren, auch wenn die mit weißen Kragen herumliefen und wir dreckig von der Schicht nach Hause gehen mußten.‹
Folgerichtig lautete die nächste Frage: Für wen hast du das Buch zusammengestellt? Auf eine Formel gebracht, hieß die Antwort des Autors nach einigem Zögern: Für die Wissenschaft. Und da mußte er sich

von Arbeitern sagen lassen: Wissenschaft ist dazu da, uns die Instrumente für unseren heutigen Kampf in die Hand zu geben! Kann denn wissenschaftlich sein, was Legenden verbreiten hilft, gegen die wir unser Leben lang angekämpft haben und gegen die wir heute zuweilen noch kämpfen müssen? (Zum Beispiel die Legende, daß die Arbeiterklasse in Mansfeld in bestimmten Situationen versagt habe – in dem Buch vorgetragen von einem ehemaligen Angehörigen des rechten Betriebsrats, der die Arbeiterklasse gerade in solchen Situationen verraten hat.) Wem nützt es? Auf diese Frage lief schließlich alles hinaus. *Sie* ist Maßstab, nicht der subjektive Wille des Autors.
Diese Diskussion offenbarte eine neue Qualität in den Beziehungen zwischen Arbeitern und Wissenschaftlern. Die fortschrittlichen Teile der Arbeiterklasse sind sich bewußt, Auftraggeber zu sein; sie fordern Rechenschaft; sie sind bereit zu helfen. An diesem Tag saßen Menschen vor uns, die die *geformte* Wahrheit als Waffe in die Hand bekommen wollen; angesichts dieser intelligenten, durch jahrzehntelange Klassenkämpfe geprägten Gesichter wäre jedem das Naserümpfen vergangen. Hätten mehr Historiker die erregende Atmosphäre dieser Auseinandersetzung miterleben können, manche theoretische Diskussion in Berlin und Leipzig wäre überflüssig geworden!«
»Das werde ich noch einmal lesen müssen. Da ist er wieder, der Objektivismus, nicht wahr?« Marion hatte weitersprechen wollen, der Objektivismus müsse wohl eine Spezialität ihres Vaters gewesen sein; es hätte flapsig geklungen.
»Danach wurde Herbert tatsächlich in die Produktion geschickt, als Landarbeiter in die Nähe von Quedlinburg. Ich war Lehrerin in diesem Dorf.«

»Frau Kloßner, ich möchte beide Artikel noch einmal lesen, muß sie ja auch abschreiben. Mit einer halben Stunde ist nichts getan, ich merke es. Unten wartet mein Freund.«
»Holen Sie ihn doch hoch. Er kann nur dazulernen.«
Marion überlegte, ob sie sich gegen diesen Satz wehren sollte. Sie trug keine Schuld, und wieweit Vater Schuld trug, würde man herausfinden müssen. »Mein Freund ist Ausländer, ich weiß nicht, ob er davon überhaupt etwas versteht. Ich käme lieber einmal wieder.«
»Wie Sie wollen. Sie können ja noch einmal anrufen.«
»Eines wüßte ich gern: Warum erinnert sich Ihr Mann ausgerechnet jetzt an diese Artikel?«
»Er ist sehr krank. Ist das kein Grund?«
Marion machte einen letzten Versuch, diese Frau sympathisch zu finden, er mißlang sofort; von da an erschien ihr die Situation überschaubarer, klarer. Sie selbst hatte mit der Sache nichts zu tun, sie würde daheim berichten, knapp und ohne Erregung. »Ich danke Ihnen. Und gute Besserung für Ihren Mann. Hat mir mein Vater auch aufgetragen, übrigens.«
Sie standen gleichzeitig auf, im Korridor gaben sie sich die Hand und sagten gleichzeitig: »Auf Wiedersehen.« Kein Wort dazu. Die Treppe hinunter und über die Straße, Jan saß auf den Stufen vor der Kirche, die letzten Schritte rannte sie, er stand auf, so prallte sie gegen ihn und stöhnte atemlos: »Ich war in einem Museum. Nein, in einem Totenhaus. Ich habe eben zwei Mumien besichtigt, nein, drei. Eine davon ist mein Vater. Leichen bewerfen sich mit Dreckbatzen. Das ist wie, wie . . .«
Er legte den Arm um ihre Schultern, sie legte den Arm

um seine Hüfte, so gingen sie auf die S-Bahn zu. Sie sagte, wenn sie noch einmal hierher müßte, um die verdammten Artikel abzuschreiben, würde sie ihn mitnehmen, allein brächten sie keine zehn Pferde hinauf. Pferde hätten es auf Treppen sowieso nicht leicht, gab Jan zu bedenken. Und nun sogar zehn Pferde, die würden ja alles verstopfen. Von einer Sekunde zur anderen drängte sich Marion an ihn, preßte den Kopf gegen seine Brust, warf ihm beide Arme um den Hals. Sie wünschte, sie wären jetzt draußen in Gransow im Häuschen, sie hätten die Fensterläden geschlossen und das Bett von der Wand geklappt. Oder nicht Jan, ein Mann, der ihr noch nie begegnet war, der ebenso wild auf sie zudrängte wie sie auf ihn. Nicht im Häuschen, in einer nie erlebten Wohnung. Ach, Jan.

»Mädchen, Mädchen«, murmelte Jan und küßte ihr Haar, ihre Stirn, sie legte den Kopf nicht so weit zurück, daß er ihren Mund hätte finden können. Jetzt, sagte er, würden sie sich sofort in die nächstbeste Kneipe setzen und die elenden fünfundzwanzig Mark vertrinken, die er für diesen Tag hatte umtauschen müssen.

»Hast du je gehört, daß es Objektivismus gibt? Objektivismus ist, wenn ich eine Sache sehe, wie sie ist, aber sie paßt jemand anderem nicht in den Kram. Klar?«

»Aha«, sagte Jan.

2

Der Himmel war ohne Freude, flach wie die Erde, war vom Boden durch eine Schicht diesiger Luft getrennt, die sich nicht regte. Spätherbst oder früher Winter, hier konnte es auch im Januar oder Februar so sein. Acht Grad Celsius las Haas vom Außenthermometer ab, so hatte es RIAS Berlin prophezeit, hatten auch für die Provinz Brandenburg mitgesprochen, fürs Umland, das Einzugsgebiet gewesen war. Südliches Randgebiet. Früher: Rieselfelder, Weißkohl und Teltower Rübchen, Wald und torfiges Feld, und ein Stück weiter begannen die Steppen, die Panzer in den Sand gemahlen hatten. »Erholsam?« fragte Haas zurück. »In dieser Jahreszeit bestimmt nicht. Aber ich kann arbeiten. Stell dir vor: Hier schreib ich über Hitze in Athen. Hilft nur eines: sich einreden, daß Schriftstellerei ein Handwerk ist wie jedes andere.« Vor Jahren hatte er hier im Herbst eine Geschichte entwickelt, die im Krieg in Nordrußland spielte, unter versprengten deutschen Landsern in den Wäldern und Sümpfen am Ilmensee. Da hatte er diese Stimmung brauchen können.

Hans-Georg Haas und Kopp, sein Lektor, machten sich zu einem Spaziergang auf. Bis zur S-Bahn, an der Mülldeponie entlang, im Bogen durch den Wald. Es gab zwei Routen, jede war erprobt: eine Stunde oder anderthalbe, und dann konnten sie noch in der Bahnhofskneipe ein Bier trinken. Gummistiefel oder nicht für Kopp, es konnte sein, daß er sich sonst seine Halbschuhe versaute. Aber es hatten keine Gummistiefel gepaßt. Kopp trug einen Fischgrätenmantel, Haas schätzte: Baujahr 1970, ein gutes Dutzend Jahre alt. Sauber, nicht abgeschabt, und Haas überlegte:

Wenn Kopp und er in den Westen führen und Kopp in diesem Aufzug, ob sie dann sofort als Ostmenschen auffielen? Kläre und Marion waren sich einig, aus der Gesamtheit der Kleidung eines Mannes herauszufinden, ob er aus der DDR oder der BRD stammte, letztes Indiz: Westmenschen röchen besser. Sein Gegenargument: Und wenn sich ein Ostler mit Fa oder Irish Moos seifte? Dann, hatten Kläre und Marion geantwortet, brächte sie eben etwas anderes auf die rechte Fährte, und wenn es die Socken wären.
»Erzähl mal«, sagte Kopp, als sie die Gattertür eingehakt hatten. Also: Nikos Luovaris flüchtete nach München. Der Arm des Geheimdienstes ASPHALIA war lang, Nikos fand keine Ruhe, wollte keine. »Hab natürlich einen Hintergedanken dabei. Wenn sich die Sache mit Griechenland zerschlägt, bleibt immer noch München. Dann beantragen wir eine Studienreise von einer Woche oder von zehn Tagen dorthin.«
»Hört sich gut an.«
»Kämst du mit?«
Das wäre keine schlechte Idee, meinte Kopp belustigt, die Zeiten wären allerdings vorbei, in denen man gern zwei Reisende zusammengespannt hatte, damit einer auf den anderen achtgab. Manchmal war gar nicht recht zu erkennen gewesen, wer denn nun der Aufpasser war und wer das Objekt. »Du solltest für mich eine Inhaltsangabe machen. Und damit über das Exposé hinausgehen. München herausheben. Und dann: Du willst den Leistungssport einbauen, den die Obristen angeblich gefördert haben.«
»Haben sie.«
»Weit sind sie damit nicht gekommen, hab jedenfalls nichts davon gehört. Überleg mal, Hans, ob das unbedingt zur Fabel gehört.«

Haas verbreitete sich über etwas, das er belegen konnte: Die Obristen hatten Sportlehrer aus Frankreich und den Niederlanden angeworben, zu dieser Zeit war Puskas, der bierbäuchige ungarische Fußballveteran, als Trainer nach Saloniki geholt worden.
»Ich behaupte ja gar nicht, daß das alles nicht stimmt! Aber, Hans-Georg, wie leicht würde es jemandem fallen, Parallelen zu ziehen. Da ist eine Diktatur, und was macht sie – sie fördert den Leistungssport. Auch in der DDR, auch die DDR ist ein autoritärer Staat, da kann man mal sehen – diese üble Gleichsetzung! Bei uns im Apparat gibt es Leute, die da ausgesprochen empfindlich sind. Später können wir ja immer noch sehen, ob die Proportionen es aushalten. Jetzt aber, am Anfang, wenn wir eine Reise beantragen – du verstehst mich?«
Der Weg wurde schmal und schmutzig, sie mußten hintereinander gehen. Da war er also wieder, der Taktiker Kopp, ärgerte sich Haas, der vorsichtshalber Hürden sah, wo keine waren, aber vielleicht waren sie doch da, Kopp schlich auch gern um Schatten und Möglichkeiten herum. Vielleicht war Kopp mit seinen Frauen so umgegangen, und vielleicht waren sie ihm deshalb davongelaufen. Haas hatte keine Lust, das Thema fortzusetzen, so sagte er über die Schulter, er wolle es sich überlegen, und vielleicht müsse man bei einem Reiseantrag gar nicht in die Einzelheiten gehen. Er hätte jetzt gern über die Rußlandgeschichte geredet, die er in dieser Jahreszeit hier in Gransow geschrieben hatte, das war länger als zehn Jahre her, vielleicht sollte man sie abbürsten und noch einmal herausgeben. Im Schlußteil war auf den Personenkult angespielt worden, das war eine Zeitlang möglich gewesen und dann wieder nicht, aber jetzt konnte

man wieder darüber nachdenken, und das sogar mit einem Leisetreter wie Kopp.
Vor ihnen purrten Fasane auf, da redeten sie darüber, wie hier den Hasen mitgespielt worden war, vielleicht gab es noch ein Zehntel soviel wie vor zehn Jahren. In Mecklenburg sollte es noch schlimmer sein. Honecker fuhr um diese Jahreszeit immer mit Diplomaten nach Thüringen, dort knallten sie forsch in die Gegend. Ich? Nee, hab nie. Könnte das nicht. Haas fand: Gewäsch.
Im Wald dann überlegte er, ob er von Kloßner erzählen sollte, von den Artikeln, die er nun in einer Bibliothek gefunden hatte. Besser nicht. War ja nicht zu fassen, wie blindwütig er damals nach vorn geprescht war. Das war der Aspekt, unter dem man diese Zeit sehen mußte: Die Überzeugung, daß man in fünf, zehn Jahren durch die Phase der Anspannung, der Gefahr hindurchmußte, vielleicht kam jemand unter die Räder, den würde man später aufsammeln und auf den Wagen heben, der da rollte, unaufhaltsam und gesetzmäßig. Hoch auf dem roten Wagen. Das würde er Marion noch klarmachen müssen.
»Bis wann kannst du mir das Exposé schreiben?«
»Und wenn ich dann doch nach Algerien fahre?«
Kopp lachte. »Dann machst du aus dem Griechenlandstoff eine hübsche Geschichte. Wir könnten überhaupt mal wieder über einen Geschichtenband reden.«
In der Bahnhofsgaststätte tranken vier Mädchen, Schülerinnen wahrscheinlich, Cola, zwei davon strickten. Drei Männer, glatzköpfig, Aktentaschen neben den Stuhlbeinen, blickten auf und erwiderten den Gruß von Haas und Kopp nicht. Arbeiter nach der Schicht vermutlich, müde. Haas steuerte auf den

Tisch zu, an dem er am liebsten saß. »Zwei Bier?« fragte die Serviererin, Haas nickte. Das Bier floß schon, während Haas und Kopp ihre Mäntel aufhängten, und sie hatten kaum die Zigaretten angezündet, als die Gläser vor ihnen standen. Haas hätte jetzt gern Marion am Tisch gehabt, er fand sich genügend in Form, um über diese Artikel zu reden, das war gleich nach der Lektüre anders gewesen. Dieses Staunen zuerst. Erschütterung? Wäre wohl zu hoch gegriffen. Verwunderung, wie man so was vergessen konnte. Verdrängung lautete der wissenschaftlichere Begriff. War schon vorstellbar, daß Marion nichts begriff. Woher sollte sie.

»Solltest nicht zu sehr auf die Journalisten bauen.«

Haas brauchte Sekunden, ehe er begriff. »Mach ich doch gar nicht. War 'ne Idee von Schreiber.«

»Ich würde mich immer mal auf München einrichten. Die Fahrkarte kann von hier aus gelöst werden, auch für die Rückfahrt. Brauchen wir keine Devisen. Verwandte hast du dort nicht? Ist wieder so 'ne Sache. Sehr nahe Verwandte sind nicht gut, eine Schwester beispielsweise. Die könnte dich ja dabehalten wollen. Aber eine Großtante zweiten Grades! Müßte nicht angegeben werden, aber du könntest bei ihr wohnen. Und sie würde dir München vorführen.«

Junge Männer traten ein, stellten sich an die Theke und hatten es eilig, zu Bier zu kommen. Noch acht Minuten bis zum Zug, sagte Kopp. Haas zahlte wie gewöhnlich das Bier für Kopp mit, Kopp war arm dran mit seinem Gehalt, das er im Unterschied zu anderen Lektoren nicht durch Herausgaben, Vorworte oder dergleichen aufbesserte. Und eben: Alimente für vier Kinder. Dann standen sie neben den Gleisen, die schnurgerade nach Norden liefen, auf denen man den

Zug schon drei Haltestellen vorher als Punkt auftauchen sah. Was wäre Berlin ohne seine S-Bahn, dachte Haas, sie hielt eine ganze Region zusammen. Das Bild vom Spinnennetz drängte sich ihm auf, er fand es nicht ohne Poesie, aber abgegriffen. So groß war der Stadtkern gar nicht, aber was sich daran gliederte an Vorstädten, Kolonien, Orten und Örtchen und den endlosen Siedlungen, das wäre auseinandergefallen ohne die S-Bahn. Wie weit war es von hier bis in den Norden hinauf?

Zuletzt sagte Kopp, er wolle beim Verband anrufen und fragen, was Schreiber erreicht habe, im übrigen sei wohl wieder einmal alles besprochen. An diesem Wort »alles« dachte Haas herum, während er zu seinem Häuschen ging. Bei Kopp blieb immer eine Menge in der Schwebe, dabei war es belanglos, ob man ihn zu Entscheidungen drängte. Man würde beim nächsten Mal den Faden wieder aufnehmen – auch mit diesen Worten hatte sich Kopp verabschiedet.

»Herr Haas?« Das war die Frau von nebenan, Frau Nowatek, die mit ihrem Mann ein Häuschen auch über den Winter bewohnte; Nowateks paßten auf das Haus der Familie Haas auf und verwalteten die Schlüssel. »Da war einer hier«, sagte sie, nachdem sie an den Zaun gekommen war. »Ein Herr Fistler oder so ähnlich. Wollte Se sprechen, aber Se warn wohl jerade weg.« Frau Nowatek sprach Berliner Dialekt mit hallenden offenen Vokalen, sie konnte gar nicht anders als laut reden. Ihr kleiner Hund war schwanzwedelnd zwischen ihren Beinen. »Er hätte jehört, hier wärn manchmal Ausländer, danach wollte er Se fragen.«

Fistler? Ausländer? Haas konnte sich nichts zusammenreimen. Vielleicht hätte sie den Namen falsch verstanden, räumte Frau Nowatek ein, Fißler oder

Füssler? Und manchmal wären doch Ausländer hier? Oder?
»Wollte er etwas von den Ausländern?«
»Weeß ick nich.«
»Und was haben Sie gesagt?«
»Det ick det allet nich wüßte.«
Hatte dieser Mann sie direkt gefragt, und hatte sie eine Antwort gegeben? Es war nicht so leicht, ihr den Sinn dieser Frage verständlich zu machen – nee, sie hätte nischt jesagt. Aber dann doch: Hier wären doch nie Ausländer, oder? Oder sie wüßte es eben nicht. Aber der Mann wollte ja am nächsten Tag wiederkommen, da würde alles zu erfahren sein.
Schönen Dank und gute Nacht – Haas grübelte während des Abendbrots über dieser Sache. Vielleicht hatte Marion ihren Jan und dessen Freunde mitgebracht? Die Behörden hier draußen und überall in der DDR wußten gern, wer wen besuchte, nicht umsonst gab es Hausbücher, und immer wieder wurde gemahnt, sie nicht lax zu behandeln. Vielleicht ein Straßenbeauftragter – aber den hätte Frau Nowatek sicherlich gekannt. Jan durfte mit seinem Tagesvisum nach Ost-Berlin, aber hier draußen war schon DDR – das könnte es sein. Marion hatte vielleicht Jan mitgebracht. Er würde angeben, davon nichts zu wissen. Stimmte ja. Und er würde Marion ein paar deutliche Worte sagen müssen. Wie auch immer, der Mann wollte ja wiederkommen.
Haas machte sich noch einmal an seine Arbeit. Die zwei Glas Bier belasteten ihn nicht so, daß er nicht Lust und Klarheit gehabt hätte, durchzusehen und zu verbessern. Tippfehler fand er in jedem Fall, Wortwiederholungen, und einen Namen hatte er doch tatsächlich anders geschrieben als in einer vorhergehenden

Szene. Einen Journalisten wollte er einführen, Mann um die fünfzig, geeignet, Haassche Gedanken zu transportieren: »Axel Ristock steuerte seinen Taunus nach München. Vor drei Tagen zerschlug sich ein Projekt in London, er stieg auf dem U-Bahnhof Charing Cross in den falschen Zug und merkte es erst in Cannon Street, deshalb erreichte er nicht die Maschine für den Rückflug, für die er gebucht hatte. Daheim in Köln ging der Abend verquer mit eigener Überreiztheit und Nervosität seiner Frau, am nächsten Morgen im Studio sprach er einen Kommentar zu einem Bildstreifen: Kanadischer Weizen wurde in Bristol entladen, aber französische Getreidebauern hofften, nach dem EWG-Anschluß Großbritanniens auf der Insel einen Markt zu finden.« Das hatte er aus einer »Süddeutschen Zeitung« des Jahrgangs 1974 herausgesucht, abgeheftet in der Bibliothek des Schriftstellerverbandes und Mitgliedern zugänglich. Die beiden U-Bahnhöfe hatte er auf einem Londoner Stadtplan gefunden. Jetzt überlegte er, ob ein Schriftsteller, der nicht auf mühseliges Studium aus zweiter Hand angewiesen war wie er, der London kannte, auch akribisch die Namen der Stationen angegeben hätte, sozusagen mit steilem Zeigefinger: Schaut her, was ich alles weiß! Vielleicht erweckte Second-hand-Kenntnis den Eindruck von Besserwisserei?
Weiter: »Jetzt fährt Ristock nach München. Vor einigen Tagen London, wieder Köln, nun Bayern. Nicht mehr Charing Cross mit seiner blödsinnigen Beschilderung, sondern das Gerede, wieviel der Stachus wirklich gekostet hat. Nicht mehr Tee mit Zucker und Milch, sondern dieses dünne Bier, nicht mehr EWG-Anschluß, sondern Olympiafieber, nicht mehr Dezimalisierung des Pfundes, sondern Mehrwertsteuer.

Ristock fühlt hin vom Bonn-nahen Köln zum größten Bundesland, stimmt sich ein auf mundartliche Besonderheiten, er, der ein freudiges Ohr besitzt für Dialekte und deren Wandlungen. Bayern waren es, die ihm einen Spaß kaputtgemacht haben: Ihm war der Einfall gekommen, den Freitagskrimi von einem Totenkopf ansagen zu lassen, ein Ausstattungstechniker hatte einen Schädel gebastelt, der mit dem Kiefer klappern konnte; Ristock machte Probeaufnahmen, unterlegt mit Grabesstimme. Alle hatten sich schiefgelacht, aber vom Bayerischen Rundfunk war Einspruch gekommen: Entweihung, Frevel, Sakrileg.«

Das las sich gut, fand Haas zu mittlerer Abendstunde, und würde ihm den Weg nach München öffnen. Mit dem Auto fahren, es nicht anders beantragen. Acht Tage. Notfalls, wenn das Geld nicht reichte, im Auto schlafen. Dauerwurst und Konserven mitnehmen, Selters. Einen Campingkocher für den Kaffee am Morgen. Er stellte sich vor, er hätte sein Auto am Rande des Englischen Gartens abgestellt, am Ufer der grünen Isar. Die natürlich auch nicht mehr grün war. Die wahrscheinlich auch stank, wenn auch nicht so stark wie die Pleiße. In der Nähe hatte Thomas Mann gewohnt. Drüben auf der anderen Isarseite war die erste Wohnung Hitlers gewesen, dort hatte ihn das Quietschen einer Straßenbahn gestört. München, eine flache Stadt, selbst Berlin war hügeliger, stand zu lesen. Vielleicht verzichtete er von vornherein auf Griechenland, sagte unendlich ruhig: Leute, was wollt ihr denn, gebt mir ein Visum für acht Tage München und vielleicht hundert Westmark, wenn ihr nicht mehr habt. Mit hundert Westpiepen komme ich weit, ich schleppe auch noch das Benzin mit. Er stellte sich seinen Wartburg-Tourist vor, wie er bei Hirschberg

zwischen die Betonriegel der Grenzanlage hineinrollte, beladen, daß sich die Federn bogen, er streckte seinen Paß aus dem Fenster, der Posten salutierte und wünschte dem dienstreisenden Genossen Dr. Haas eine gute Fahrt. Und natürlich kam er pünktlich auf die Minute zurück.
Er hätte jetzt gern seine Frau angerufen, aber das Häuschen hatte kein Telefon, und die nächste Zelle war weit. Und vielleicht kaputt. Zwei Tage vorher hatte er vom Postamt aus telefoniert, da war noch Handvermittlung möglich, und die war sicherer als der anfällige Selbstwählverkehr. Bei Kläre ginge alles normal, hatte er gehört, keine Nachricht vom Verband oder der Seereederei, keine wichtige Post. Er möge in aller Ruhe arbeiten, in Leipzig brannte nichts an. Länger als zehn Tage wollte er sowieso nicht bleiben.
Er las wieder, was er über Axel Ristock erdacht hatte, und stellte sich vor, er wäre es selber: »Die Stadt liegt unter einer Dunstglocke, atlantischer Tiefdruckwind treibt Tonnen von Kohlenmonoxyd, Schwefeldioxyd, Stickstoffoxyd, Staub und Ruß gegen Inn und Chiemsee. Ristock stellt sein Fahrempfinden auf Stadtverkehr um, hat auch in seinem Inneren den Sprung vom rheinischen Raum zum weißblauen Zentrum vollzogen, von Overath zu Beckenbauer, von Dortmunder Union zu Spatenbräu; Eisbein heißt hier Surhaxl; wenn die Kellnerin Reherl empfiehlt, meint sie Pfifferlinge, und Schweinebauch trägt den bildhaften Namen Wammerl. Von einer Zelle aus ruft er Parakides an ...«
Zusammengelesen, weiß er, man müßte es von einem Münchner überprüfen lassen, einer Münchnerin, vielleicht einer Großtante zweiten Grades. In Büchern wurde manchmal Abseitiges zum Allgemeinbrauch

erklärt, um kleinkarierter Effekte willen. Alle Berliner waren überzeugt, alle Sachsen würden die U-Bahn »Gellerbahn« nennen. Kein Leipziger nannte das Uni-Hochhaus »Weisheitszahn«, aber Journalisten dichteten es den Messestädtern an. Er mußte sein Auto am Englischen Garten parken. Würde kurios wirken: Ein Auto mit DDR-Kennzeichen, ein Mann hockte daneben und brühte Kaffee auf einem Campingkocher. Zwei Männer, einer im Fischgrätenmantel.

Ca-sa-blan-ca

1

»Väterchen«, begann Marion, »lieb Väterchen.« Sie suchte nach einer Reihenfolge: Erstens, zweitens, drittens, wollte den Hebel an einem Punkt ansetzen und nicht Hebelchen an mehreren Ecken, aber mit Vergleichen aus der Mechanik kam man bei einem Menschen nicht weit. Sie verstand nichts von Astrologie und betrachtete sie folglich als Firlefanz, aber einmal hatte sie gelesen, was von Menschen zu halten war, die unter dem Sternzeichen des Fischs geboren waren, und ihr Vater war Fisch, Vollfisch, wie Mutter im nur halben Spaß geurteilt hatte, zu künstlerischer Leistung fähig, verletzlich, zu Selbstüberschätzung wie zu Selbstmitleid neigend, anlehnungsbedürftig, kommunikationsfähig. »Am besten, du erzählst mir, was es mit diesem Objektivismus auf sich hat.«
Sie saßen, in Decken gehüllt, auf der Veranda in Liegestühlen; lange würden sie es so nicht aushalten, aber das Gefühl, den letzten Sonnenrest zu nutzen, tat wohl. »Das Gegenteil von Objektivismus«, begann Haas, »hieß Parteilichkeit. Für uns galten Gesetze der Geschichtswissenschaft, Marx und Engels hatten sie begründet, Lenin und natürlich Stalin vollendet. Also ging die Entwicklung vom Kapitalismus über den Imperialismus mit der Spielart des Faschismus zum Sozialismus, der dann den Kommunismus zur Folge hatte, es konnte gar nicht anders sein. Rückschläge

waren denkbar, das machte die Sache schwierig, aber dann mußte es auf dieser Schiene weitergehen. Klassenkampf und industrielle Revolutionen ...«

»Haben wir gehabt, Väterchen.« Marion gab sich milde.

»Und Parteilichkeit hieß, daß man Erscheinungen *hervorhob,* die in dieses Schema paßten, anderes aber zurückstellte oder schlicht überging. Das war dann eben nicht gesetzmäßig, nicht wesentlich. Objektivist hingegen hieß einer, der Nebensächliches erwähnte oder gar aufbauschte. In der Praxis bedeutete das: Kommunisten waren gesetzmäßig, Sozialdemokraten nicht. Punkt und basta.«

»Ein klares Wort. Es hat für dich gegolten?«

»Ich hab mich gemüht, es gelten zu lassen.« Es war nicht einfach für Haas, sich in die Denk- und Fühlweise der fünfziger Jahre zurückzuversetzen, und vergnüglich auf keinen Fall. »Es gab ein Ziel, der neue Mensch, so ganz genau wußte keiner, wie er zu sein hatte, aber eine Eigenschaft war unabdingbar: Parteidisziplin, Treue. Da galten Kernsätze: Lieber hundertmal mit der Partei irren als sich einmal gegen sie stellen. Und natürlich: Die Partei hat immer recht, sie hatte auch recht in ihren Irrtümern.«

»Kloßner war schlauer als du?«

»Das Gegenteil eines Fehlers muß nicht immer ...« Haas wartete, daß Marion sich dieses Geseire verbat, und als sie das nicht tat, gab er zu: »Es wird wohl so gewesen sein.«

War das nun weise Dialektik oder typisches Taktieren eines Fischleins an der Angel, Marion wußte es nicht und fand, daß sie genug gebohrt hatte, sie wollte ihrem Vater nicht die Haut abziehen. Dieser letzte Satz war schon allerhand.

Von einer Minute auf die andere spürten sie die Kälte von allen Seiten. Sie gingen ins Häuschen, überlegten, ob sie heizen oder erst noch spazierengehen oder jetzt schon ein paar Scheite anzünden sollten, damit es, wenn sie zurückkamen, überschlagen war. »Überschlagen« für halbwegs warm, lauwarm – war das ein sächsischer Ausdruck, oder kannte man ihn auch in Berlin? Sie wußten es beide nicht.
Ein bißchen Papier und Holz legte er in den Ofen, Briketts obendrauf – das Feuer würde sich an die zwei Stunden halten. Sie gingen auf der anderen Seite der gewohnten Routen zu einem Baggersee, der sich nur langsam füllte, die Leute weit herum hatten vergeblich auf Bademöglichkeiten gehofft. Vermutlich wurde irgendwo zu stark abgepumpt. Verkehrslärm drang von der Autobahn herüber, der Wind wehte ihn kilometerweit von dort her. Marion erzählte vom Studium, unsystematisch, bruchstückhaft. Sie hatte sich manches überraschender ausgemalt, anstrengender auch, nun stellte sich heraus, daß jede Angst überflüssig gewesen war. Sie hatte sich einen Schock erhofft, nicht ihn befürchtet. Und der würde nun wohl kaum mehr kommen. Vielleicht vor einer Prüfung.
»Sag mal, war Jan mit hier draußen?«
»Ja. Warum?«
»Warum, warum – du bist verrückt! Weißt du denn nicht, daß er das nicht darf?«
»Weil hier schon DDR ist?« Marion sah, daß ihr Vater wütend war, dann verschwanden seine Lippen fast, die Kerben von der Nase herunter verstärkten sich. Er brüllte nie, hob kaum die Stimme, sein Zorn drang wohl mehr nach innen. »Ist denn das so schlimm?«
»Ja, es ist schlimm.« Er erzählte, was geschehen war, dabei verlor seine Stimme allmählich das Stockende.

»Erwiesen ist freilich nicht, daß der Mann Jans wegen hier war, höchstwahrscheinlich aber ist es so. Und du weißt doch, wie leicht etwas an einem hängenbleiben kann. Gerade jetzt, vor unserer Reise.«
Sie hätte gern gesagt: Ich kann doch Jan nicht mit ins Studentenheim nehmen. Aber selbst sexuelle Andeutungen waren zwischen ihnen nicht üblich, das hatten sie oft bedauert, doch nicht einmal dieses Bedauern ausgesprochen. »Daran hab ich nicht gedacht, Vater. Und du meinst nicht, daß unsre liebe Nachbarin etwas durcheinandergebracht haben könnte?«
»Ein Mann hat nach Ausländern gefragt, und Jan war hier.«
»Es tut mir leid, Vater, was soll ich denn sonst noch sagen. Wir werden es nicht wieder tun, bestimmt nicht. Übrigens, einmal kam ich mit Jan her, als Mutter da war. Kein Wort hat sie gesagt.«
Allmählich besann er sich: Tatsächlich, das war ihm erzählt worden, Kläre hatte sich über den Freund ihrer Tochter mokiert. Jan hatte immerhin etwas an der Pumpe repariert. Marion schien es nicht zu wissen oder nicht daran zu denken, oder sie schonte ihn. »Jedenfalls laßt ihr das.«
Sie bogen zur Siedlung hin ein und kamen auf der Kante über einer zugewachsenen Müllkippe heraus. Ein Weg, ein Trampelpfad führte aus dem Gebüsch auf die Grundstücke zu, dort stand ein Mann mit dem Gesicht zum Ort, also auch zum Häuschen der Familie Haas, wenigstens die Pforte mußte er im Blick haben. Haas fragte: »Siehst du den dort?«
»Klar.«
»Vielleicht ist er das.« Haas überwand die Versuchung, sich hinter die Brennesseln zu hocken und Marion zu bitten, dasselbe zu tun.

»Frau Nowatek hat ihn nicht beschrieben? Mausgraue Joppe«, zählte Marion auf, »doofes Hütchen, und einen kleinen Bauch hat er auch. Keinen Bart. Nicht mehr ganz jung, oder?«
»Steht ganz offen so da. Will wohl einschüchtern.«
»Wen, dich?«
»Könnte sich ja auch zwischen die Büsche stellen. Wir sollten einfach auf ihn zugehen...«
»Wart doch mal.«
Haas dachte: Vielleicht schaut er herauf und sieht uns, wie wird er dann reagieren? Wenn er dreist war, kam er ihnen entgegen oder wartete, ob sie geradenwegs auf ihn zu oder im Bogen zu ihrem Häuschen gehen würden. War er schlecht geschult, verdrückte er sich. Aber der Mann wendete den Blick nicht, nach einigen Minuten machte er eine Vierteldrehung und ging zwischen die Büsche, nach drei Schritten verdeckten ihn die Zweige.
Marion sagte: »Der Herr Spion kneift.«
»Vielleicht hat er uns doch aus den Augenwinkeln heraus bemerkt.«
»Oder es ist der Friseurmeister Glatzel aus der Bahnhofssiedlung, seine Frau wollte nachkommen, aber erst mußte noch die Wäsche von der Leine, er stand dumm rum, und dann sagte er: Ich geh mal immer vorneweg, nun hat er gewartet, und sie kam nicht, da hat er gedacht: Ist doch immer dasselbe, nun fummelt sie noch stundenlang mit der Wäsche, die muß gelegt werden und eingesprüht oder gleich in den Schrank, und da hat der Herr Friseurmeister nun aber mal die Nase voll: Elvira, Elvira, kann ich da nur sagen: Wenn du so weitermachst – so ungefähr.«
Haas ging seitlich der Halde hinunter, Marion folgte ihm. Sie sprachen nicht, bis sie im Haus waren. Es

war noch Glut im Ofen, er legte nach, Marion fragte, wer das Abendbrot machen solle, sie selber habe so gut wie keinen Hunger. Wie wäre es mit einer Schachpartie? Seit sie im Studentenheim wohnte, habe sie nicht mehr gespielt, und Jan wäre ein Stümper.
Schon gut, sagte Haas, das wußte er ja nun allmählich: Lieber aß sie nichts als sich ein bißchen Mühe zu machen. Sülze und Brot? Nach russischem Brauch mit Zwiebeln und Wodka, einem Wässerchen? Vom Holzbrett mit Speck? Da war sie einverstanden.
Während sie aßen, redete er über das, was er inzwischen von griechischer Küche wußte: eine Spezialität waren Weinblätter mit Reisfüllung, in Öl gedünstet, den Namen konnte er sich nicht merken. Das schrieb er einfach ab. Calamares, das Wort war ihm geläufig: Tintenfisch, paniert und ausgebacken. Vielleicht kam er weiter, wenn er sich an bulgarische Küche erinnerte, in Bulgarien war er zweimal gewesen. Schafskäse gab es dort auch, Hammelfleisch, natürlich nicht die Fische, das Muschelgetier und Krebszeug des Mittelmeers. Sich vorzustellen, er stünde am Hafen, Kutter landeten an, und da quoll es über die Tische, roch nach Tang, nach den Därmen der Thunfische, die auf dem Kopfsteinpflaster zappelten.
»Ein Schiff wird kommen«, sang Marion und fiel nach der zweiten Zeile, des Textes unkundig, in dadidada. »Kazantzakis«, probierte sie, »was ist das, ein Tanz oder ein Schriftsteller? Väterchen, du wirst als perfekter Grieche zurückkommen und uns die herrlichsten Dinge kochen.«
Die erste Schachpartie mißlang gründlich, Marion erzielte einen stillosen Einbruch mit der Dame, wütete und bekam die Dame aus dem Gewühl nicht heraus, im Abschlachten gewann Haas wieder die Oberhand.

Die zweite Partie gingen sie vorsichtig an, Haas zwang sich, fünf Züge nimzoindisch aufzubauen, dann verließen ihn seine theoretischen Kenntnisse wie gewöhnlich. Fast sah es wie Remis aus, was beide zufriedengestellt hätte, aber Marion ließ einen Turm stehen, Abzugsschach, und die Dame war futsch. »Bist eben der größte«, gestand sie zu.
Sie schalteten das Radio ein, es war auf RIAS Berlin gestellt wie hier immer. Während der Nachrichten bauten sie die Figuren zu einer dritten Partie auf, während des Wetterberichts zog Marion an, während der Vorschau auf das weitere Abendprogramm erwiderte Haas. »Ab einundzwanzig Uhr hören Sie ein Feature von Sigmar Hand: ›Die, die gingen, die, die blieben – Schriftsteller in und aus der DDR.‹«
»Na«, sagte Marion, »das wäre doch was!«
Bis dahin verlor sie ein drittes Mal und maulte, nun würde sie nie mehr Schach spielen oder zumindest nie mehr gegen ihn, wahrscheinlich würde sie sich demnächst Jan vornehmen und auf dem Brett zerfleischen. Überhaupt wäre Schach blöd. Oder sie wäre zu blöd für Schach. Noch ein kleines Mau-Mau? Oder Poker, und wer verlor, hatte den Abwasch?
Sigmar Hand – Haas erinnerte sich, der Mann war vor sieben, acht Jahren in den Westen gegangen. War auf dem Literaturinstitut gewesen, dann im Gefängnis, war wahrscheinlich herausgekauft worden wie so viele. Hand zählte auf, wer die DDR verlassen hatte, diese Liste war immer wieder erschreckend. Tröpfelnd in den fünfziger Jahren, fast versiegend nach dem Mauerbau, dann diese Springflut nach 1976. Hand hatte untergliedert in Linke, die sich nach wie vor zum Marxismus bekannten, ehemalige Linke, die zwischen den Stühlen säßen, und solchen, die sich radi-

kal gewandelt hätten und sich nun zur bürgerlichen Ordnung bekannten. Von allen drei Kategorien hatte Hand zehn ausgewählt, offenbar dem Bekanntheitsgrad nach. Bei den ersten beiden Gruppen klangen die Namen noch an der sechsten und siebenten Stelle honorig, schmerzhaft in dieser Ballung, beschämend, daß diese Frauen und Männer aus dem Land getrieben, zumindest fortgeekelt worden waren. »Die Autoren, die in der DDR geblieben sind«, fuhr Hand fort, »habe ich ebenfalls in drei Sparten eingeteilt, die Staatstrompeter, die stur und unwandelbar hinter dem Regime stehen, die Edeloppositionellen oder auch Fürstenaufklärer, die den Sozialismus im Grunde für gut, in seiner ostdeutschen Variante aber für verbesserungswürdig halten, und schließlich diejenigen, die in grundsätzlicher Opposition verharren, sich weder um Regierungserlasse noch um den Verband scheren, unbekümmert um schädliche Folgen und nicht erpreßbar.« Auch hier hatte Hand zehn Namen in jede Schublade gelegt. Für die dritte Kategorie kam Haas ohnehin nicht in Frage, also Staatstrompeter oder Fürstenaufklärer, beides zu lautstarke Begriffe, wie er fand. Hand zählte her, schon nach dem dritten Namen meinte Haas, daß er nicht gern mit einigen zusammen in einem Atemzug genannt werden wollte, Verbrauchte, Verschlissene dabei. Aber auch in die zweite Kategorie paßte er schlecht, um nicht zu sagen: überhaupt nicht, er hatte niemals Opposition getrieben, hatte keine Unterschrift auf ein Papier gesetzt, das dann der Westwind hochgejagt hatte, hatte sich an keine Rampe und auf keine Barrikade gestellt. Er schaute auf Marion, die den Blick gesenkt hielt. Name auf Name, vorzügliche Namen, wie Haas fand, bis hinunter zum neunten, zehnten. Dann die Aufrührer,

Nichtangepaßten, von etlichen hatte er nie gehört, das mußten wohl junge sein, ganz junge. Dreißig Schriftsteller, und er nicht darunter.
»Mach dir nichts draus, Väterchen.«
»Aber das trifft mich doch überhaupt nicht!«
Es kommt jetzt auf seine Lautstärke an, dachte Marion. Ich werde ihn nicht reizen, auch nicht dadurch, daß ich noch einen Satz sage, der ihn trösten soll. Also steht er bestenfalls auf Platz einunddreißig der DDR-Rangliste.
»Eine rein politische Auswahl, keine künstlerische. Möchte wetten, daß ein paar ganz wichtige Namen fehlen. Um Literatur geht es denen drüben erst in zweiter Linie. Wer unspektakulär seine Arbeit macht . . .«
So ging es weiter, zu lange, wie Marion meinte. »Stell dir vor«, sagte sie, »ich hätte dich auch noch im Schach geschlagen. Laß doch den blöden Hand oder Hund quatschen oder wie er heißt.« Da klappte sie schon die Sitzbank hoch und nahm das Bettzeug heraus.
»Mußt du den Wecker stellen?«
»Es langt, wenn ich gegen Mittag in der Uni bin. Schlaf schön, Väterchen.«
»Bin hundemüde.« Haas glaubte tatsächlich, es zu sein. »Und übermorgen geht's nach Hause. Eine Woche Gransow genügt wieder mal.«

2

Über der Haustür rankten sich Jugendstilornamente um die Jahreszahl 1902. Im Flur roch es nach Urin und feuchtem Mauerwerk, offensichtlich war hier seit der

Einweihung nicht vorgerichtet worden; die Wandgemälde zwischen den Pfeilern waren rissig, verblichen, Berge und Seen mit Mühe zu erkennen, italienische Landschaften vermutlich. Marion und Jan gingen rasch hindurch, an Wohnungstüren vorbei, an bronzenen Namensschildern und Papptafeln und Visitenkarten: »M. Vorster 3 x klopfen!« Im dritten Stock klingelten sie einmal kurz und einmal lang und traten, nachdem geöffnet worden war, sofort ein. Umarmungen, Wangenküsse, das war hier so üblich. »Ich hab Jan mitgebracht«, sagte Marion, nachdem sie in ein großes Zimmer getreten waren, in dem wenige Möbelstücke standen, Gartentisch und verschiedene Stühle, ein eichenes Vertiko, dem eine Tür fehlte, auf dem Parkett Matratzen. Vorstellungen und Händedrücke: Carsten, Helen, Mischa, Joseph. Hallo und Schöndaßdudabist. Marion kannte nur Joseph nicht. Die Debatte ging sofort weiter: Man solle zwanzig Teilnehmer zusammenbekommen, mehr waren für ein erstes Probieren nicht nötig, unter zehn würde es läppisch wirken. Sozusagen fliegendes Treffen, also nicht herumstehen und warten, bis der letzte da war, sondern Start aus der Bewegung, das verlangte einen Zeitplan, der dann auch eingehalten wurde. Mischa führte das Wort, redete von Erfahrungen in Jena: Es komme nicht darauf an, die Bullen munter zu machen, sondern draußen zu demonstrieren, die Pießdorfer als Agitationsziel, und am besten wäre es, wenn sie selber auftauchten und verschwanden wie ein Spuk. Natürlich wäre es ideal, sie könnten für alle Gasmasken auftreiben, aber da sehe er schwarz, und Gasmaskenattrappen zu bauen, sei nicht so einfach.
Marion und Jan setzten sich nebeneinander auf eine Matratze, lehnten sich an die Wand und streckten die

Beine aus. Jan drehte Zigaretten für alle, Helen stellte Becher mit Tee neben sie. Marion fand, daß es sich Mischa gut zuhören ließ, wenn es auch schien, als vergäße er, daß ihm fünf lauschten und nicht fünfhundert. Ihr wurde bewußt, daß sie seit dem Betreten des Hauses, eigentlich schon seit der Minute, in der sie Jan getroffen hatte, nie von dem Gedanken losgekommen war, was Vater sagen würde, wüßte er, mit wem sie zusammensaß und was geplant wurde. Würde er sie bitten, das alles nicht zu tun, würde er um ihretwillen oder vielleicht leider bloß um seinetwillen bitten, und wäre das dann vernünftig oder vernünftig und verächtlich gleichermaßen oder nur verachtenswert? Und wie würde dieser gewisse Kloßner über Haas urteilen, erführe er es? So überlegte sie, während Helen versprach, vier Leute mitzubringen und ein weiteres Fahrrad zu besorgen, und sie fand, Gasmasken oder Gasmaskenattrappen seien ein unbedingtes Muß. Aus einem Plakattext könnten die Bullen immer etwas konstruieren, und solange sie nicht einen wirklich tollen Text hätten, seien Gasmasken das beste. Marion versuchte sich vorzustellen, ihr Vater säße mit hier, die Beine untergeschlagen oder auf der Apfelsinenkiste dort, er entwürfe mit ihnen einen Aufruf an alle Pießdorfer, sich endlich bewußt zu werden, unter welcher Staubglocke sie atmeten, und er würde es nicht tun unter der Nebenüberlegung, ob er damit zu den Fürstenaufklärern oder den Aufrührern zählte. Aber das war ja wohl auch eine Generationsfrage; soweit sie es überblickte, waren die sogenannten Fürstenaufklärer über die Fünfzig, die Aufrührer alle unter dreißig. Der Schriftsteller Dr. Hans-Georg Haas diesmal nicht erpicht auf eine Westreise, sondern auf Wirksamkeit im Bereich der

Ökologie, der Historiker nach Jahren an der Basis, und ob er wohl dann orakeln würde, alles habe seine Zeit, oder ob er auch dann mit seinem Spruch käme, man könne nicht alles haben? Ach, Väterchen, dachte sie, bist ein Fisch und kein Löwe, mußt dich durchschlängeln, hast keinen Rachen mit scharfen Zähnen. Bist kein Hai, sondern ein friedfertiger Karpfen, nicht mal eine muntere Forelle, dadidadidadada.
Jan hustete sich die Kehle frei, dann sagte er, er wolle sich ja nicht vordrängen mit einer kleinen Erfahrung, aber er sei einmal bei einer Demo vor einer Fischmehlfabrik dabeigewesen, sie hätten drei Tage lang mit Schildern vor dem Tor gestanden und wären dann höflichst zur Direktion gebeten worden, zu Genever und Brötchen, der Direktor, ein penetrant nettes Arschloch, habe ihnen versprochen, alle Wasser künftig wundersam sauber abzulassen, aber beschissen hätte er sie am Ende natürlich doch. Nein, nein, widersprach Helen da, auf so etwas spekulierten sie auf keinen Fall, sie müßten ganz unten beginnen, Bewußtsein bei den Menschen in Pießdorf und Umgebung erwecken, sie darauf stoßen, selber etwas zu unternehmen.
Marion dachte: Und Mutti, wenn sie mich hier sähe? Würde sie ihren weisen Ratgeber anrufen, den vollhygienischen Popellosen? Würde sie ihm das Herz ausschütten, weil sich ihre Tochter auf abschüssigen Bahnen bewegte? Die »Verdiente Aktivistin«, würde sie lamentieren, auf solche Weise gefährde Marion ihr Studium, vor allem aber gäbe es in diesem Staat klügere Wege, Veränderungen und Verbesserungen zu erzielen, zum Beispiel die Eingabe-Ordnung? Industrielle Entwicklung forderte ihren Preis, und staubte Zement nicht überall in der Welt? Kindisch so was,

Demo, nun auch noch die Abkürzung flott aus dem Westen übernommen – Kindchen, merkst du nicht, vor welchen Karren du dich spannen läßt?
Am Wochenende oder werktags? Am Wochenende konnte es geschehen, daß die Eingeborenen friedlich vor ihren Glotzen hockten, kein Mensch auf der Straße. An Werktagen war es schwieriger, die Demo zustande zu bringen, manche arbeiteten zu lange. Also am besten an einem Werktag gegen fünf, sechs am Abend, wenn die Leute vom Einkaufen noch nicht...
Eines verstehe er nicht, sagte Jan, da gebe es Friedensgruppen überall im Land, nun auch noch Ökogruppen, warum versuchten sie nicht, eine Art Dachverband zu bilden, in dem, der Reputation halber, auch bekannte Persönlichkeiten säßen? Bist du wahnsinnig, schrien da Carsten, Helen, Mischa, Joseph und Marion wie aus einem Munde, da sieht man es, was ihr für unmögliche Vorstellungen habt, jede Organisation, die auch nur eine Schreibmaschine und einen Aktenordner auf einen Tisch stellte und drei Telefonate führe, flöge am nächsten Tag auf, und dann hagelte es Zuchthaus, drei Jahre oder fünf oder zehn. Und Persönlichkeiten? Der Name eines Schriftstellers wurde genannt – ja, sagten sie, der bestimmt, aber er ist alt und krank. Gelegentlich liest er in einer Kirche, die ist dann proppenvoll, aber mehr kann man ihm nicht zumuten. Ein Ex-General der Volksarmee bei der Friedensbewegung – bei dieser Vorstellung müßten sie kichern. Ein Erfinder, ein Verdienter Arzt des Volkes – lächerlich. Sie kamen so sehr ins Albern, daß Mischa Mühe hatte, sie zu stoppen, und jemand versicherte, man habe Jan nicht kränken wollen. Marion wiederholte, sie würde sich um ein Rad kümmern, habe aber noch keine Idee. Dabei sei sie auf alle Fälle. Dann

stand sie auf und zog Jan hoch, tschühüs! und Küßchen nach allen Seiten, rasch die Treppe hinunter und von diesem Haus fort und um eine Ecke, dort drückte sie sich an ihren Freund, legte ihm die Arme um den Nacken und murmelte an seinem Hals, es tue ihr ja so unendlich leid, aber es gehe nicht anders, sie habe es ihrem Vater versprechen müssen und wolle es auch halten, zumindest bis zu dieser Schiffsreise, ach Jan, Jan: »Ich darf dich nicht mehr mit ins Häuschen nehmen, nicht mehr ins Bettchen, Jan, ach Jan, ist das nicht fürchterlich?«
Er legte das Gesicht auf ihr Haar, Benzingestank war in der Luft, ein Hund wollte bei ihnen bleiben und wurde weitergezerrt, um sie war Berlin, Hauptstadt der DDR, da standen sie, Bürgerin dieses Staates und Ausländer, und konnten zusammen nicht kommen, die Gesetze waren strikt. Jan sagte: »Und da oben, wo wir jetzt waren?«
»Privat kenne ich Helen und Mischa gar nicht, bloß durch diese Ökogruppe, und nun soll ich sagen: Ich komme mal und bringe Jan mit, und ihr geht dann für 'ne Stunde einkaufen oder ins Kino. Und dann schieben wir uns die Matratzen zurecht – Jan, wäre denn das was für dich?«
Irgend etwas würde ihnen schon einfallen, meinte er, es klang schwächlich. Beide fürchteten, der andere würde sagen: Ist doch nicht die Hauptsache, ist nicht so wichtig. Natürlich war es wichtig.
»Und jetzt hab ich gar keine Zeit mehr, Jan, muß in diese Klinik. Kommst du diese Woche noch mal rüber?«
Das würde schlecht klappen, er müsse etwas tun für eine Klausur. Am Wochenende? Samstag gegen Mittag. Und was sollte er mitbringen? Ach, irgend etwas

oder nichts, Apfelsinen höchstens und eine Büchse Ananas, Schnitzel taten's auch, eine kleine Büchse, sooo klein.
Bis zu einer Bushaltestelle trottete Jan noch mit, er würde mit der S-Bahn zurückfahren. Durchs Busfenster sah ihn Marion wie verloren, heimatlos, in schlechter Haltung, traurig die Schultern. Was sich denn wohl zu Hause ereignete, überlegte sie, wenn sie verkündete, den Holländer Jan zu heiraten und mit ihm nach Amsterdam überzusiedeln, und sie würde bei den Behörden alle notwendigen Schritte unternehmen. Mutter, Vater am Tisch, Torsten natürlich als ihr Verbündeter: Wo Liebe ist, hat alles andere zu schweigen, Romeo und Julia, es waren zwei Königskinder, aber auch: der geteilte Himmel. Wahrscheinlich würde die Mutter dagegenreden und der Vater grau werden vor Kummer und Ratlosigkeit. Am nächsten Tag ginge Mutter beim Popellosen beichten. Aber sie war ja keineswegs entschlossen. Armer Jan.
Warum besuchte sie Herbert Kloßner? Vater starrte auf dieses Testament, auf die Artikel, auf sich selbst vor fünfundzwanzig Jahren. Das gehörte zu Vaters Lieblingsthemen: Fünfzehn Jahre hatte die Weimarer Republik gelebt, zwölf Jahre lang nur hatten die Nazis gehaust, und ihre Zeit war deutlich halbiert gewesen: sechs Jahre Kriegsvorbereitung, sechs Jahre Krieg. Aber nun schon beinahe fünfunddreißig Jahre DDR, dazu vier Jahre vorbereitende Zone. Bißchen aufwärts, bißchen abwärts. Gleichförmiger Acker für den Geschichtsschreiber. Vaters Satz: Wir werden dabei alt und grau. Aber ganz so gleichförmig war es für Herbert Kloßner wohl nicht gelaufen.
Die Pförtnerin fragte, ob sich Marion angemeldet habe. Jetzt sei keine Besuchszeit, bitte nur mittwochs

und sonntags, konnte nicht jeder, ging wirklich nicht! Sie komme aus Leipzig, Marion bat brav, ob es nicht möglich sei, bitte, als Ausnahme, große Ausnahme? Ihr gelang der richtige Ton, die Pförtnerin versuchte zu telefonieren, bekam keinen Anschluß und wies schließlich streng an: Das Frollein möge raufgehen, dritter Stock links, und sich bei der Stationsschwester melden, aber es sei eine Ausnahme! Marion bedankte sich mit ernster Miene, Lächeln wäre grundfalsch gewesen; beinahe hätte sie einen Knicks gemacht.
Oben war keine Stationsschwester. Ein unrasierter Patient in einem mißfarbenen Bademantel, unter dem eine Schlafanzughose auf Pantoffeln hinabhing, wußte Bescheid. Er schlurfte voran zu einem Aufenthaltsraum, dort saßen andere Patienten in Bademänteln oder Trainingsanzügen, unappetitliche Männer um die Fünfzig, Sechzig, umgeben vom Krankenhausgeruch, der wohl in ihre Körper eingedrungen war, sie alle schauten auf, ließen ihre ausdruckslosen Augen auf ihr, nur drei von sieben erwiderten den Gruß.
»Herbert, für dich.«
Einer stand auf, der Älteste auf den ersten Blick, dürr, weißhaarig. Auch er trug einen Bademantel, darunter einen Schlafanzug, der Kragen lag flach am Hals. Marion nannte ihren Namen und den ihres Vaters, und sie hätte schon einmal mit Frau Kloßner gesprochen.
»Eine Überraschung«, Kloßner hielt ihr die Hand hin, sie fürchtete, sie wäre kalt wie die seiner Frau, feucht dazu, sie würde die Knochen durch die Haut spüren. Mußte man denn immerzu die Hand geben – aber Kloßners Hand war weder kalt noch fiebrig, sie war nicht unangenehm oder nur erinnerbar, schon war der Händedruck vorbei, und Kloßner sagte: »Viel-

leicht setzen wir uns in den Flur, da ist sicherlich keiner.«
Sechs Patienten blickten ihnen nach, wahrscheinlich würden sie gleich zu maulen beginnen, wer denn das gewesen sei außerhalb der Besuchszeit, wieder eine Extrawurst, aber ihnen wurde immer alles abgelehnt. Kloßner zeigte den Gang entlang, da standen vor dem Fenster zwei Stühle neben einem winzigen Tisch, Grünpflanzen auf dem Sims, harte Blattspeere. »Mein Vater schickt mich nicht«, sagte Marion, »nicht, daß Sie das denken. Er weiß nicht, daß ich hier bin.«
Kaum glaublich, daß Kloßner ein paar Jahre jünger als ihr Vater sein sollte, das Haar wirklich weiß, voll und silbrig schimmernd, schönes Haar über braunfleckiger Haut, faltig von der Stirn bis zum Hals. Ein Mann wie siebzig, und Marion fragte: »Wie geht es Ihnen denn, Herr Kloßner?«
»Gut«, antwortete er sofort, »seltsam gut. Ich habe keine Schmerzen, das ist schon viel. Manchmal werde ich ohnmächtig, das ist es, was die Ärzte beunruhigt. Aber es ist eine Ohnmacht ohne Angst, sie meldet sich an, daß ich mich noch hinlegen kann. Dann mache ich die Augen zu, die Ohnmacht nähert sich wie der Schlaf. Und irgendwann tauche ich auf, auch dann liegt kein Druck auf mir.«
»Mein Vater«, sagte sie und wußte nicht weiter. »Ich hab seine Artikel gelesen. Und er hat mir beizubringen versucht, was Objektivismus ist. Oder war.«
»Da war er ja groß drin.«
»Sie hassen ihn?«
»Aber nein.« Jetzt lächelte Kloßner, und Marion sah: Alle Zähne waren falsch, zumindest oben. »Ich weiß auch nicht, ob ich ihn einmal gehaßt habe. Er hat mich ja nicht in die Pfanne gehauen, das haben andere

getan. Er hat freilich darüber berichtet. Mit gewisser Genugtuung.« Er rieb sich mit beiden Händen über die Oberschenkel, dabei waren seine Finger gebogen, als preßte er sie ins Fleisch. Marion schaute hinab; als Kloßner den Blick bemerkte, kamen die Hände zur Ruhe. »Die Namen der anderen sind vergessen. Weiß nicht mehr, wie dieser Kreissekretär hieß und was aus ihm geworden ist. Aber manche Artikel leben lange. Wer schreibt bleibt.« Diesem Satz sollte wohl wieder ein Lächeln folgen, aber die Starre in den Augen erdrückte es.

»Herr Kloßner«, sagte Marion, »ich weiß nicht, ob es Sie aufregt, wenn über die alten Sachen gesprochen wird. Wenn das so sein sollte, gehe ich gleich wieder. Ich wollte Sie nur kennenlernen, vor allem, nachdem ich Ihr Testament gelesen habe.«

»Hat's Ihnen gefallen?«

»Das ist wohl nicht der richtige Ausdruck. Meinen Vater hat es getroffen, denke ich.«

»Leere Wodkaflasche – klingt nicht schlecht. Was macht denn Ihr Vater jetzt? Und was machen Sie?«

Ja, was machte ihr Vater – schreiben natürlich. Ein Roman über Kepler hatte ihn wohl am bekanntesten gemacht. Kein Wort von Algerien und Griechenland, das fehlte ja nun noch. Das Schreiben von historischen Romanen sei solides Brot, und im allgemeinen sei ihr Vater mit sich zufrieden.

»Gesund?«

»Ach ja.«

»Ich hab ihn nie gesehen. Er hat mich gesehen, ich saß ja auf dem Podium, auf der einen Seite der Kreissekretär, auf der anderen einer von der Parteileitung der Uni. In der Menge der Genosse Haas, der dann seinen berühmten Artikel schrieb.«

»Berühmt, na ...«
»Der Genosse Haas hatte eine Marschrichtung gegeben, der Genosse Haas als Kompaßnadel. In meinen Akten hängt der Artikel jedenfalls drin. Hier in der Klinik freilich kommt es mehr auf Röntgenbilder und Blutwerte an. Als ich nach Berlin wollte, vor sechs Jahren, da kamen die Artikel wieder hoch.«
»Hat man Ihnen das gesagt?« Marion hatte es oft gehört, daheim, in der Schule und der FDJ, sie hatte in Artikeln gelesen: Nicht für jedes Versagen eines einzelnen war die Gesellschaft haftbar zu machen, so mancher verkroch sich hinter objektiven Umständen, war aber selbst zu schwach, zu feig. Kloßner als der Versager, der alle eigene Schuld auf ihren Vater abwälzte?
»Sie spielten eine Rolle, als ich von der Uni geflogen bin und als ich nicht zurück durfte. Es war ja damals gar nichts Besonderes, daß jemand in die Produktion geschickt wurde. War eine Art politischer Kuraufenthalt, gar nicht so sehr Strafe. Als ich nach Mecklenburg kam, waren beide Artikel noch ganz frisch, das hätten Sie mal erleben sollen!«
»Als Sie nach Berlin wollten, vor sechs Jahren, hat man Ihnen da *gesagt*, daß sie wegen der Artikel meines Vaters nicht durften?«
Kloßner zog die Lippen von den Zähnen, ein Grimassieren war das, kein Lächeln. Jetzt nachbohren, nahm sich Marion vor, nicht mit Andeutungen zufriedengeben: Wer hat das zu Ihnen gesagt, und: Haben Sie das schriftlich? Haben Sie darauf gedrungen, daß man es Ihnen schwarz auf weiß gibt, können Sie es meinem Vater *zeigen*? Nun mal halblang, Herr Kloßner, von alten Zeiten können Sie mir sonstwas erzählen, aber wenn meine Mutter jemanden ablehnt, das hat sie mir

mehr als einmal erzählt, oder wenn sie gar jemanden entlassen will, da können doch nicht zwei uralte Artikel, vergilbtes Papier aus dem vorigen Vierteljahrhundert ...
Kloßner hatte wieder die Hände auf die Oberschenkel gelegt, wieder schien er die Finger einzupressen, als wollte er mit diesem Schmerz einen anderen Schmerz betäuben. »Vielleicht operieren sie mich noch einmal«, sagte er ohne Übergang. »Hier haben sie einen halben Meter Vene herausgeschnitten, eine Narbe wie ein Strich. Ums Herz herumgelegt, schlau, was? Vielleicht legen sie nun um die andere Seite noch eine? Hab doch zwei Oberschenkel, da kann noch eine Vene raus.«
Marion ruckte den Blick von den Händen hoch in Kloßners Gesicht. »Und warum ist Ihnen ausgerechnet jetzt der Gedanke gekommen, meinen Vater zu belästigen?«
»Tu ich das? Weil ich nichts machen kann, als von einer Operation auf die andere zu warten. Eigentlich, der Gedanke kommt mir erst jetzt – wenn Sie mich nicht besucht hätten, wäre mir der Einfall wahrscheinlich erspart geblieben: Wenn es gerecht auf der Welt zuginge, müßte Ihr Vater an meinem Grab die Totenrede halten.«
»Sie, das ist ja verrückt!«
»Er kann mich rehabilitieren, und sich auch.«
»Meinem Vater sag ich natürlich von dieser Idee nichts. Von dieser Schnapsidee.«
»Wodkaidee. Von mir bleibt eine leere ...«
Sie nahm sich vor: Wenn er das blöde Testament aufsagt, verziehe ich das Gesicht, angewidert, spöttisch. Widerlich ist das, weinerlich. So einer will sich ja gar nicht helfen lassen. Will im Selbstmitleid

schwimmen. Wer weiß, wie er seine Frau drangsaliert hat, daß sie in ihm immer das arme Opfer sehen sollte. Wahrscheinlich ist sie das letzte Opfer einer Kette, ist am schlimmsten dran. »Haben Sie eigentlich lange Zeit getrunken? Oder erst auf diesem Dorf? Und zuletzt in Berlin?«

»Ob sich das wohl gehört, so zu fragen? Wenn Hans-Georg Haas an meinem Grab spricht, muß er die Wahrheit sagen, und dazu gehören viele leere Flaschen.«

Marion stand rasch auf. »Wenn Sie meinen, daß mein Vater zu Ihrem Leben gehört – zu meinem Leben gehören Sie nicht.«

»Den Weg nach unten finden Sie?«

Als Marion drei Schritte gegangen war, merkte sie, daß sie Kloßner nicht die Hand gegeben hatte. Sogar *sehr* gut, dachte sie.

3

»Hans-Georg, hörst du mich? Das knattert wie irre in der Leitung! Vielleicht rufe ich noch mal an – jetzt geht es. Hörst du: Mit der Fahrt ist alles klar! Heute in einer Woche! Ja, gratuliere! Könnt ihr übermorgen kommen, den Paß holen? Kläre *muß* dabeisein, muß unterschreiben. Übermorgen spätestens. Hans, nochmals herzlichsten Glückwunsch. Alles in Butter! Das Schiff heißt ›Halberstadt‹, über das weitere reden wir hier! Also, und grüß Kläre. Hal-ber-stadt!«

Haas legte den Hörer auf und lehnte sich zurück, er schloß die Augen, so saß er minutenlang. Alles gut, sagte er sich immer wieder vor, alles gut, jetzt ist alles gut. Wann wird der entscheidende Augenblick sein?

Wenn das Schiff ablegt? Wenn es die Dreimeilengrenze quert – aber das werde ich ja gar nicht merken. Wenn ich zum ersten Mal *im Ausland* an Land gehe. Hamburg, Rotterdam. Ich werde Kläre an den Händen fassen, wir werden im Kreis springen und rufen: Wir sind in Hamburg, Hamburg, Hamburg!

Er rief im Kaufhaus an und bekam Herlett an den Apparat. Frau Haas sei irgendwo im Haus, sollte Herlett sie ausrufen lassen? Nicht nötig, sagte Haas, sie möge zurückrufen. »Gute Nachricht!«

»Doch nicht etwa die Reise?«

»Sie sind ein schlauer Junge«, lärmte Haas. »Aber nicht verraten, ich möchte es ihr selber sagen.«

»Alles klar, Genosse Haas. Glückwunsch.«

Eine halbe Stunde später rief Kläre Haas an: »Gute Nachricht, hab ich gehört?«

»Ahoi! Das Schiff heißt ›Halberstadt‹. Und du sollst deinen Badeanzug nicht vergessen, sagt Schreiber.«

»Mach keinen Unsinn, Hans!«

Da schilderte er behutsam und gründlich, was Schreiber ihm mitgeteilt hatte. »Wunderbar«, sagte seine Frau ernsthaft, »ich gratuliere dir, Hans, und mir natürlich auch. Fühlst dich als neuer Mensch?«

»Sollte ich?«

»Allmählich könntest du damit beginnen.« Sie ließ eine Pause folgen, in der ihr durch den Kopf ging, was sie in knapp zwei Tagen erledigen mußte, vor allem in Berlin nun endlich die Beurlaubung durchdrücken, und wenn nicht, dann kündigte sie eben. »Über die Häfen hast du nichts gehört?«

»Das wird Schreiber wahrscheinlich selber nicht wissen.«

»Mußt meinen Sommermantel aus der Reinigung holen.«

»Was glaubst du, was ich noch alles ...«
»Ach Hans, wir wollen jetzt die Freude nicht mit Kleinkram zudecken. Noch mal: Ich gratuliere dir wie verrückt! Also!« Sie legte auf und stemmte das Kinn in die Hände, ihr Blick fiel auf die Urkunde an der Wand gegenüber: Dieses Kaufhaus trug den Orden »Banner der Arbeit«. Ihr Werk, keine Frage. Es würde in sechs, acht Wochen, einer schlimmstenfalls doppelten Urlaubszeit, nicht kaputtgehen. Herlett schaffte das, wenn nichts umstrukturiert werden mußte.
Sie rief bei ihrem Ministerium an und bekam Stumpf an die Strippe, den dicken Stumpf, der sie immer unter hängenden Lidern heraus anblickte wie ein Hund, dem eingebleut worden ist, daß er keine Wurst vom Tisch schnappen darf. Der ihr vor zehn Jahren Komplimente gemacht hatte und zu dreckigen Witzen neigte. Stumpf, von dem man sagte, daß er sich neuerdings nur an Mauerblümchen heranwagte. »Hör zu«, sagte sie, »unsere Papiere sind zusammen, das Schiff schwimmt in einer Woche auf und davon. Wie ist das nun mit dem Urlaub?«
»Tja, ich hab nichts dagegen, das weißt du doch. Bin aber überhaupt nicht konsultiert worden.« Das Wort »konsultiert« fand sie affig, da fragte eine sächsische Frauenstimme dazwischen, ob dort das Getränkekombinat, Werk III, wäre, Kollege Hubschmidt? »Gehen Sie bitte aus der Leitung«, rief Kläre Haas, »ich rede mit Berlin!«
»Un isch ruf aus Zwiggau an! Isch bin 'ne Schtunde nich durchgegomm!«
»Kollege Stumpf«, versuchte Kläre Haas die Frau aus Zwickau zu überschreien, »ich rufe noch einmal an, in einer Stunde, kannst du bis dahin rückfragen?«
»Ruf doch am besten gleich Weidlich an!«

»Aber der hat doch gar nicht ...«
Eine Männerstimme drängte vor. »Wir könnten den Kompressor auch nächste Woche liefern. Aber nicht Montag! Wie es jetzt aussieht, vormittags, nachmittags, wie Sie wollen. Direkt ab Lager, Originalverpackung. Aber Montag, da haben wir 'ne Inspektion ...«
»Golesche Hubschmidt, mir ham geene leern Flaschn, mir doch nich! Die sin alle letzde Woche ford nach Leibzsch. Awwr gloom Se mir's doch!«
»Gleich Weidlich?« rief Kläre Haas, dann war nur noch Knacken und Rauschen in der Leitung. Sie legte auf. Einen Brief schreiben? Vielleicht, wenn sie in Berlin war, ins Ministerium gehen, aber wahrscheinlich blieb nicht viel Zeit, sie mußten schnell nach Rostock weiter. Oder nach Wismar. Weidlich, aber auch der durfte seine Unterschrift nicht unter die Beurlaubung setzen, und Weidlich hatte ihr vor Wochen geraten, sich an den Minister persönlich zu wenden, aber sie hatte ihre Angelegenheit nicht für so wichtig genommen. Und nun wieder dieser Telefonsalat wie meist am Vormittag, vielleicht wurde es in der Mittagspause besser; bis zwölf war zwischen Leipzig und Berlin der Teufel los. Und bei Regen war es ganz aus.
Mit Herlett und dem Hauptbuchhalter besprach sie die Einkaufspolitik der nächsten Wochen: Vorsicht bei Kinderkleidung, da ließ der Bedarf nach. Weder Kapital noch Lagerkapazität binden. Den Prämienfonds vorfristig ausschöpfen. Den Imbiß im Auge behalten.
»Die Beurlaubung hat also geklappt?« fragte Herlett, als sie fertig waren.
»Die klappt schon noch.«
Daheim im Korridor fielen sie und ihr Mann sich um

den Hals. Sie küßte ihn ganz fest und sagte ihm wieder, wie sehr sie sich freue, daß dieses Kapitel nun ausgestanden sei. Ob er etwas über die Reise schriebe, sei letztlich gleichgültig, und wer einmal in den Westen reise, reise auch ein zweites und ein drittes Mal, jetzt sei er *Reisekader*. Sie entsannen sich eines Slogans der fünfziger Jahre: »Ich bin Bergmann – wer ist mehr?« Es gab eine Steigerung.
Haas hatte den Tisch mit Zwiebelmuster gedeckt und Schnitzel gekauft, das Braten überließ er ihr. Sie schimpfte, das Fleisch sei schlecht geschnitten, auch durch Klopfen ließe sich nichts bessern. Schließlich griff sie zum großen Messer und servierte eine halbe Stunde später Sahnegeschnetzeltes mit Reis, Haas lobte sie. Die Schiffsküche sei ausgezeichnet – sie erzählten sich, was beide wußten, es sei bei der geringen Bewegungsmöglichkeit an Bord gar nicht möglich, nicht zuzunehmen, hinterher müßten sie dann bei Gemüse und Quark abspecken. Schiffsköche seien bemüht, die Mannschaft bei Laune zu halten, überraschende Speisenfolge böte eine Möglichkeit, den drohenden Koller bei langer Fahrt zu bremsen. Diese psychologische Einsicht, beklagte Kläre Haas, sei ihrer Kaufhaus-Küchenmannschaft offensichtlich fremd.
»Werde mir ein Buch über arabische Küche noch einmal anschauen«, sagte er. »Kuskus ist etwas Ähnliches wie Spätzle, bloß viel feiner. Und gut, daß wir Hammelfleisch mögen.«
An diesem Abend noch telegrafierten sie an Marion, daß sie sie in Berlin zu sehen hofften, sie möge den Verband oder Schulzes anrufen. Zu ihrem Glücksgefühl paßte es, daß sie bald nach dem Abendessen ins Bett gingen. Sie liebten sich aufmerksamer und länger als gewöhnlich, und danach versicherten sie sich, daß

es traurig war, daß sie beinahe nur noch an den Wochenenden die Kraft füreinander fanden, daß in ihrem Alter mehr Zeit für das An- und Abschwellen notwendig war als in jungen Jahren, daß sie aber auch einen innigeren Genuß aneinander hatten. Als ihre Sätze immer weiser und banaler wurden, gelang es ihnen, darüber zu lachen; sie fanden, das sei nicht das schlechteste an diesem Abend.

In den folgenden Wochen versuchte die Genossin Haas sich oft und möglichst genau vorzustellen, welche Stimmungen in ihr zusammengeflossen waren, als sie die Kündigung schrieb. »Ich lauf denen doch nicht nach«, sagte sie beispielsweise zu Herlett. »Wenn von denen keiner zuständig ist!« Sie war zornig und fühlte sich würdelos behandelt. Das konnte man mit ihr nicht machen. Sie dachte kraftvolle Sätze wie: Das wird in Berlin wie eine Bombe einschlagen! Da wird denen das Lachen vergehen! Da wird einer aber eins aufs Dach kriegen! Stumpf wahrscheinlich, dieser Feigling. Die Genossin Direktorin Haas kündigte, weil man ihr nicht in selbstverständlichster Weise entgegenkam. Als sie vor fünf Jahren ein Vierteljahr lang in Cottbus ein in den Keller gefahrenes Kaufhaus auf Trab hatte bringen sollen, hatte sie Mann und Kind allein gelassen, hatte keinen Augenblick gezögert, vielmehr die Aufgabe angenommen und gelöst. Zwanzig Jahre lang ganz vorne, und nun das. Jetzt blieb auch keine Zeit mehr, etwa Schnippchen einzuschalten, daß er auf seine Weise etwas zurechtbog, auf der Parteischiene nach oben und auf der Konsumschiene wieder nach unten. Diesen Brief entwarf sie mit einer Präambel, die auf ihre Verdienste hinwies; die strich sie wieder durch. Als sie aufführte, was sie unternommen hatte, um unbezahlten Urlaub zu erreichen, gebrauchte sie die Wörter »verantwortungslos« und »schlampig« für die Handlungsweise der Gegenseite. »Da auf meine Eingabe nicht fristgemäß reagiert worden ist, sehe ich mich zu meinem Bedauern gezwungen ...« Die Abschwächung »zu meinem Bedauern« tilgte sie sofort.

Ihre Sekretärin war blaß, als sie den Brief zur Unterschrift vorlegte. »Aber, Kläre, ich – willst du wirklich?«

»Laß mich nur machen, Elke«, sie zwang sich zu einem mutmachenden Lächeln. Wenig später rief sie daheim an und verkündete, der Kündigungsbrief sei fertig, basta, jetzt sollten sich andere den Kopf zerbrechen, wie sie aus der Sache herausfanden. »In ein paar Tagen auf dem Schiff, ich kann es mir gar nicht vorstellen!« Schon, antwortete Haas, er könne seine Sandalen nicht finden, abgesehen davon sei er bester Laune. Und sie möge bitte möglichst schnell in eben diese Laune hineinfinden: Heute an Bord, morgen geht's fort, Schätzel ade, Kaufhaus ade, jetzt kommen die lustigen Tage. Und fertig ist die Laube.

Als sie sich von Herlett verabschiedete, spürte sie einen Anflug von Ängstlichkeit. Zum ersten Mal ging sie um ihrer selbst willen mit dem Kopf durch die Wand, wahrscheinlich mußte auch das geübt werden. »Daß mir die Bude noch steht, wenn ich wiederkomme!«

Herlett wünschte Freude, unvergeßliche Eindrücke, gute Erholung auch. Und sie könnte ja vielleicht ein Kärtchen schreiben.

Oben auf der Fußgängerbrücke wehte kein Wind, dafür standen die Abgase der Autos wie eine Wand. Sechs Wochen lang Seeluft, meinte sie, danach würde ihr Leipzigs Stickluft doppelt schwer auf Herz und

Lunge drücken. Sechs Wochen, es war noch immer nicht auszudenken. Der Felsen von Gibraltar, die Affen darauf. Der Basar in Casablanca. Sie sprach die Silben vor sich hin, so laut, daß sie es hören konnte: Ca-sa-blan-ca. Vielleicht gab es Ricks Bar tatsächlich.
Sie packten Koffer und räumten auf bis Mitternacht. Die Dame des Taxi-Rufs hatte ihnen nicht zusichern können, daß sie am Morgen bedient würden, sie sollten es kurzfristig versuchen. Darauf aber wollten sie sich nicht einlassen, so trugen sie die Koffer zur Straßenbahn. Haas spürte Druck in der Brust und eine leicht schwindlig machende Leere im Hirn, sein Kreislauf war nach der kurzen Nacht noch nicht in Schwung gekommen. Es hatte geregnet, Nässe und das Licht der Straßenlaternen hatten Hunderte von Regenwürmern aus Gras und Gebüsch auf den Gehsteig und die Fahrbahn gelockt, nun waren sie zertreten und zerfahren worden, der strenge Geruch ihrer geplatzten Körper hing in der Luft. Haas dachte: So mühten sich ältere Leute, Rentner ohne Auto, die einen Ferienplatz in der Sächsischen Schweiz oder im Thüringer Wald zugewiesen bekommen hatten. Hier gingen nun die privilegiertesten der Privilegierten, und niemand sah es ihnen an. Ob ihnen der Genosse Schnippchen einen Wagen der Bezirksleitung geschickt haben würde? Unmöglich, ihn darum zu bitten. Andere machten das, klar. In seine mühseligen Gedanken hinein fragte Kläre Haas, ob er sich erinnere, wie sie vor Jahren, als sie noch kein Auto besessen hatten, mit der Bahn an die See gefahren waren, da war die Schlepperei noch ärger gewesen, zwei kleine Kinder dabei. In Berlin würden sie die beiden schwersten Koffer gleich im Bahnhof lassen.
Sie hatten Platzkarten für die erste Klasse und blieben

allein im Abteil, sie versicherten sich, zu reisen wie die Fürsten. In der S-Bahn gestanden sie sich, daß sie längst nicht in ihre neue Rolle geschlüpft wären, sie stünden noch immer außerhalb und schauten sich selbst zu. Westreisende!

Der Genosse Schreiber erhob sich und kam um den Schreibtisch herum, die Hände gebreitet, als wollte er sie in die Arme schließen. »Willkommen, na, wie ist das: Ende gut, alles gut? Und ich hab noch eine feine Nachricht extra. Kaffee?«

Schreiber berichtete. Den Paß würden sie am nächsten Tag erhalten. Er hatte gehofft, daß ihn seine Mitarbeiterin schon heute ausgehändigt bekomme, aber die Verzögerung sei ja kein Beinbruch. Sie könnten doch wie gewöhnlich bei Freunden übernachten? Die Pässe seien am kommenden Morgen um diese Zeit da, er hatte eben selber noch einmal telefoniert. »Also: Ich hab für euch Geld auftreiben können. Hundert Westmark, ist nicht die Welt, aber besser als nichts.« Er empfahl, sie nach Möglichkeit schon in der Bundesrepublik in US-Dollar umzutauschen, falls dazu Gelegenheit wäre, in Hamburg oder Bremen – ach, es war ja noch nicht klar, welche Häfen angelaufen würden. Sofort mit dem Kapitän reden. Einen Kollegen hatten sie in Ägypten betrogen nach Strich und Faden. »Wenn ihr zurück seid, solltest du für uns einen Bericht schreiben, Hans. Auch mit diesen Erfahrungen.

Damit war erst einmal alles besprochen, ein Tag lag vor ihnen, der zu füllen war. Gab es im Pergamon-Museum auch Exponate aus Algerien, Tunesien? Allenfalls aus dem alten Karthago. Nach Gransow und zurück – draußen würden ihnen kaum zwei Stunden bleiben, es lohnte nicht. »Also, gehen wir erst mal essen.«

Auf der Straße, für eine Minute ein Hindernis bildend, um das die anderen einen Bogen machen mußten, preßten sie die Wangen aneinander.

4

Da stand Marion in der Schlange vor dem Küchenschalter der Mensa, das Schild darüber verhieß Bratwurst mit Bayrisch Kraut oder Möhreneintopf. Es war denkbar, daß sie kurz vor dem Ziel aus der Schlange ging, sich mit einem Apfel und einem Stück Kuchen auf einer Hofbank begnügte, sie mußte sich nicht an einen Tisch zwängen, Ellbogen neben sich, Gerede um sich und überall diesen Geruch von Möhren und Bratfett in der Nase, auf der Haut, im Haar. Den wurde sie eine Stunde lang nicht los, der wehte auf, wenn sie im Seminar saß oder mit der Straßenbahn fuhr.

Sie nahm doch Möhreneintopf und aß die Hälfte davon. Als jemand am Tisch sagte, daß sie hier schon viel schlechteren Fraß erlebt hätten und eine Prise frischer Petersilie obendrauf sei doch fast eine Errungenschaft, nickte sie zustimmend. An einem anderen Tisch sah sie Peter, der halb und halb zugesagt hatte; wahrscheinlich hatte er inzwischen die Hosen voll. Sie fragte sich, wie es mit ihrer eigenen Tapferkeit bestellt sei, ob sie sich reinen Herzens ärgern würde, fiele die Demo wegen mangelnder Beteiligung aus. Sie erklärte sich ihre Angst so: Wer war schon so abhängig wie ein Student.

Nach dem Essen rief sie im Schriftstellerverband an und hörte, das Ehepaar Haas sei dagewesen, aber schon wieder gegangen. Nein, eine Nachricht war

nicht hinterlassen worden. Da mußte sie für den Nachmittag und den frühen Abend keine Ausrede erfinden.
Ein Seminar noch über Lenins Aprilthesen: Lenin hatte auf dem Boden eines Bauernhauses im Heu gehockt, tagsüber hatte ihn der Bauer über den See gerudert, dort hatte Lenin auf einer Halbinsel zwischen Wasser und Sumpf seine Schrift verfaßt, von der der Dozent etliche Male sagte, sie sei kühn gewesen. Jemand fragte nach dem Namen des Bauern und erntete glucksendes Gelächter. Der Dozent lächelte, vielleicht, weil er ihn sofort wußte.
Mit der S-Bahn fuhr Marion bis an eine Endstelle, dort war es wie in Gransow: Schuppen und Schutzdächer für Fahrräder neben dem Bahnhofsgebäude, hier standen Mischa, Helen und ein Ehepaar, das Marion schon einmal getroffen, dessen Namen sie aber vergessen hatte; in einem Körbchen auf dem Rad des Mannes saß ein etwa zweijähriges Kind. Drei würden noch kommen, meinte Mischa, und die klapprige Mühle da sei für Marion. Der Ehemann lüpfte etwas halb aus einem Beutel und ließ es kurz sehen: Eine Gasmaske für das Kind mit großen runden Glotzaugen, er sagte, das Kind bleibe unter der Maske total angstfrei. Sonst würden sie es ja nicht machen. Sonst auf gar keinen Fall! Eine Frustration durch die andere eliminieren, nee. Würde es sogar als Spaß empfinden, das Kerlchen, im Ernst! Echt.
Marion fragte nach Peter und hörte von Mischa, der sei in einer anderen Gruppe. Vierundzwanzig hätten zugesagt, selbst mit zwanzig würden sie den gewünschten Eindruck erzielen. Marion habe doch wenigstens, wenn schon keine Maske, ein Tuch dabei? Marion hatte geschwankt, ob sie das lila Tuch mitbrin-

gen sollte, das Jan ihr geschenkt hatte, original von einem bundesdeutschen Kirchentag, aber dann hatte sie es gelassen: Keine Anspielung auf den Westen! Ein Mädchen radelte heran, mit ihm waren sie vollzählig, Mischa blickte auf die Uhr: Eigentlich hätten sie noch elf Minuten bis zum Start, aber so könnten sie sich Zeit lassen. Sie zockelten in Abständen los. Marion hatte zwei Männer vor sich, die nicht zu ihnen gehörten, das fand sie nicht übel, davor war Helen, die verlor sie trotzdem nicht aus den Augen. Das Rad trat sich schwer, ein dunkles altes Damenrad mit hartem Sattel, manchmal knackte die Kette.

Der Wind wehte leicht und nicht unangenehm von vorn. Sie fuhren eine Allee entlang, auf der wenig Autoverkehr war, einmal, aus einer Kurve heraus, sahen sie die Staubwolke des Zementwerks, sie stieg schräg in mehreren Bahnen auf und zerfaserte im Dunst. Marion überlegte, wie sie wohl über sich selbst in den nächsten Tagen urteilen würde, wenn sie eine Panne provozierte, womöglich brauchte sie nur mit einem Ruck anzutreten, und die Kette riß. Sie hielt es für eine gute Schule der Selbsterkenntnis, sich klarzuwerden, in welchem Maße es sie ärgern oder erleichtern würde, blies jemand das Unternehmen ab. Halb und halb? So schlimm wohl doch nicht.

Die beiden Männer bogen auf einen Seitenweg ein. Nach einem Kilometer winkte Helen, sie solle aufschließen, sie gab das Signal nach hinten weiter zu dem Mädchen, das zuletzt gekommen war. Ich kenne den Namen nicht, dachte Marion, das war ja beinahe konspirativ wie zu Lenins Zeiten. April, April, wenn die Bullen sie fragten. Sie dachte: Wenn Mutti wüßte, wie mir diese Formulierung leicht durchs Hirn geht. Wo es doch heißt: die Genossen der Volkspolizei.

An einer Straßengabel sah Marion einen Pulk Radfahrer von der Seite, auf den ersten Blick ungefähr zehn. Marion stieg ab und band das Tuch vors Gesicht, dann trat sie wieder an, war rasch an Helen heran. Und an die anderen, das Kind sah mit seiner Gasmaske wie ein Pandabärchen aus, auch Mutter und Vater waren maskiert, alle anderen mit Tüchern um Mund und Nase, manche Tücher schwarzweiß kariert wie bei Arafats Truppe. Weiter vorn schwankte nun doch ein Transparent, war das nicht mit Mehrheit abgelehnt worden, oder wie? Die Staubfahne des Zementwerks wehte jetzt auf sie zu, das fand Marion gut, dann würde auch der Ort unter dem Staub liegen, es wirkte besser, wenn sie direkt in die Wolke hineinfuhren, hustend unter Tüchern und Masken.
Die Volkspolizisten standen am Ortseingang. Sie hielten Kellen in den Händen, mit denen sie an den Straßenrand wiesen. Dort klapperten Räder gegeneinander, jemand stürzte. Marion blickte hinter sich, da drehten zwei um und fuhren rasch zurück, die Tücher hatten sie abgenommen. Zwei Polizisten gingen an der zusammengepreßten Kolonne entlang, einer zählte, wobei er mit ausgestreckter Hand auf jeden zeigte; Marion bekam die Zahl dreizehn zugeteilt. Sie dachte: Muß ja schiefgehen, und versuchte, eine Art von Galgenhumor zu entwickeln, aber es mißlang gründlich. Der Polizist kehrte um, richtete den Blick auf Marion – wahrscheinlich, fand sie später, weil sie ihn angestarrt hatte –, legte die Hand grüßend an die Mütze und sagte: »Deutsche Volkspolizei. Bürgerin, wer hat diese Demonstration genehmigt? Kann ich bitte Ihre Genehmigung sehen?«
»Das ist keine Demonstration.«
Marion sah Silberstreifen um die Schulterklappe und

zwei Sterne. »Keine Demonstration? Und die Masken? Die Tücher? Wer ist bei Ihnen verantwortlich?« Dabei schaute er an der Reihe entlang, Helen sagte: »Bei uns ist jeder für sich selbst verantwortlich.«
»Da haben Sie recht, Bürgerin. Sie sind alle mündig, soweit ich das auf den ersten Blick sehe. Bis auf das Kind da. Wollen Sie ihm nicht bitte dieses blödsinnige Ding abnehmen, damit es Luft bekommt? Sie sind der Vater? Wer möchte mir eine Auskunft geben, wer diese Geschichte organisiert hat?«
Ein Polizeiauto hielt neben ihnen, ein Offizier stieg aus, schob die Mütze zurecht und rückte das Koppel gerade. Er schaute auf seine Genossen, auf die Radfahrer, auf das Kind, wobei er lächelte. Ein Polizist trat dicht zu ihm und teilte ihm leise etwas mit, der Offizier nickte. »Kommen Sie bitte her, Bürgerin«, sagte er und zeigte auf Marion. »Ja, Sie mit dem gelben Schal.« Und wieder dachte Marion: Warum gerade ich, diesmal hab ich doch so unbeteiligt geblickt wie nur möglich.
Sie ging auf die andere Straßenseite hinüber. Der Offizier fragte sie nach ihrem Namen, ob sie den Personalausweis dabei habe, was sie von Beruf sei, und hob die Brauen, als Marion das sagte. »Und was machen sie hier alle gemeinsam?«
»Wir wollen auf den Dreck über dem Zementwerk aufmerksam machen. Schauen Sie doch, dieser Busch da ist ganz grau, und je weiter Sie auf das Dorf zukommen . . .«
»Der Busch ist nicht grau«, sagte der Offizier, »er ist grün. Wissen Sie, daß Sie gegen die Straßenverkehrsordnung verstoßen haben?«
»Nein.«
»Jeder Ausflug einer Gruppe muß durch Ordner gere-

gelt sein. An der Spitze und am Ende. Wer sind bei Ihnen die Ordner?«

»Weiß nicht.«

Der Offizier rief, die Ordner sollten sich melden. »Also keine Ordner«, stellte er fest, »kein Verantwortlicher. Keine Demonstration. Wogegen auch?« Er ging auf den Mann mit dem Kind zu und sagte: »Bei Ihnen wollen wir den Anfang machen, damit sich das Kind nicht erkältet. Ein Mädchen?«

»Jawoll«, sagte der Mann.

»Und Ihr Rad ist fahrtüchtig?«

»Ja.«

»Dann fahren Sie bitte weiter.«

»Und meine Frau ...«

»Deren Rad werden wir überprüfen. Bitte, Sie können fahren.«

»Ich möchte aber warten.«

»Bitte.«

Die Polizisten gaben sich heiter, wenigstens gelassen. Zwei begutachteten ein Rad, den Dynamo, Rücklicht und Scheinwerfer, sie baten, vor ihnen ein Stück zur Probe zu fahren und rasch zu bremsen. Der Scheinwerfer sei nicht gut eingestellt, mäkelten sie, der Lichtkegel würde nicht auf die Straße fallen, sondern den Gegenverkehr blenden. Luftpumpe, Klingel – ach ja, die Klingel, die Frau möge bitte noch einmal fahren und die Klingel betätigen. Das könne sie doch auch im Stehen, beharrte die Frau, und der Offizier gab ihr halb und halb recht: Freilich könne sie das im Stehen, aber es käme auf den Klang beim Fahren an, und den möchte er doch gern hören. Wieder fuhr die Frau einige Meter und klingelte dabei. In Marion stieg unterdessen eine schnelle Wut auf und sackte wieder in sich zusammen. Dem Ehepaar wurde gestattet, weiterzufahren, ach nein, nicht nach vorn, dort wäre gerade eine Kontrolle eingerichtet worden, dort würden sie nur unnötig Zeit verlieren, und das Kind müßte doch bestimmt gefüttert werden. Also bitte zurück.

Irgendwer hat uns verpfiffen, dachte Marion, sicherlich ist er unter uns. Der Offizier hat meinen Namen nicht notiert, und merken kann er ihn sich nicht lange. Jetzt zerkrümeln sie unsere Aktivität, mühen sich, uns lächerlich zu machen. Wir sind noch nicht mal eine Demo, sie lassen noch nicht mal zu, daß wir eine sind. Reden zu uns wie mit Kindern. Sie wollte irgend etwas schreien, dann müßten die anderen einfallen, sie entsann sich alter Filmstreifen, auf denen Massen die Straße füllten, die erste Kette hatte sich untergehakt, Rudi Dutschke in der Mitte, alle schrien Ho, ho, ho, Ho Tschi Minh! Dann knüppelten die Bullen.

»Ihr Rad ist in Ordnung?« fragte der Polizist, der zuerst mit ihr gesprochen hatte. Da waren zwei schon nach vorn geschickt worden und Helen nach hinten, die anderen lehnten an ihren Rädern, manche hatten sich Zigaretten angesteckt. »Mit dem Plakat haben Sie nichts zu tun?« fragte der Polizist, Marion schüttelte den Kopf und schämte sich deswegen. Jetzt müßten sie einen Sprechchor schreien, aber niemand war auf die Idee gekommen, einen einzuüben. Die Bullen, das würden sie sich eingestehen müssen, waren einfach besser.

»Bitte fahren Sie ein Stück, drehen Sie um, fahren Sie an mir vorbei, und wenn Sie dicht vor mir sind, bremsen Sie bitte.«

Zweimal bitte in einem Satz, der Satz war ein Befehl, aber milde gesprochen, und ein wenig hatte der Poli-

zist sogar gelächelt. Über ihre Schwäche, ihre Ohnmacht. Weil er schlauer war. »Ausgezeichnet machen Sie das! Und nun noch einmal dasselbe bitte, aber nicht bremsen, sondern klingeln! Dankeschön. Klingeln, Sie sollen *klingeln*!«
Die Klingel blieb bei einem matten Schnarren auch bei heftigem Daumendruck. »Bürgerin, wegen einer Ordnungswidrigkeit im Straßenverkehr verwarne ich Sie gebührenpflichtig mit zehn Mark.« Er zog einen Block aus der Tasche und begann zu schreiben. Sie habe doch zehn Mark bei sich? Wie leicht könnte eine alte Frau, könnte ein Kind zu Schaden kommen, möchte die Bürgerin doch bedenken. Bei dem Schaden, bei dem Personenschaden, dieses Wort sprach er in einzelnen Silben, der durch diese Fahrlässigkeit entstehen könnte, wäre eine Mahngebühr in Höhe von zehn Mark noch nicht einmal viel. »Bitte schieben Sie ab sofort das Rad.« Er nahm den Geldschein, übergab die Quittung und legte die Hand an die Mütze. Er ließ eine Bewegung folgen, die ausdrücken sollte, die Straße sei frei für die Bürgerin.
Marion schob das Rad bis zur nächsten Biegung. Jemand fuhr ihr nach, ein Bärtiger, früher Philosophiestudent, heute Heizer. Als er heran war, stieg auch sie auf, zu sprechen wußten sie beide nichts. Weiter vorn warteten zwei, einer sagte, sie wären bestimmt verraten worden oder die Bullen hätten Mischas Wohnung abgehört, er glaube an keinen Zufall. Keine Namen seien notiert worden, das sei doch seltsam, vielleicht kannten die Bullen die Namen der Teilnehmer schon. Bullen, Bullen, das Wort widerte Marion an.
An der S-Bahn wußte Marion nicht, was sie mit dem Rad machen sollte. Eine Stunde lang wartete sie auf

Helen, dann löste sie eine Radkarte für die S-Bahn-Fahrt zurück in die Stadt. Sie war von einer kalten Trauer erfüllt, die bei ihr selten war. Sie hatten ein kleines Ziel gehabt und waren total gescheitert. Wenn man sie auf Lastwagen verfrachtet und ins Präsidium gekarrt und vernommen hätte – aber die Polizei hatte sie verhöhnt. Vielleicht, dachte sie, ist bei uns nun alles aus.

Das Rad stellte sie in den Keller des Studentenwohnheims, ging hinauf und duschte sich. Sie wünschte sich Jan hierher, um sich ausschluchzen zu können. Drei Apfelsinen aß sie hintereinander auf und wurde sich der Verschwendung bewußt, sonst hätte sie sie auf drei Tage verteilt. Jan, dachte sie, lieber Jan, und deine lieben Apfelsinen. Und meine lieben Eltern bei ihren guten alten Freunden, und womöglich hatten Vater und sein Freund schon einen in der Krone. Reisekader die einen, und die anderen brachten es noch nicht einmal zu einer lausigen winzigen Demonstration.

Es war wenig nach neun, als sie bei Schulzes anrief. »Da bist du ja!« rief Sonja Schulze, »wo steckst du jetzt? Kannst du schnell herkommen? Ist doch nicht weit!« Als Marion beharrte, sie habe am kommenden Morgen eine Klausur und müsse noch büffeln, sagte Sonja Schulze, am nächsten Tag seien die Eltern auch noch in Berlin, da müßten sie sich unbedingt sehen. »Ich geb dir mal deine Mutter.«

»Marion, Kindchen!«

»'n Abend, Mutti. Hat alles geklappt?«

»Morgen gibt's die Pässe, dann noch zur Seereederei, anschließend geht's fort.«

»Ich wünsch euch eine großartige Reise.«

»Und bei dir läuft alles?«

»Bin bißchen müde. Noch mal in die Nachschriften gucken, und dann ins Bett.«
Sie verabredeten, wann und wo sie sich am folgenden Nachmittag treffen wollten. Jan käme nicht rüber? Nein, diese Woche nicht mehr. »Schlaf schön, Kindchen!«
Marion lag im Bett, sie dachte: Kann sein, die beiden kommen verändert zurück, als ganz andere. Waren dann im Westen gewesen, in Afrika gar. »Ach, weißt du, von Casablanca war ich *eigentlich* ein bißchen enttäuscht.« Solche Sprüche. Wie Jan sie drauf hatte: Die Schlösser an der Loire mußt du *nicht unbedingt* sehen. Abwinken, abwiegeln. Nein, bei Mutti nicht. Bei Vater als Parodie, höchstens. Aber was, sie kamen *verändert* zurück?

Gebucht für die »Halberstadt«

1

Sie hatten die Tür noch nicht hinter sich geschlossen, da zog Schreiber schon den Schreibtischkasten auf. In jeder Hand hielt er einen Reisepaß der Deutschen Demokratischen Republik, blau mit goldner Prägung, er streckte sie hoch wie ein Schiedsrichter beim Eiskunstlauf die Wertungskarten. Haas empfand es für einen Augenblick so, als würden Zensuren erteilt, für Kläre und Hans-Georg Haas die besten Noten, die ihr Staat zu vergeben hatte, Engagement wurde belohnt, Vertrauen ausgesprochen, bitte, liebe Kinder, der Weihnachtsmann beschert aus vollem Sack. Stecke deine Rute ein, wir woll'n auch immer. Sechskommanull, und fertig war die Laube.
Das Zimmer war zu eng, um feierliche Übergabe zu zelebrieren, vielleicht hätte Schreiber es sonst versucht. »Drüben bei meiner Mitarbeiterin ist dann noch einiges zu erledigen. Bitte, liebe Kläre, bitte, lieber Hans-Georg.«
»Für vier Monate!« sagte Haas überrascht.
»Zur Sicherheit.«
Haas überlegte blitzschnell, daß er ja nach seiner Rückkehr vom Mittelmeer vielleicht mit diesem Visum noch nach München fahren könnte, wenn Kläre und er nicht alles Geld ausgaben, wenn ...
»Ich hab euch in der Seereederei angemeldet.« Eine Weile stand Schreiber mit abwesendem Gesichtsaus-

druck, als wäre er schon bei seinem nächsten Problem. »Wenn es Schwierigkeiten geben sollte – ach, wird schon nicht. Also, laßt euch von Kollegin Pöhland weiterhelfen. Und das Beste euch beiden.«
»Vielen Dank.« Kläre Haas gab Schreiber die Hand, Haas und Schreiber klopften sich zusätzlich die Schultern. Im Nebenzimmer blätterte ihnen Frau Pöhland fünf Zwanzigmarkscheine der Deutschen Bundesbank hin mit einem Gesicht, als handelte es sich um Millionen. Frau Pöhland erklärte den Weg zur Seereederei, dort sollten sie nach Frau Mallwitz fragen, mit ihr habe sie schon telefoniert. Wieder Lächeln und Händedruck, der Wunsch für eine gute Reise, dann gingen Kläre und Hans-Georg Haas die Friedrichstraße hinauf. »Jetzt bloß nicht alle fünf Minuten nachsehen, ob wir die Pässe nicht verloren haben«, sagte Haas. Ihm fiel ein, wie es denn wäre, sie schlüpften am Nachmittag rasch nach West-Berlin, im Paß stand ja: Für alle Staaten und West-Berlin. Aber die gelbe Kennkarte für die Aus- und Einreise hatte zweifelsfrei auch ihre Bedeutung, vielleicht eben diese: Sie machte Ein- und Ausreise einmalig, womöglich kämen sie sogar nach West-Berlin und zurück, aber dann eben nicht an Bord – nur keine Experimente!
Frau Mallwitz stammte aus Rostock, wie sie sofort kundtat, vor zwei Jahren sei sie nach Berlin versetzt worden, hier reiche es ihr allmählich, bei nächster Gelegenheit mache sie sich wieder an die Küste davon. Die ›Halberstadt‹ habe übrigens gestern noch in Kiel gelegen. »Der Aufenthalt in Warnemünde wird kurz sein, der größte Teil der Mannschaft bleibt. Kurzurlaub, tja, da werden sich die Dinge zusammendrängen.« Frau Mallwitz lächelte mitwisserisch. »Pläne der ›Halberstadt‹ haben Sie bekommen?«

Haas erwiderte, eine Skizze, die man ihnen einmal geschickt habe, sei ziemlich ungenau gewesen.
»Da kommen Sie bitte mit.« Frau Mallwitz ging voran, in einer Nische des Korridors stand ein Schiffsmodell unter Glas, darstellend die ›Wittenberg‹, ein Schwesterschiff der ›Halberstadt‹. Frau Mallwitz wußte alles über Tonnage, Ladefähigkeit, Maschinenkraft und Größenverhältnisse. »Hier werden Sie wohnen«, sie zeigte auf zwei kreisrunde Flecken, Bullaugen. »Die Gäste der anderen Kabine waren gestern bei mir, ein Maler und seine Frau. Nette Leute aus Erfurt. Speisen werden Sie mit den Offizieren hier. Swimmingpool gibt's freilich nicht, Sie kommen ja auf kein Kreuzfahrtschiff. Dafür ist bei uns die Atmosphäre lockerer.« Nach einer Weile des Bedenkens fügte sie hinzu: »Seemännischer.« Haas hatte das Gefühl, Frau Mallwitz würde ihnen gern erzählen, welche Reisen sie selbst gemacht hätte, als Stewardeß oder als Arbeiterin auf einem Verarbeitungsschiff, er schaute auf ihre Bluse und hätte sich nicht gewundert, wäre da ein Anker aufgestickt gewesen. Wie es Blaue Jungs gab, gab es wohl auch Blaue Mädchen, jedenfalls wäre Frau Mallwitz sicherlich gern eins gewesen. Sie war energisch blondiert, schlank mit breiten Schultern, vielleicht eine Ruderin, aber danach mochte Haas nicht fragen. Also da das Deck, auf dem man sich sonnen konnte. Die Mannschaftsräume, die Küche, der Aufenthaltsraum mit der Videoanlage. Die Bücherei. Haas dachte: Hoffentlich meint der Kapitän nicht, ich wäre beleidigt, wenn er mich nicht zu einer Lesung bittet. Vor der Freiwache. »Hier«, sagte er, um diesen Ausdruck anzubringen, »hält sich also die Freiwache auf.«
»Ganz recht«, erwiderte Frau Mallwitz freudig.

»Genau!«
»Und wohin fährt die ›Halberstadt‹?«
Darüber wußte Frau Mallwitz nichts, sie fügte etwas töricht kichernd an, das werde man schon sehen. Es genüge, wenn das Ehepaar Haas in drei Tagen nach Rostock führe. Ein Zimmer würde für die Nacht vor dem Auslaufen reserviert, Zimmer wären nirgends so knapp wie dort. Einen Prospekt könnten die Gäste mitnehmen, und das Versicherungsbuch hätten sie dabei? Noch einmal: Eine wunderbare Reise! Hier die Adresse des Rostocker Büros, Herr Findeisen sei dort zuständig.
»Ich werde Ihnen noch die Nummer unserer Freunde hier in Berlin geben. Sagen wir so: Wir bleiben stets bis zwölf in der Wohnung, und wenn noch etwas sein sollte, sagen Sie bitte dort Bescheid.« Frau Mallwitz sagte, diese Idee sei als Sicherheitsmaßnahme gut, wenn auch hoffentlich überflüssig. Wieder ging sie voran zu ihrem Büro zurück, Haas schaute auf ihre Schultern, die sich beim Gehen im Rhythmus bewegten; er überlegte, wie es in der Seemannssprache hieß: rudern nicht, vielleicht skullen? Ruder hießen Riemen. Frau Mallwitz, so vermutete er, hätte ihm auch darauf flüssig eine Antwort gegeben.
»Gestern waren wir schon äußerst freie Menschen«, befand er, als sie wieder auf der Straße standen, »jetzt sind wir freier als frei. Kleine Möwe, flieg nach Helgoland. Heute an Bord, morgen geht's fort, Schiff auf hoher See. In Sankt Pauli auf der Reeperbahn.« Er probierte ein paar Takte, brach ab, als er weder mit dem Text noch mit der Melodie weiterkam. »Bin auf die Matrosen neugierig. Sollen ja gar nicht die Abenteuertypen sein, wie man sich das immer vorstellt.«
Berlin lag unter einer Wolkendecke, die die Abgase

nicht weichen ließ und das Atmen schwermachte. Eine Weile stand das Ehepaar Haas auf dem Alexanderplatz und schaute auf den Beton, der der Stolz seiner Erbauer gewesen war und nun so freudlos wirkte. Was konnten Blumenkübel schon ausrichten. Ob das Barock den Leuten auch nach zehn Jahren zum Halse herausgehangen hatte? Den Klassizismus hatte schon in den zwanziger Jahren keiner sehen wollen; heute war er in der Geschmacksgunst auferstanden. Was folgte auf den Beton? Haas meinte: »Wir werden in der Kasba von Algier bei einem Täßchen türkischem Kaffee darüber nachdenken.« Dann probierten sie, wie man »türkisch« am sächsischsten aussprach: »därgsch«.
Als sie in das Café traten, in dem sie sich verabredet hatten, saß Marion auf einem Platz am Fenster, hatte den Kopf über ein Buch geneigt. In Kläre Haas stieg eine schnelle Sehnsucht nach Zärtlichkeit auf, sie hoffte auf ein Lächeln, auf ein Wort: »Mutti!« Sie ging auf Marion zu, wobei sie sich bewußt war, daß sie rascher als Hans-Georg bei ihr sein wollte, damit nicht er etwas von dieser Liebe absorbierte. Wenn ihr Egoismus keine gröberen Formen annahm, mochte es angehen, das dachte sie dabei immerhin, sie küßte Marion auf die Wange und sagte: »Mein Mädchen, es geht doch hoffentlich gut? Bist gesund? Siehst blaß aus, oder?«
»Ach, was du immer hast. Hab nicht gut geschlafen, und dann diese Klausur.« Haas beteuerte, er hingegen sei in Form wie ein Rudel junger Hunde, um nicht zu sagen: Wie ein Heringsschwarm, aus dem man zarteste Matjesfilets schnitt. Marion mußte die Pässe begutachten, das Visum über vier unendliche Monate, die Kennkarte, die Zollerklärung. Und das da waren

ein, zwei, drei, vier, fünf grüne Zwanzigmarkscheine der Deutschen Bundesbank, vorne drauf eine mittelalterliche Dame mit Haarnetz und strengem Mund, hinten Geige und Flöte und die Warnung: »Wer Banknoten nachmacht oder verfälscht oder nachgemachte oder verfälschte ...« Nicht unter zwei Jahren.
Haas fragte nach den Vorlesungen, dem Studentenheim – ach, es war schon ein gewisser Trott eingerissen, gewöhnte man sich so schnell an alles? War das das sogenannte studentische Leben, wenn man nach einem Vierteljahr meinte, auf der Stelle zu treten? Von altersbedingter Ungeduld sprach Kläre Haas da und merkte, daß sie in Gefahr geriet, banal zu werden. Sie wartete, daß Marion den engelsblonden Jan erwähnte, womöglich, daß er abgeschafft sei. Marion wollte aus diesem Gesprächsgleis heraus, denn ihr Leben war ja seit der mißratenen Fahrradaktion alles andere als öde, eine Nacht lang hatten sie das Unternehmen und die Folgen durchdiskutiert, niemand hatte Peter, dem als erstem der Rückzug gelungen war, beschuldigt, ein Verräter zu sein, aber er hatte das Mißtrauen gespürt und allen Feigheit vorgeworfen, brüllend, die Fäuste schüttelnd. Seitdem wartete sie immerfort, daß jemand sie irgendwohin bat, in eine Verwaltungsstelle der Uni, zu einer FDJ-Leitung oder eben zu den sogenannten Organen, zur Volkspolizei oder dem Ministerium des Inneren oder gleich zur Staatssicherheit. Doch nicht davon sprach sie, sondern von einer miesen Drei in einer Arbeit, in der sie mit einer geilen Eins gerechnet hatte. Bei dieser Formulierung verzog der Schriftsteller Haas das Gesicht, nicht, weil er prüde sei, wie er versicherte, sondern: Wie konnte man so mit Sprache umgehen? Was sickerte da wieder aus dem Westen rüber? Um das Thema zu wechseln, sagte

Marion: »Torsten hat geschrieben. Wißt ihr, daß er Offizier werden soll?« Sie kramte einen Brief heraus, Fotos dazu. Kläre Haas las halblaut vor, er schiebe weiterhin eine ausgesprochen ruhige Kugel und banne das heroische Alltagsleben der stolzen Volksarmee aufs Papier. Dann las sie deutlich: »Denk Dir, gestern fragten mich drei Offiziere nach meinen Berufsplänen aus, und ich sagte, ich wollte ein berühmter Fotograf werden, und meine Lieblingsobjekte wären Käfer, Spinnen und Ameisen, das Kleingetier, was da kreucht. Wollte zart und fein und harmlos wirken. Hatte schon im Gefühl, was dann kam: Ob ich nicht Offizier werden wollte, auch in der Armee würden Fotografen gebraucht und Laborleiter für Vervielfältigungen, schließlich gäbe es Armeezeitungen, beispielsweise im Verteidigungsfall Divisionszeitungen, und die brauchten natürlich Fotos. Also Rotz um die Backe, da spann ich, am liebsten würde ich durchs Mikroskop fotografieren, Fliegenbeine. Die Eltern, beide Genossen, da wurden sie beinahe feierlich. Sollte doch wie sie, Tradition der Familie! Dachte schon, sie würden mir die Verpflichtungsurkunde hinschieben: Fünfundzwanzig Jahre Divisionsfotograf. Sechs aus meiner Kompanie haben sie noch bekniet. Einen werden sie wohl das nächste Mal an die Angel kriegen, dem ist gerade das Mädchen durchgebrannt, der sieht nicht mehr richtig durch. Kannst Du Dich nicht von der Uni schmeißen lassen, damit ich einen schwarzen Fleck in der Sippe hab? Oder daß Dein Jan als Sicherheitsrisiko . . . – Und so weiter«, fuhr Kläre Haas fort, »Torsten ist bisher um alle Klippen dieser Art gekommen, er wird es auch diesmal schaffen.«
»Mit seinem Charme«, sagte Marion. »Vielleicht zeigt er den Werbefritzen die Fotos, die er so macht.« Sie

gab den Packen ihrem Vater, der sah: Soldat aufs Fensterbrett gelehnt, rauchend, der Blick abwesend, müde, dümmlich auch, das Hemd bis zum Bauch aufgeknöpft. Drei Soldaten, die Gesichter geschwärzt, Kraut am Helm und an der Jacke, Waffen in den Händen, reden an einem Gartenzaun mit einer alten Frau. Dahinter Malven an einem Lattengerüst. Zwei Dutzend Stiefel, marschierend durch Pfützen. »Das werden die Offiziere vermutlich nicht für typisch erklären«, sagte Haas. »Paßt ebensowenig in eine Divisionszeitung wie die Fotos mit den Hummern vom Generalsbankett. Kennst du nicht, Marion? Da hat unser lieber Torsten doch einmal etwas für sich behalten können, sieh mal an.« Er überlegte, ob er Marion von der Fälschung des Urlaubsscheins erzählen solle – besser nicht.
Marion packte Brief und Fotos zusammen, dabei fragte sie: »Was von Kloßner gehört?«
An ihn hätte er nun wirklich in den letzten Tagen am wenigsten gedacht, antwortete Haas. Ein armer Teufel, weiß Gott. Die einen schipperten nach Afrika, der andere lag im Krankenhaus. »Dürfte man ihm gar nicht erzählen.«
»Brauchtest ja auch nicht.«
Aus diesen Sätzen glitt Haas in den Gedanken hinein, daß es möglich wäre, Kloßner an diesem oder am nächsten Tag zu besuchen, dann wäre etwas vom Tisch, er könnte etwas abhaken, bereinigen auch, Schuld begleichen. Ein Nebengedanke war unangenehm, wurde nicht weiter verfolgt: sich Absolution erteilen lassen. Sich von Kloßner sagen lassen: Sind ja wirklich uralte Geschichten, haben mit der heutigen Misere nichts zu tun, Schwamm drüber.
Eine Minute lang sprachen sie nicht, Kläre Haas wur-

de sich bewußt, daß ihre Kündigung inzwischen in Berlin angekommen sein mußte, auf einem Schreibtisch lag, auf welchem? Jetzt wurde telefoniert: Hast du Töne? Die Haas, was ist bloß in die gefahren? Sie fühlte in die Überlegung hinein, am kommenden Vormittag ins Ministerium zu gehen, nicht zu Weidlich, nicht zu Stumpf, sondern sofort auf die Ministerebene, auf die der Fall von Anfang an gehört hätte. Aber das hätte halb und halb als Rücknahme ausgesehen, hätte der Sache die Würze genommen. Sollten Weidlich und Stumpf gefälligst die Sache ausbaden. *Den* Brief schoben sie nicht tagelang von einem Tisch auf den anderen, den nicht! Und es war gut, daß sie Schnippchen nicht um Rat gefragt hatte, der hätte sie doch wieder zum Taktieren überredet. Es gab die Methode Schnippchen, und es gab den Hieb auf den Tisch, den Schlag ins Kontor. Hans-Georg hätte mit einem seiner Grundsätze geantwortet: Man konnte nicht alles haben.

Da fragte Haas seine Tochter: »Muß man sich anmelden?«

»Bin einfach hin. Hab die Pförtnerin rumgekriegt. Schaffst du auch.«

Kläre Haas blickte vom Mann zur Tochter und zurück, sie war gespannt, ob Hans-Georg mit einem lockeren Dreh, einem Abwinken von diesem Thema wegrutschen würde, zuzutrauen war es ihm. Er scheute das Krankenhaus ebenso wie Auseinandersetzungen, und von dieser konnte man ja wirklich sagen, daß sie verjährt war, wenigstens für ihn. Eben steckte er sich ein Stück Brot mit Schinken in den Mund, daran würde er eine Weile zu kauen haben, das tat er auch und spülte mit Bier nach, ehe er sagte: »Ich geh hin. Am besten gleich.«

»Prima, Papa!« Marion hatte wie Torsten seit Jahren nicht mehr Papa oder Papi gesagt, diese Wörter gehörten der Kindheit an. Nun konnte Hans-Georg nicht mehr zurück, wußte Kläre Haas; wenn Marion ihren Vater auf diese Weise in eine Entscheidung hineinmanövriert hätte, wäre das eine schlaue Leistung gewesen, aber wahrscheinlich hatte sie nicht so hoch gezielt. Oder so tief.
»In 'ner halben Stunde könntest du dort sein.«
»Tja, Kläre, Marion, da treffen wir uns heute abend bei Schulzes?«
Die beiden Frauen meinten, sie könnten an der Karl-Marx-Allee nach Schuhen schauen, und Haas maulte, da habe Kläre nun daheim ein ganzes Kaufhaus und müsse dennoch in fremden Revieren wildern. Er ließ sich von Marion erklären, wie er zu fahren habe, bat Kläre, das Zahlen zu übernehmen. Er trank aus und stand auf, Kläre fand, das geschähe mit einem Ruck, als müßte er sich selber den Rückzug verbauen. Also tschüs und bis heute abend, und ob er Kloßner etwas mitnehmen sollte, Blumen unter Männern seien wohl albern. Ein Buch – ein Schriftsteller konnte nicht immer und für alle Fälle eine Kollektion eigener Werke mitführen.
Noch in der S-Bahn fand er es richtig und vernünftig, den Stier bei den Hörnern zu packen. Er bereinigte eine alte Sache, duldete keine Leiche im Keller. Kloßner hatte ihn weiß Gott herausgefordert, er nahm den Fehdehandschuh auf. Das war ein falscher Tropus, das wußte er sofort und suchte nach einer besseren Formulierung. Er griff dem Löwen in den Rachen – noch schlechter. Armer alter zahnloser Löwe Kloßner. Er kannte Geschichten, in denen sich Liebesleute nach einem Viertel- oder halben Jahrhundert wiedertrafen,

»Lotte in Weimar« zum Beispiel, es war schon am besten, dies am Abend in dunkler Kutsche zu tun. Krankenzimmer waren hell erleuchtet, weiß die Wände. Und eine alte Liebe war Kloßner ja nun eindeutig nicht.

Ein Pförtner äugte aus seiner Loge, Haas sagte, Herbert Kloßner sei ein alter Kumpel. Dabei lehnte er sich mit dem Ellbogen auf das Schalterbrett, kumpelhaft. Nach zehn Sätzen, meinte er, wäre er mit dem Pförtner per du. Dort drüben der Fahrstuhl, oben bei der Schwester melden – Vorschrift hin, Vorschrift her, was galt das schon unter Kumpeln; zwei Erfahrene nickten sich zu. Im Fahrstuhl versuchte Haas erste Sätze. Meine Tochter hat mir erzählt, wie ich von Marion weiß . . .

Er ging einen Korridor entlang, sah ein Tischchen mit zwei Stühlen, wahrscheinlich hatten Kloßner und Marion dort gesessen. Eine sehr junge Schwester stapelte Schmutzwäsche auf einen Wagen. »Herr Kloßner!« rief sie so laut, wie man nach Ansicht von Haas in einem Krankenhaus nicht rufen durfte. »Besuch für Sie!«

Ein Mann trat aus halboffener Tür, weißhaarig, im Bademantel. Haas nannte Vor- und Familienname, Kloßner sagte: »Prima, daß du da bist.«

Sie gaben sich die Hand, Haas sagte: »Meine Tochter, ich hab von Marion . . .

»Ja. Hat sie dir alles erzählt? Woher kannst du wissen, ob das alles war? Was heißt schon alles?«

Haas hätte beinahe die Hand auf Kloßners Arm gelegt. Als wär's ein Stück von mir. Ich hatt', einen beßren findst du nit, einen schlechtren schon gar nicht. »Wurde Zeit«, sagte Kloßner.

»Ich will nicht sagen, daß ich dir dankbar für die

Erinnerung bin. So masochistisch ist wohl keiner.«
Kloßner löste den Blick und wies auf das Tischchen, ging voran, setzte sich. »Dieser Saal damals, du unter den Zuhörern, ich auf dem Podium.«
»Glaubst du, daß es mir trotz größter Mühe nicht gelingt, mich in diesen Saal zu versetzen? Hab meinen Bericht vergessen, Mansfeld, die Situation, alles.«
»Und mich sowieso.«
»Stimmt.«
»Deine Tochter liebt dich sehr. Nicht, daß sie sich rücksichtslos vor dich stellt. Rückhaltlos auch nicht. Sie liebt dich kritisch, etwas Besseres gibt es wohl nicht zwischen Kindern und Eltern.«
Haas sagte, so habe er das Verhältnis zwischen Marion und ihm noch nicht gesehen, hoffentlich habe Kloßner recht. Er vermied die Anrede, es war nicht möglich, »Herbert« zu sagen, »Genosse Kloßner« klang sowieso unmöglich. Wir zwei in einem Boot, dachte er, und Sprachlosigkeit schon bei der Anrede. Er fragte, wie es denn zuginge in dieser Klinik, ganz menschlich soweit? Er meinte damit den Umgangston, schon der Pförtner ... Er brach ab, schlichteres Niveau war wohl nicht denkbar. Seit Jahren, konstatierte Haas für einen Augenblick, hatte er kein Gespräch geführt, bei dem nicht etwas zu trinken zwischen den Partnern gestanden hatte, Kaffee zumindest. Das Heben der Tasse, des Glases hatte überbrückt, weitergeholfen, er hatte fragen können: Einen trinken wir doch noch? Hier blieb nicht einmal der Griff zur Zigarettenschachtel. »Wegen dieser Artikel bist du also aus der Bahn gekommen, gleich und später immer wieder? In Mecklenburg, und als du nach Berlin wolltest? Der Klotz am Bein durch all die Jahre?«
Kloßner lächelte. »Gehst ganz schön ran. Übertreibst,

damit ich dir versichern muß, ganz so schlimm sei es nun doch nicht gewesen.«
»Ich hab wirklich nicht aus Taktik . . .«
»Deine Tochter hat erst einmal zugehört. Am Ende war sie dann so kratzbürstig, wie man nur sein kann. Da hatte ich übertrieben. Wenigstens fragst du nicht, wie *es mir geht*. Die Herren Ärzte wissen nicht, ob sie mit mir ein Experiment wagen sollen. Brauchst mir nicht zu widersprechen: Ich tauge wahrscheinlich nur noch als Versuchskaninchen. Bin Glied in einer Experimentierkette, für eine Wahrscheinlichkeitsrechnung braucht man immer eine Masse Faktoren.«
Haas wiegte den Kopf. Das klang robust, da sollte ein Mann nicht abwiegeln wollen. Männer unter sich, die dem Schicksal ins Auge schauten. Hemingway-Szene. Im Film wurde dazu Whisky gekippt, und wenn's der letzte war. Kamera groß auf die Gläser. Adern auf den Handrücken, rissige Fingernägel. Einer brummte etwas von einem Scheißspiel. »Kommt vom Saufen«, sagte Kloßner, »dafür muß jeder seine Strafe zahlen. Säufst du?«
Haas schilderte behutsam, wie das war mit dieser Abhängigkeit jeden Abend, regelmäßig trank er, wenn auch fast nie zu viel, aber diese Regelmäßigkeit war natürlich von gelinder Sucht diktiert. Wahrscheinlich ließ es sich damit für den Rest des Lebens aushalten. Davon ging die Leber nicht kaputt, wenigstens nicht bei den meisten. Männergespräch, fand Haas, kleinkariert wie das Schwafeln über Schalke 04 und Dynamo Dresden, über Benzinverbrauch des VW und des Wartburg-Tourist.
»Ich hab in Mecklenburg damit angefangen. Hatte in der Volkshochschule einen Organisationsposten. Noch ein Jahr, und sie hätten mich zum Stellvertreter

des Direktors gemacht oder zum Direktor des Kreislichtspielbetriebs. Mußte eine kleine anspruchslose Arbeit zuverlässig tun, überwintern, auf eine Gelegenheit warten. Damals war man ja flink mit dem Gerede von Kritik und Selbstkritik – ich war zurechtgestaucht worden, war nicht beleidigt, war für die Kritik nach einer Weile sogar dankbar und offen für Neubeginn. Keine Fehlerdiskussion, Genossen, den Blick nach vorn! Kennst du ja alles.«

Kloßner faltete die Finger und drückte sie nach unten, daß sie knackten. Haas hätte gern gewußt, ob Kloßner jetzt eine bewährte Nummer abzog, dankbar, daß endlich einmal einer vor ihm saß, der sie noch nicht kannte. Sogar hier in der Klinik hatte er sie vermutlich schon jedem geboten. Ob er zwanzig Jahre lang gehofft hatte, sie ein einziges Mal diesem Haas um die Ohren zu hauen?

»Eines Tages rief mich einer an, Stein oder Baum, redete mich mit Genosse und Sie an und sagte, er wolle mich sprechen, mich mit dem Auto abholen und sich mit der Zeit nach mir richten. Womöglich klingt das seltsam, aber ich wußte sofort: die Stasi. Um die Sache hinzuziehen, fragte ich, worum es ginge, da sagte Baum oder Stein, das könne man am Telefon nicht behandeln. Vorwurf lag in der Stimme wie einem Kind gegenüber: Aber so was fragt man doch nicht! Ich gab eine Straßenkreuzung an, am nächsten Tag dort abends um sechs. Baum oder Stein war einverstanden. Meiner Frau redete ich etwas von einer Parteisitzung vor, wüßte nicht, wie lange sie dauerte. Sie kamen zu zweit in einem Wartburg, einer stieg aus und stellte sich vor, er hieß weder Baum noch Stein. Sein Kollege habe mit mir telefoniert, ich möchte doch bitte einsteigen. Drin sagte er, er wäre vom Ministerium für Staatssicherheit, und ich sagte, das hätte ich mir schon gedacht. Der Mann am Steuer drehte sich nicht um und sprach während der ganzen Fahrt kein Wort. Dem anderen berichtete ich über meine Arbeit, über die Stadt, Mecklenburg, wie es mir gefiele und so weiter. Er sei auch nicht von hier, auch aus dem Süden – solches Gerede. Ich weiß nicht, ob du jemals mit der Firma zu tun gehabt hast, mit dem Konsum, der Stasi oder wie immer die Ausdrücke lauten. Kurzum: mit dem MfS?«

»Nicht im geringsten.« Haas dachte: Das stimmte sogar.

»Dann fehlt dir eine wesentliche Erfahrung. Wir fuhren durch ein paar Dörfer und hielten an einem Seegrundstück, dicker Zaun drum, Warnung vor einem bissigen Hund, Steg mit Segelboot und zweistöckiges Haus, Garagen. Drin redeten wir dann an die drei Stunden. Der Mann wußte so ziemlich alles aus meinem Leben. Er ging auf die Vierzig zu, war blaß, als ob er selten an die Luft käme, und rauchte ununterbrochen. Alle Stasileute, die ich noch kennenlernte, waren überanstrengte Kettenraucher, ich könnte mir denken, daß die Lebenserwartung eines Stasimannes nicht sehr hoch liegt. Ob ich meine Versetzung an die Basis verdaut hätte, ob ich an die Uni zurück wollte. Ich dachte natürlich sofort: Wenn sie dich anwerben wollen, was machst du?«

Was Kloßner da erzählte, schien Haas weitschweifig, versackte in Einzelheiten: Mit diesem Mann und zwei anderen hatte Kloßner mehrfach gesprochen, in diesem Haus, in einem Segelboot auf dem See, einmal hatten sie ihn zum scharfen Kippen animiert. Als er fürchtete, sie würden ihn unter den Tisch trinken, hatte er einen Streit vom Zaun gebrochen, hatte be-

hauptet, einer habe Schnaps unter den Tisch gegossen, das sei unfair, wenn schon um die Wette gesoffen würde, dann nicht mit solch faulen Tricks. Von Mal zu Mal hatten sie sich weiter an ihr Ziel herangetastet, er sollte an eine Universität zurückkehren, nicht nach Halle freilich, sondern nach Rostock oder Berlin, sollte rasch seine Dissertation schreiben, an der Universität aufsteigen und dort Verbindungsmann zur Staatssicherheit sein, Geheimer Mitarbeiter oder Geheimer Informant, die Unterschiede hatten sie ihm erklärt. Und sie hatten ihn beizeiten verwarnt: Wenn er über diese Gespräche etwas ausplaudern würde, machte er sich strafbar, sie würden ihn wegen Hetze belangen, wenn nicht wegen Geheimnisverrat. »Ich hab eingewendet, daß ich wenigstens meiner Frau sagen müßte, wohin ich ginge, ich wäre nicht in der Lage, immer neue Ausreden zu erfinden, am Ende argwöhnte meine Frau noch, ich hätte eine andere. Da haben sie mir erlaubt, ihr zu sagen, ich spräche mit dem MfS, doch auch zu ihr keine Einzelheiten! Dann haben sie mich zur ersten Unterschrift verleitet: Ich hab mich verpflichtet, zu niemandem außer zu meiner Frau mit der eben genannten Einschränkung über meine Beziehungen zum MfS zu sprechen. Anderenfalls zwei, drei Jahre Zuchthaus.«
Ein Mann schlurfte an den Tisch, nickte Haas zu und fragte Kloßner, wie es mit einer Skatpartie stünde; Kloßner antwortete, später vielleicht. Dann fand er den Faden nicht gleich wieder, schilderte eine weitere Bootsfahrt und ein Spanferkelessen, für die damalige Zeit eine Sensation. Ein Bündel Räucheraale hatten sie ihm für seine Frau mitgegeben. »Tja, ich hab versucht, mich herauszuwinden, sei viel zu vertrauensselig, zu ungeschickt, zu schwatzhaft. Es sei mir zuwider,

Freunde und Bekannte zu bespitzeln. Da wurden sie ernst: Es ginge um Krieg oder Frieden, scheinmoralische Spitzfindigkeiten müßten zurückstehen. Sie wurden geradezu weinerlich: Sie stünden Tag und Nacht auf Friedenswacht, würden von den Feinden begeifert, müßten im Dunkel bleiben, und da gäbe es Leute, die sich einbildeten, etwas Besseres zu sein, sich nicht schmutzig machen zu wollen, ich sei einer von denen, ein sogenannter Intellektueller, während sie, Söhne der Arbeiterklasse – und so weiter. Große Ausdrücke: das scharfe Schwert der Partei, der Vortrupp des Vortrupps. Je mehr sie getrunken hatten, desto sentimentaler wurden sie.

Nach fünf, sechs Begegnungen ließen sie sich nicht länger hinhalten. Nun sei alles besprochen, bei der nächsten Zusammenkunft mit einem Genossen der Bezirksdienststelle müßte die Sache unter Dach und Fach. Alles würde rasch gehen, ich nach Rostock an die Uni, Wohnung, Umzug, monatliche Zuwendung von drei- oder vierhundert Mark, Steigerung natürlich möglich. Deckname, neuer Anlaufpunkt in Rostock – sie würde ich vermutlich bald zum letzten Mal sehen.

Mir kam es vor, als würde ich mich mit einer Unterschrift lebenslänglich an eine Galeere schmieden. Mit meiner Frau hab ich manche Nacht durch immer wieder dasselbe geredet: wie ich aus der Sache herauskommen könnte. Wenn ich mich weigerte, würde sich die Stasi rächen, klar. Zumindest würde ich mich nie aus dem Nest herauswursteln, nie eine bessere Stellung kriegen. Heute vermute ich: Ganz so schlimm wäre es nicht gekommen, nach ein paar Jahren hätten sie mich aus den Augen gelassen, so nachtragend ist die Stasi nun auch wieder nicht, und neue Fälle haben Vorrang. Aber zunächst wär's bitter geworden.

Damals trank ich nicht mehr als die meisten, das heißt, tagelang gar nichts und nur ein bißchen Schnaps oder Bier, wenn Gäste im Haus waren. Alkohol war knapp, teuer. Ich besoff mich eines Abends in der Bahnhofsgaststätte planmäßig vor einer Reihe von Leuten, bis ich vom Stuhl kippte. Genauer: Ich ließ mich kippen, als ich noch einigermaßen kapierte, was um mich geschah. Mit geschlossenen Augen lag ich, hörte, wie jemand sagte: Kloßner von der Volkshochschule, hättste das gedacht? Wenn ich die Augen einen Spalt öffnete, hatte ich Stuhlbeine und Schuhe vor mir, Kippen, eine leere Zigarettenschachtel. Jemand redete etwas, daß man mich vor die Tür bringen müßte, dann zogen sie mich hoch. Ich hing in ihren Armen, draußen kotzte ich einem auf die Hose, da ließen sie mich fallen. Ich blieb liegen, bis ich sicher war, daß sich keiner mehr um mich kümmern würde. Dann ging ich wieder rein, verlangte Schnaps, bekam keinen, schimpfte, drohte: Wenn sie mir nichts zu trinken geben würden, käme ich mit der Stasi wieder, die würden das verdammte Nest ausheben. Ich schlug Gläser vom Tisch, da prügelten sie mich vor die Tür. Draußen war ich sofort nüchtern, ging nach Hause und wusch mir das Blut aus dem Gesicht. Zu meiner Frau sagte ich, diese Tour sei verflucht anstrengend, aber ich wollte durchhalten.
Am nächsten Tag kam ich erst gegen Mittag zur Arbeit, das Kinn stärker verpflastert als nötig. Meinem Chef erzählte ich ungefähr, was geschehen war, der war sprachlos. Herbert Kloßner – und dann so was? Von meiner Drohung mit der Stasi sagte ich natürlich nichts. Dreimal innerhalb einer Woche leistete ich mir einen derartigen Auftritt, jedesmal quatschte ich über die Staatssicherheit, sagte, das wären meine Freunde,

die mich nicht im Stich lassen würden. Ich hatte Erfolg: Kein Vertreter der Bezirksbehörde führte mit mir ein abschließendes Gespräch, das mit einer Verpflichtung endete, vielmehr stauchten mich meine bisherigen Partner zusammen, dabei hatten sie nur von zwei meiner vier Auftritte gehört. Ich hätte mit Beziehungen zum MfS geprahlt, das wäre schon beinahe Geheimnisverrat, eigentlich müßten sie sofort Meldung beim Bezirk machen. Ich hätte doch bisher nicht gesoffen, was wäre denn bloß los mit mir? Sie seien keine Pharisäer, und wenn ich das Bedürfnis für einen großen Schluck hätte, sollte ich zu ihnen kommen, dann würden sie in das Haus am See fahren, dort kostete es uns nicht mal was. Oder schnell mal hundert Kilometer weg, dort könnten wir uns sogar an Mädchen ranmachen. Immer wieder: Wer uns hilft, dem helfen wir auch! Und dieses Selbstmitleid: Tag und Nacht seien sie im Einsatz, keine Ahnung vom Achtstundentag, ihre Genossen seien neunzehnhundertsechsundfünfzig in Ungarn von den Faschisten an die Bäume gehängt worden, auch sie seien von ungeheurer Gefahr bedroht und machten dennoch ihren Dienst, Tschekisten von heute, wenn die Faschisten siegten, wären sie die ersten Opfer, am siebzehnten Juni hätten in Halle ehemalige SS-Männer einen von ihnen an einen Lkw gekettet und durch die Straßen geschleift, in SS-Uniform seien sie gewesen, das stünde in einem Buch, na, den Schriftsteller hätten sie vergessen. Nie wieder siebzehnter Juni, nie wieder Ungarn – in diesem Sinne. Von diesem Tag an wußte ich: Die Hälfte ihrer Antriebskraft war die Angst.

Sie vertagten die Besprechung mit ihrem großen Häuptling, bis dahin besoff ich mich wieder. Ich schimpfte auf alle Faschisten, die mir nichts zu trinken gaben, mir untadligem Genossen. Mich hätten die Faschisten am 17. Juni an eine Laterne knüpfen wollen, aber die Staatssicherheit hätte mich gerettet. Seitdem wären die Stasileute meine Freunde, sie würden mir helfen, vor allem gegen verdammte kapitalistische Gastwirte, das scharfe Schwert der Partei würde mir beistehen. Der Wirt rief die Polizei, auf dem Revier zog ich wieder meine Show ab: Die Genossen vom MfS würden mich rausholen, die Polente sollte mit mir schön vorsichtig sein. Am Ende behauptete ich, ich sei Oberleutnant der Reserve und würde sie alle in den Knast stecken.

Nun mußt du wissen, daß immer Rivalität zwischen MfS und Polizei bestanden hat. Die Stasi mischt sich bei der Volkspolizei ständig ein, verlangt Auskünfte, nimmt Verfahren ab, dem MfS gegenüber aber hat die VP keinerlei Rechte, dort sind für sie alle Türen verschlossen. Die Polizisten hielten mich für einen von der Firma, dem wollten sie auf die Finger hauen. Und das taten sie gründlich. Als ich wieder wach war, hatten sie schon die Beschuldigung formuliert: Rowdytum, Angriff auf Vertreter der Staatsmacht, Staatsverleumdung: Ich hätte Volkspolizisten als Faschisten bezeichnet. Den Konsum war ich los, dafür hatte ich einen Prozeß auf dem Hals.«

Haas fragte: »Wieviel?«

»Sieben Monate. Bützow-Dreibergen, nicht der schlechteste Knast, zwei Monate lang hab ich sogar in der Rübenernte gearbeitet. Weißt du, was Kujambel ist? Wir haben Rübenschnitzel und Weißbrot vergoren, unter den Betten standen Waschkübel, in denen blubberte das Zeug vor sich hin. Jeden Abend waren wir bißchen blau, einmal fiel einer bei der Meldung vor Lachen um. Das flog natürlich auf, ein paar gin-

gen in den Bau, und ich vermasselte mir eine vorzeitige Entlassung. Und dann war's auch bei der Volkshochschule für mich aus.«
Haas vermutete, so würde das nun weitergehen durch Jahre hindurch, das Auf und Ab des Herbert Kloßner. Und immer wieder, ausgesprochen oder nicht, am Anfang hätten zwei Artikel eines gewissen Haas gestanden, und alles, was danach geschah, wäre eine Folge dieser Artikel.
»Und als ich rauskam, hab ich wirklich gesoffen. Vom ersten Tag an und ohne Theater, daheim unter den Augen meiner Frau und später heimlich. Ein Jahr danach haben sie mal zwanzig leere Schnapsflaschen in meinem Schreibtisch gefunden. ›Torwächter‹ hieß ein mieser Weinbrandverschnitt, meine Spezialmarke. Wodka auch, ja. Wenn ich Bier trank, kam ich mir vor wie bei einer Entziehungskur.«
Eine Schwester kam den Gang entlang, aus einer Entfernung von einigen Metern rief sie halblaut: »Herr Kloßner, bitte zur Massage!«
»Da bist du ja wieder im Dienst«, sagte Haas erleichtert.
»Das Versuchskaninchen wird geschmeidig gehalten.«
»Nächstes Mal besuche ich dich bei dir zu Hause.«
Das hatte forsch klingen sollen und war wohl eine Nuance zu laut geraten. Sie redeten noch etwas von der Freude, sich gesehen zu haben, und Haas gestand, daß er sich besser fühlte als vorher. »Grüß deine Tochter«, sagte Kloßner. Sie gingen nebeneinander den Korridor entlang, der Schwester nach, bis vor den Fahrstuhl. »Und sieh zu«, sagte Haas, »daß du so bald wie möglich aus dieser Bude rauskommst.«
»Sowieso.«

Auf der Straße mühte Haas ein Wort in sein Hirn: Halberstadt, er versuchte sich ein Schiff vorzustellen, rundum nichts als Meer, Möwen, Wellen, er ging an einer Mauer entlang, hinter der der Klinikpark lag, sah den dürren, nackten Kloßner bäuchlings auf einer Pritsche, wollte dieses Bild wegdrängen, Kloßner in einem Segelboot, zwei bleiche Männer neben sich, Zigaretten in den Mundwinkeln, und zum ersten Mal gelang ihm diese Erinnerung: Ein Tisch auf der Bühne eines kleinen Saals, Kloßner daran, flankiert von Männern mit Parteiabzeichen, dahinter ein Transparent, was stand denn Ende der fünfziger Jahre auf Transparenten, kein Stalinwort mehr, Marx und Lenin wurden zitiert, auch Ulbricht, aber von Ulbricht fiel ihm nur dieser Slogan ein: »Jedermann an jedem Ort – einmal in der Woche Sport.« Das paßte nun gar nicht in den Mansfelder Saal, oder doch, wenn hier vorher die Ringermeisterschaft des Kreises stattgefunden hatte, und es war keine Zeit zum Umrüsten geblieben. Ein Kreissekretär hielt die Anklagerede, im Saal saß ein schlanker junger Hans-Georg Haas und notierte. Schweißperlen auf der Stirn des Herbert Kloßner. Über sein Testament haben wir ja gar nicht geredet, fiel Haas ein, gut so, einen besseren Abgang für mich konnte es nicht geben. Haas war überzeugt, Kloßner nie wiederzusehen, ein Kapitel war abgeschlossen. Vielleicht war es für ihn auch gar kein Kapitel gewesen, eine Rückblende im Lebensroman allenfalls. Halberstadt, ein Schiff mit dem Namen dieser Stadt, in der er irgendwann mal eine Lesung gehalten hatte. Ein berühmtes Museum gab es da. Als es ihm gelungen war, sich in diesem Haus, hinter sichernden Stahlgittern im Gespräch mit dem Bibliothekar vorzustellen, hoffte er, das Lähmende abgeschüttelt zu haben, das vom Schicksal des Herbert Kloßner ausging. Keine Fehlerdiskussion – ein abgestandenes, herzloses Wort, er drängte es weg. Er würde Kläre genau und schonungslos berichten. Nichts anderes. Aber jetzt: Halberstadt!

2

Eine funkenspeiende Dampflokomotive schleppte den Zug, vermutlich war sie vom Schrottplatz herunter reaktiviert worden. Beim Einsteigen hatten sie den Heizer gesehen, der auf überbreiter Schaufel lehnte, gewiß warf er jetzt Steinkohlebrocken mit Schwung ins Feuerloch. Haas suchte in seinen Mythologiekenntnissen herum: Einen Höllenheizer gab es wohl nirgends; waren die diversen Höllen gasbeheizt gewesen? Mit leichtem Heizöl zu betreiben, umvorweltfreundlich? Kläre Haas entsann sich, als Kind am Bahndamm gestanden zu haben, wenn oben Züge donnerten, Flammenschein hatte die Wolken rotgefärbt. Dieselöl war knapp, die Reichsbahn mußte durch ein Nadelöhr, bis endlich die Strecke zwischen Berlin und Rostock elektrifiziert war. Die Fahrt verlief so einprägsamer, fand das Ehepaar Haas, man mußte nur Hast ablegen, durfte sich nicht ärgern, daß der Zug zeitweise auf Gleisen holperte, die eine Geschwindigkeit von mehr als dreißig Kilometern in der Stunde nicht zuließen. Der Wind drückte die Rauchfahne über die Felder, die Sonne ließ Schatten darunter herzucken. Ob sie Rostock nun am Nachmittag oder am frühen Abend erreichten, war gleichgültig. Sie müßten sich an Bord wahrscheinlich an das Übermaß freier Zeit erst gewöhnen, vielleicht würde es die

Nerven peinigen, tagelang nichts zu sehen als Wasser, allenfalls einmal ein Schiff. Die einzigen festen Punkte im Zeitmeer würden die Mahlzeiten sein. Solch einen Urlaub zu bestehen, mußte gelernt werden.
Nach einer Stunde erwähnte Haas den Büfettwagen. Bis Rostock würde sie es aushalten, sagte Kläre Haas, im Gegenteil, kneifender Hunger am Abend wäre ihr gerade recht für eine üppige Fischschlemmerei. Sie entsann sich, was Tucholsky über Deutschland geschrieben hatte: Auf ihn hatte es am heimatlichsten gewirkt, wenn er sich der Ostsee näherte, wenn der Salzatem des Meeres zu spüren war. Windgepreßte, schiefstehende Bäume, Rohrdächer, Weiden, Kühe. Nicht für mich, befand Haas. Die Anfänge des Mittelgebirges, das erste Herausheben aus der Ebene – Leisnig an der Mulde, Döbeln, nach Norden zu Wellen von Weizen- und Rübenfeldern, nach Süden eine Ahnung von Bergen, tiefer eingeschnitten die Flußtäler. Heimat sei Kinderheimat, da sei einer gut dran, der sich nicht zu weit hatte entfernen müssen und in zwei Stunden dort sein konnte.
Haas spürte Druck hinter der Stirn, Durst auch, die rührten von der Abschiedsfeier mit Schulzes, Marion, Kühns und Krollhoff her. Haas hatte sich über arabische Küche verbreitet, er wußte, daß die Algerier ihren Weinanbau hochgetrieben hatten, auf Seen unverkäuflichen Weins saßen und Weizen einführen mußten. Er würde diesen Wein an Ort und Stelle kosten, Quodban – ein Steak, durchgebraten wie alles Fleisch in Nordafrika. Jede Menge Knoblauch natürlich. Ein Abend mit einer beobachtenden Marion, die die Auskünfte ihres Vaters über den Besuch bei Kloßner fahrig, oberflächlich gefunden hatte gemessen an dem, was vorangegangen war, Artikel und Testa-

ment. Marion hatte sich auszumalen versucht, wenn sie dieser Runde von braven Staatsbürgern vom lächerlich gescheiterten Aufmucken einer Handvoll aus dem Nachwuchs berichtet hätte, wahrscheinlich hätten die Alten Verständnis bekundet, jaja, aber so ginge es nun eben nicht. Gequassel, Blech. Sie hatte sich vorgestellt, Torsten wäre dabei und würde eine Parodie über seinen Hauptmann bieten, Sturmbahnwilly mit der eisernen Ferse, der am Wochenende sogar Frau und Kinder über die Drahtverhaue jagte. Torsten hatte sich heuchlerisch angeboten, diesen Gipfel patriotischen Tuns fotografisch zu bannen, freudig hatte der Hauptmann zugestimmt, und nun wurde Torstens lästerliche Sammlung »Volksarmee, wie sie keiner kennt«, vom hochformatigen Bildnis geziert, wie der Hauptmann seiner Frau über die Eskaladierwand hilft: der straffbehoste Hintern der Dame gegen einen knallblauen Himmel. Da hätten sie halbfroh gelacht, Vater, Krolli und Kühn, die alten Heinis, und wahrscheinlich hätte Vater wieder lauwarm gemahnt, Torsten möge nicht übertreiben. Man *müßte* übertreiben, hatte Marion gedacht, aber wie nur, sie hatten mit ihrer Demo über die Stränge schlagen wollen, aber die lieben Genossen der Volkspolizei hatten sie sanft wieder ins Körbchen gelegt. Mutti, ach Mutti, hatte sie gedacht, bilde ich mir meine Frechheiten vielleicht nur ein und will im Grunde werden wie du, standfest, berechenbar im Maßkostüm?

Der Zug hielt auf einem kleinen Bahnhof, sicherlich war dieser Halt nicht vorgesehen. Ein Nest wie das, in dem Kloßner gelebt hatte, meinte Haas, vielleicht hatten sie ihn durch die Tür dieser Kneipe da auf die Straße geschmissen. Stasileute hatte er sich überlege-

ner vorgestellt, fiel ihm ein, selbstbewußter, gefährlicher. »Was hast denn du«, fragte er seine Frau, »mit der Stasi zu tun gehabt?«
Drei Jahre zurück oder fünf – zwei Männer hatten in die Kaderakten schauen wollen, nach ein paar Stunden hatte wieder alles an seinem Platz gestanden, und niemand hatte einen Anhaltspunkt gehabt, welchen Personen ihr Interesse gegolten hatte. Ein andermal waren im Treppenhaus Hakenkreuze geschmiert worden, da hatten Stasileute Wirbel gemacht. In den Papieren, die Kläre Haas jeden Abend in den Panzerschrank schloß, stand eine Telefonnummer, die ihr der Parteisekretär des Hauses gegeben hatte, sie hatte nicht danebenschreiben dürfen, daß das die Nummer des MfS war, die sie anzurufen hatte, wenn sie meinte, etwas wäre geschehen, für das die zuständigen Genossen Interesse haben könnten. Angerufen hatte sie dort noch nie.
»Ich glaub dem Kloßner seine Geschichte«, sagte Haas. »Schade, daß unsereiner sie nicht schreiben kann. Es sei denn, ich verleg sie ins Griechenland der Obristen. Nun schiebt sich wieder der Algerienstoff nach vorn. Nikos Luovaris in München – mir läuft die Sache nicht weg. Vielleicht lassen sie mich nächstes Jahr nach München. Natürlich waren unter den Obristen die Bräuche rüder als bei unserer Stasi. Kloßners Story – als Ausgangspunkt ist sie sicherlich geeignet.«
Rostock dann doch, auf eine dreiviertel Stunde Verspätung kam es nun auch nicht mehr an. Mit der Straßenbahn fuhren sie bis vors Hotel; eine Nachricht von der Seereederei lag nicht in ihrem Fach. Das war nicht schlimm, am nächsten Morgen würden sie dort erfahren, wann die »Halberstadt« abfuhr. In See stach. Die Leinen losmachte.

Die Scholle, die sich Kläre Haas servieren ließ, war mit zu vielen und zu salzigen Speckwürfeln bestreut, man konnte sie beiseite schieben. Zart und weiß das Fleisch, mehlig die Kartoffeln, reichlich die Butter – so, versicherte sie, fand sie die Ankunft an der See ideal. Haas konnte auf der Lammkeule keinen Salbei entdecken, obwohl die Speisekarte ihn versprach, aber das Fleisch fiel vom Knochen, und Haas entschied, man könne nicht alles haben. Die Reise begann ohne Hetze, versicherten sie sich, und wenn sie noch ein wenig in Rostock vor Anker liegen müßten, sei das kein Beinbruch. Spazieren auf der Strandpromenade von Warnemünde, den Schiffen zuschauen, abends eine Mahlzeit wie diese – Warten könnte übler ausfallen.
Man müßte die Betten ausnützen, befanden beide voller Übermut, als sie nach dem Essen hinaufgegangen waren; Schiffskojen waren auch im besten Fall gewiß unbequem. Das taten sie und wiederholten es nach dem Wachwerden; während des Duschens versicherten sie sich fröhlich, dieses Zimmer habe gewiß lange keine so intensiven Gäste erlebt. Noch beim Frühstück gaben sie sich aufgekratzt, und Haas prahlte, wenn sie jetzt nicht zur Seereederei müßten, könnte Kläre erleben, zu welchen Leistungen ein Seebär wie er fähig wäre. Dabei war er nicht einmal sicher, daß es sich eben um Protz handelte.
Der Hotelportier wies ihnen den Weg. Bei einem Regenguß stellten sie sich unter; ehe die ersten Tropfen fielen, sahen sie schon den Rand des Wolkenbands. In der Seereederei fragten sie nach Herrn Findeisen, wurden in den zweiten Stock geschickt, klopften an, traten ein, eine Frau wandte sich ihnen zu. »Wir heißen Haas.«

Den Gesichtsausdruck dieser Frau vergaßen sie lange nicht. Die Augen wurden rund, starr, die Hände fielen herunter, die Frau drehte sich mit dem ganzen Körper ihnen zu, als sie stammelte: »Wir haben, wir haben die ganze Zeit – wo haben Sie denn gesteckt?«
Haas nannte den Namen des Hotels.
»Nein, vorher.«
»In Berlin, wir ...«
»Um Gottes willen! Und wir haben immerzu in Leipzig angerufen.«
»Frau Mallwitz hat ...«
»Wollen Sie nicht Platz nehmen?«
»Was ist denn los«, fragte Haas und erkannte Erschrecken in den Augen der Frau, da war offensichtlich ein Fehler gemacht worden, von dieser Frau oder von Frau Mallwitz oder sonst wem, welcher Fehler denn bloß?
»Nehmen Sie bitte Platz.« Die Stimme der Frau flehte.
Kläre Haas setzte sich zuerst, dann die Frau, endlich sagte sie: »Die ›Halberstadt‹ ist nämlich vor zwei Stunden ausgelaufen.«
Haas glaubte, jetzt müßte er losbrüllen, müßte es aus ihm herausschreien, wer denn hier wahnsinnig geworden sei, wer denn für diese unglaubliche Schweinerei die Verantwortung trage, er werde, er habe, er wolle.
Kläre Haas fragte tonlos: »Vor zwei Stunden?« Sie dachte: Da hab ich unter der Dusche gestanden. Oder wir lagen noch im Bett.
»Herr Doktor«, sagte die Frau, »wir haben immerzu bei Ihnen in Leipzig angerufen. Doch da hat niemand abgenommen. Wir haben zwei Telegramme ...«
»Aber Frau Mallwitz ...«
»Ich habe mich Ihnen noch nicht vorgestellt, ich heiße

Bichmeyer. Ich vertrete den Kollegen Findeisen, der in Urlaub ist. Ein Koordinierungsfehler, zweifellos. Ich werde sofort in Berlin anrufen.«

Haas war nicht bereit, irgend jemandem die geringste Entschuldigung zuzugestehen. Dieser Sache würde auf den Grund gegangen werden. Er ließ es nicht zu, daß einer die Verantwortung auf den anderen abschob. Jemand war im Urlaub, hatte einen Vorgang nicht weitergegeben – mit ihm nicht, nicht in dieser Sache. »Das hat ein Nachspiel«, er schwang drohend die Hand, »das hat sogar mehrere Nachspiele!« Er war überzeugt: Hier würden Stühle wackeln.

»Vor zwei Stunden«, sagte Kläre Haas, »und von wo?« Sie stellte sich vor, ein Auto raste die Küste entlang, ein Boot nahm sie auf, ein Hubschrauber . . .

»Von Warnemünde.«

»Und daß es vielleicht in Wismar . . .«

»Nein«, sagte Frau Bichmeyer, »es legt nicht noch einmal an. Und außerdem ist Ihre Kabine belegt.«

»So«, sagte Haas, als ob es darauf ankäme, »das ist ja wunderbar! Unsere Kabine!« Alles, was er in den letzten Monaten gedacht und getan hatte, war auf einen Punkt zugelaufen, nun stimmte von einer Minute zur anderen nichts mehr. Was noch argumentiert, was an Gründen vorgebracht wurde, wer Schuld trug und warum: gleichgültig. Ein Wunsch drängte durch andere wirre Bewußtseinsschichten: sitzen bleiben, die Leute nur anschauen, stundenlang, tagelang. Mochten sie ihn für verrückt halten. Sollten sie nun auch noch entscheiden, was mit ihm wurde, sie hatten doch schon fast alles entschieden. Sanatorium – bitte. Klapsmühle. Schreiber, Kopp, Schnippchen und die Idiotin Mallwitz fragten, er antwortete nicht. Stumm für einen Monat, für ein Jahr.

»Herr Schlommer und seine Frau hatten die Westafrika-Tour belegt, aber da waren sie schon im vorigen Jahr. Und da nun Ihre Kabine frei war, haben sie sich kurzfristig für die Mittelmeerfahrt entschieden. Also selbst wenn . . .«
Die Eheleute Haas wendeten ihre Blicke einander zu, jeder entdeckte in den Augen des anderen Ratlosigkeit, in die noch nicht einmal Trauer gemischt war.
»Da fahren diese Schlommers oder wie sie heißen also zum zweiten Mal«, sagte Kläre Haas, wobei sie ahnte, daß es wenig gab, das so unwesentlich war.
»Herr Schlommer ist im Ruhestand«, antwortete Frau Bichmeyer. »Er war Fliegergeneral, glaube ich.«
»Bei der Marine heißt es ja Admiral«, ergänzte Kläre Haas, sie dachte: Noch solch ein Satz, und der Beweis ist erbracht, daß ich verrückt bin.
»Natürlich werde ich den Fall nicht auf sich beruhen lassen«, erklärte Haas nun doch. »Zunächst möchte ich mit jemandem sprechen, der zuständig ist. Einen Direktor wird es wohl hier geben?«
»Selbstverständlich. Herr Direktor Ahlenfeld. Er kann bezeugen, daß wir immerzu bei Ihnen angerufen haben.«
»Er müßte gewußt haben, daß wir in Berlin waren! Bei ihm mußte diese Frau Mallwitz angerufen haben!«
»Das fällt in dieses Ressort«, befand Frau Bichmeyer in plötzlichem Eifer. Sie griff zum Telefon, wählte, gab es auf und legte den Hörer wieder auf die Gabel. »Wie gut, daß Ihr Gepäck nicht schon aufgegeben war.«
»Dann hätten es die Leute von der ›Halberstadt‹ ja wohl an Land gebracht, bevor sie abfuhren«, meinte Kläre Haas.
»Wahrscheinlich.« Frau Bichmeyer zeigte sich ein wenig beruhigt.

Haas war überzeugt, ihm sei solches Unrecht angetan worden, daß er das Recht habe, Leute von ihren Posten zu scheuchen, auch den Chef dieses Saftladens. Wenn so was passierte, was denn dann noch, und diese Mallwitz würde sich auf einem Versorgungsschiff im Eismeer wiederfinden, nicht mehr in einem arschwarmen Büro mit schnieken Schiffsmodellen, sondern mit einem Messer in der Hand in der Schlachterei, bis an die Knie im Gedärm. Ein paar Abteilungsleiter und die Mallwitz, vielleicht noch die Bichmeyer, hier saßen die verkehrten Leute, aber weiß Gott, sie saßen nicht mehr lange.
»Natürlich erstatten wir alle Auslagen«, sagte Frau Bichmeyer matt, »auch die Rückreisekosten ...«
»Jetzt erst einmal diesen Direktor!«
Frau Bichmeyer wählte, nannte ihren Namen, sagte, das Ehepaar Haas wäre eben angekommen und möchte den Genossen Ahlenfeld sprechen. Ihre Stimme klang, als ob sie kondulierte. Sie legte auf und murmelte: »Darf ich Sie bitte begleiten.«
Das Dienstzimmer des Herrn Ahlenfeld war groß und hatte Fenster nach zwei Seiten auf den Hafen hinaus. Ahlenfeld war ein stämmiger Mann um die Fünfzig in einem gutsitzenden Anzug von bestem Stoff, wie Kläre Haas sofort sah; ihn würden Westmenschen vom Äußeren her akzeptieren, an ihm war nichts Kleinliches, Unbeholfenes. »Eine Katastrophe«, bekannte Ahlenfeld sofort, »bitte glauben Sie mir, daß ich den Vorgang lückenlos aufklären werde. Eine Schlamperei, die sich die Seereederei der DDR nicht verzeihen wird. Bitte, nehmen Sie Platz. Gnädige Frau, einen Sherry? Herr Doktor, Sherry, Whisky oder Cognak?«
»Sherry«, sagte Kläre Haas, überlegte rasch, ob es

verschiedene Arten von Sherry gab, wohl doch, und setzte hinzu: »Trocken bitte.« Haas schloß sich mit einem Nicken an.
»Dry Sack?« Ahlenfeld holte die Flasche und eine Schale mit Eiswürfeln aus dem Kühlschrank, Gläser dazu. Er blieb stumm, während er einschenkte, und Kläre Haas überlegte, was wohl an Ausbildung und Erfahrung hinter solch einem Mann steckte, ob er in ausländischen Büros gearbeitet hatte, in London oder Singapur, oder ob es bei der Seereederei auch diese Abschottung gab: Die wirklichen wichtigen Leute blieben daheim. »Ich weiß nicht recht«, sagte Ahlenfeld, »worauf wir anstoßen sollen. Daß Sie mich kennenlernen, dürfte für Sie nebensächlich sein. Willkommen in Rostock – das geht mir ebenfalls nicht über die Lippen. Daß es uns gelingt, diese Scharte auszuwetzen – wäre das etwas?« Er hob das Glas, schaute Kläre Haas an, dann Haas: »Gnädige Frau«, und »Herr Doktor«, nippte, schaute abermals hoch, setzte das Glas ab und sagte: »Ich werde der Sache auf den Grund gehen und versichere, daß ich Sie rückhaltlos informiere. Ich bin jetzt seit fünf Jahren in diesem Büro, etwas Derartiges hätte ich nie für möglich gehalten.« Er ließ sich erzählen, was Frau Mallwitz angegeben hatte, murmelte, vermutlich habe auch Findeisen nichts falsch gemacht, in der mangelnden Koordination zweier Stränge läge der Fehler, und den werde er aufdecken. Rückhaltlos, rücksichtslos.
Kläre Haas schaute hinaus auf Schiffsmasten und Kräne, sie überlegte, ob sie in die Schadenersatzklage auch ihren und ihres Mannes Verdienstausfall einbauen sollte. Wahrscheinlich war das für Ahlenfeld uninteressant, der Umsatz hier war hundertmal oder fünfhundertmal so hoch wie der ihres Kaufhauses, solche

Verluste wurden an ganz anderer Stelle abgerechnet und waren vermutlich von der Versicherung gedeckt.
»Und dieser General«, sagte Haas, »hat sich inzwischen in unserer Kabine eingerichtet. Wohin wollte er ursprünglich?«
»Morgen läuft die ›Güstrow‹ nach Dakar aus, dann weiter die westafrikanische Küste hinunter bis Angola.«
»Da müßte die Kabine frei sein. Da fahren wir eben nach Angola!«
Für einen Augenblick war es still, dann rief Ahlenfeld verblüfft: »Ja, wollen Sie denn dorthin?«
»Mein Mann meint«, versuchte Kläre Haas zu erläutern, »daß es uns nicht in erster Linie um ein Ziel geht, sondern um eine *Reise*. Um Reise schlechthin.«
»Ja, wenn das so ist!« Ahlenfelds Lächeln war wohl probeweise gedacht und verschwand sofort wieder. Er war mit schnellen Schritten am Telefon, wählte, verlangte eine Frau Winkler in sein Vorzimmer. Er goß die Gläser zum zweiten Mal voll, bat um Entschuldigung, ergriff eine Mappe, ging hinaus und schloß die Tür hinter sich.
»Angola«, probierte Kläre Haas.
»Und dann biegt das Schiff an der nächsten Ecke um nach Indien? Oder nach Argentinien? Oder nach Guatemala? Ist das nicht alles verrückt? Ist denn das nicht zum Verrücktwerden?« Er trank sein Glas mit einem Zug leer und schenkte es sich sofort wieder voll, Kläre Haas vermutete, demonstrative Rücksichtslosigkeit sollte Ärger ableiten. Sie dachte: Wenn Ahlenfeld im Zimmer wäre, würde Hans es natürlich nicht machen. Scheingefecht, Aufstand eines Fischs.
»Laß ihn doch kommen«, sagte Haas prahlerischen Tons. »Soll er mal zeigen, was er auf der Pfanne hat.

Denk ja nicht, daß ich eine Mark zuzahle! Der bisherige Preis . . .«
»Du hattest das Glas halb ausgetrunken, als er aus dem Zimmer ging. Und jetzt ist es voll.« Sie fing einen Blick auf, der ihr deutlich machte, daß sie nicht verstanden worden war.
»In dieser Sache gehe ich bis zum ZK«, versicherte er. »Und wenn ich das Parteibuch auf den Tisch knalle!«
Etwas in dieser Richtung hatte sie von ihm noch nie gehört und war nicht bereit, es ernst zu nehmen. »Wirklich«, sagte sie, »du müßtest über die bisherige Ebene hinaus. Bislang bleibt doch alles bei Schreiber stecken. Aber mit wem redet Schreiber? Vielleicht ist darüber gar nicht alles so abgeschottet. Solltest an Kurt Hager schreiben.«
»Das tue ich sofort. Ich mache ein Faß auf.« Ihm fiel Herbert Kloßner ein: War ja geradezu genial, sich zu besaufen und dann zu behaupten, beim Ministerium für Staatssicherheit säßen seine Freunde. Schnaps her, sonst kommt Mielke! Haas suchte nach einer Parallele für seinen Fall, das wäre wohl, wenn er diesem Ahlenfeld drohte: Kurt Hager ist mein Kumpel, wenn du mich nicht fahren läßt, schmeißt der dich aus der Partei.
Ahlenfeld sagte schon beim Eintreten: »Ich sehe eine Möglichkeit! Bitte behalten Sie Platz.« Weder Kläre noch Hans-Georg Haas hatten Anstalten gemacht, aufzustehen. »Die Herrschaften, die für die ›Güstrow‹ nachgeschoben werden sollten, wohnen in Magdeburg. Höchstwahrscheinlich sind sie noch nicht abgereist. Ich habe veranlaßt, diesen Vorgang zu stornieren. Sie würden, bei dieser Chance, noch einen Tag in Rostock bleiben?«

»Selbstverständlich«, antworteten beide gleichzeitig.
An diesem Nachmittag durchlebte Hans-Georg Haas am Strand von Warnemünde einen Wutanfall, weitab von anderen Menschen. Ob sich denn in der Bundesrepublik, in Schweden oder Frankreich jemand überhaupt vorstellen könnte, was hier mit ihm, mit ihnen angestellt wurde, ein ganzes Volk wurde in die Depression getrieben, die Leute rannten sich die Köpfe ein oder zogen die Köpfe ein, schwer zu sagen, was schlimmer war. Schikanen über Schikanen, doch wenn Marion hier wäre, würde sie sagen: Was wollt ihr denn, ich reise mit sechzig, aber zu wem bloß, die Verwandten drüben sterben ja auch aus. Haas redete laut, lauter, am Ende brüllte er. Kläre Haas ließ ihn seinen Zorn gegen die Wellen schreien, gegen den Tanggestank, gegen die Möwen auf einer Buhne. Sie versuchte sich zu erinnern, wann sie ihn so erlebt hatte, ihr fiel keine Situation ein. Vor kurzem hatte sich einer ihrer Abteilungsleiter in einer Parteiversammlung in solch einen Ausbruch hineingesteigert, alle waren erstarrt. Als er ausgebrüllt hatte, hatte eine ältere Genossin gesagt: Dem Wilfried sind die Nerven durchgegangen. Kein Wort ins Protokoll, kann doch jedem passieren. Den nächsten Tagesordnungspunkt bitte. Kläre Haas dachte: Wegen eines derartigen Wutanfalls hätten sie jemanden zwanzig Jahre vorher aus der Partei und dem Kaufhaus geschmissen.
Nachdem Hans-Georg Haas verstummt war, rauchte er drei Zigaretten hintereinander. Auf dem Weg zurück und der S-Bahn-Fahrt nach Rostock redeten sie nur wenig. Sie aßen lustlos und tranken Wein, der ihnen nicht schmeckte. Danach lagen sie wie tot in den Betten.
Am nächsten Morgen erfuhren sie, daß eine Reise

nach dem Golf von Guinea für sie leider nicht in Frage käme, dafür wären sie nicht in der notwendigen Weise geimpft. Das nachzuholen aber würde zwei Monate in Anspruch nehmen.
Am Abend fuhren sie nach Leipzig zurück.

Trostpflaster

1

Kläre Haas zeigte hinunter: Dimitroff-Museum – das Haus mit der Kuppel – das ehemalige Reichsgericht. Weiter nach rechts bitte das Theater, bald nach dem Krieg gebaut, dahinter die Westvorstadt, in der ein Projekt anlief, neue Häuser zwischen alte zu setzen; Versuch, gewachsenes Quartier, urbanes Gefühl zu erhalten. Nach jedem Satz wartete Kläre Haas, bis die Dolmetscherin aufgeholt hatte. Ein paar Meter weiter belehrte Schnippchen die übrigen Parlamentarier aus französischen Städten, die er an diesem Mittag zu betreuen hatte. Komm doch mit, hatte er zu Kläre Haas am Telefon gesagt, ich freu mich, wenn du dabei bist, und zwischendurch können wir eure Sache bereden.

Sie standen auf der Spitzenplattform des Universitätshochhauses, unter sich die Innenstadt, den Norden und die westlichen Vororte, die im Dunst verschwammen. Von oben sähe man, sagte jemand, die Lücken, jetzt Parkplätze, da wären ja noch Möglichkeiten. Warum bauten die Leipziger keine Parkhäuser? Die meisten Gäste, wußte Kläre Haas, waren Mitglieder der KPF, die anderen Sozialisten, ihnen gegenüber wollte sie offener sein, als wenn sie es mit Bürgerlichen zu tun gehabt hätte. Sie konnte Probleme nennen und auf Mitgefühl hoffen, wenigstens auf Verständnis, und brauchte keinen Hohn zu fürchten.

Während des Mittagessens in einem Salon wenig tiefer saßen Kläre Haas und Schnippchen nebeneinander. Sie sagte: »Du kannst dir denken, wie deprimiert Hans ist. Alle Felle weggeschwommen. Kann mir nicht vorstellen, daß er so bald wieder einen Anlauf nimmt. Kannst du was tun?«
»Ich könnte ihn in einer Delegation unterbringen. Eine Woche Kiew.«
»Geh mir weg mit Kiew.« Jedes Jahr fuhren Gruppen hin, einmal war sie dabeigewesen. Einen Tag lang war ihr Zug inmitten ukrainischer Felder auf ein Nebengleis geschoben worden, sie waren in Vierbettzimmern in einer Art Jugendherberge untergebracht gewesen, einmal hatten sie, fast schon an den Tischen sitzend, einen Speisesaal räumen müssen, denn nicht für sie war gedeckt, sondern für kanadische Touristen; ihre Mahlzeit wurde der Devisenbringer wegen um drei Stunden verschoben.
»Hast du eine andere Idee?«
»Etwas, wodurch er sich wirklich aufgewertet fühlt.«
»Den Kunstpreis der Stadt hat er.«
»Längst.«
Dann kam von einem Nebentisch die gefürchtetste Frage, die in Leipzig zu stellen möglich war: Man habe gehört, vor einiger Zeit sei eine mittelalterliche Kirche in die Luft gesprengt worden, auch die alte Universität habe man abgerissen, was sei denn Wahres daran?
Schnippchen antwortete; es war üblich, dies mit ernster Miene und getragener Stimme zu tun. Ja, man habe der architektonischen Gesamtkonzeption des Karl-Marx-Platzes wegen die Universität, die übrigens kriegsbeschädigt gewesen sei, mitsamt ihrer Kirche abgerissen. Intensive Überlegungen, die Kirche von

ihrem Sockel zu schneiden und zu verrücken, wie in der Sowjetunion und anderen Ländern praktiziert, habe keinen Erfolg versprochen. So habe man sich schweren Herzens zu einer durchgreifenden Lösung entschieden. Wie stets fügte Schnippchen an, heute, fünfzehn Jahre später, besitze man ein gewachsenes Verhältnis zur Tradition; stünde man wieder vor dieser Entscheidung, würden gewiß andere Aspekte dominieren.

Eine Frau, ungeduldig und des Deutschen mächtig, fragte dazwischen: »Wollen Sie sagen, Genosse, heute würde die Kirche nicht gesprengt?«

»Man würde energischer nach einer anderen Lösung suchen.«

Eine Antwort, wie sie für Schnippchen typisch war, fand Kläre Haas, eine absolut popellose Antwort, und sie setzte hinzu: »Heute würde die Kirche nicht gesprengt.« Das Wort »gesprengt« sprach sie deutlich aus; weitschweifige Formulierungen waren ihr nie so zuwider wie jetzt.

Sie fuhren noch zusammen im Lift hinunter, unter dem bronzenen Marx-Relief, das stumpf war vom Ruß und von Taubenkot weißgestreift, verabschiedeten sie sich. Sie winkte in die Runde: Auf Wiedersehen und viel Spaß noch und schöne Eindrücke! Dann ging sie durch die Hainstraße auf ihr Kaufhaus zu, den Fontaneweg, so hatte Hans-Georg ihn in einem Artikel genannt. Mit der Postkutsche war der junge Fontane von Berlin gekommen, die Luft war weich gewesen, die Sträucher in den Anlagen hatten grüne Knospen getragen. »Über allem lag ein feiner Dämmer.« Ein Gepäckträger war neben Fontane hergegangen und hatte »in gutem Sächsisch« den Fremdenführer gemacht. Fontane hatte begriffen, daß Städteschönheit etwas anderes war als breite Straßen und öde Plätze, und man durfte Häuser und Bäume nicht aus einer bereitwillig hingestreckten Schachtel nehmen. Was würde Fontane heute sagen, dachte sie, er würde ergriffen sein von der Schönheit des alten Rathauses und der Nordseite des Markts, und es würde sich ihm das Herz zusammenziehen, sähe er das aus der Allerweltsschachtel genommene neue Messeamt. Und wann endlich würden in der Hainstraße die Kriegslücken geschlossen? Oder fielen sie schon niemandem mehr auf?

Durch die Verkaufsetagen ging sie zu ihrem Büro hinauf. Kein Betrieb bei den Haushaltsgeräten, zweit- und drittklassige Auslegeware im Angebot, nicht zu wenig Kundschaft; vielleicht kriegten sie mehr aus dem Lager los als anfangs vermutet. Wieder daheim, befand sie wehmütig, in zehn Minuten schon würde es für sie wichtig sein, daß der Prämienfonds ausgeräumt wurde und die Bestellungen bei Kinderoberbekleidung knapp blieben. Ein Gast aus den Niederlanden hatte ihr einmal erklärt, an ihrer Stelle würde er den Imbiß abnabeln, sollte ein Pächter sehen, wie er zurechtkam. Die kapitalistische Lösung. Immerhin: Wie wäre es, den Imbiß aus der Kaufhaus-Verwaltung des Konsums aus- und in die Gaststätten-Organisation einzugliedern?

»Grüß dich, Elke!«

Ein Blick schnellte hoch: »Du?«

»Da staunst du, was?«

»Ich denke, ich dachte ...«

»Dachte ich auch.« Während Kläre Haas ihrer Sekretärin die Hand schüttelte, gelang ihr ein Lachen.

Die Tür zu ihrem Zimmer stand offen, ein Mann saß hinter dem Schreibtisch, der Genosse Stumpf, der sich

verblüfft und beinahe erschrocken erhob. Er hatte Papiere vor sich ausgebreitet. Er nahm die Brille ab und sagte: »Das ist aber eine Überraschung, Genossin Haas.«
»Ist es auch«, sie fügte flott an: »Bist du mein Stellvertreter?«
Sie gaben sich über eine Schreibtischecke hinweg die Hand. Stumpf würde ihr wohl keinen Platz anbieten mögen, wäre ja widersinnig gewesen in ihrem eigenen Zimmer, und sie konnte ihn auch schlecht wegscheuchen: Jetzt bin ich wieder da! Sie nahm sich den Besucherstuhl und schlug ein Bein über das andere.
»War eine erstaunlich kurze Reise.«
Stumpf ließ sich wieder auf den Sessel sinken und faltete die Hände. Sie fragte: »Du vertrittst mich?«
»Was soll ich darauf antworten. Du hast doch gekündigt.«
»Ja, und?«
»Ich bin unter der Voraussetzung geschickt worden, daß du nicht zurückkehrst. Ich meine, in diese Funktion.«
»Und von wem?«
»Genossin Haas, ich weiß nicht, ob das jetzt ...«
Sie war so verblüfft, daß sie eine halbe Minute lang schwieg, dann sagte sie so leise, daß es fast nicht zu hören war: »Bist du verrückt? Seid ihr alle verrückt?«
Wie sie sich jetzt verhielt, was sie sagte oder nicht, würde noch nach Wochen von Bedeutung sein, für Stumpf und Elke und sie selber und für alle, sie nannte es für sich den Lenor-Effekt nach einer westlichen Fernsehreklame, wo eine Frau neben sich trat und bang fragte, ob sie denn das richtige Weichmachermittel, eben Lenor, genommen habe. So glaubte sie sich selbst zu sehen, wie sie lächelte, nicht krampf-

haft, wie sie hoffte, und hörte sich sagen: »Das ist wohl ein paar Nummern zu groß, meinst du nicht auch?«
»Du hast gekündigt«, wiederholte Stumpf; Kläre Haas glaubte später, er habe geduldig und eine Spur herablassend zu ihr gesprochen. »Ich will nichts vorschnell in die Luft reden, hab auch keine Befugnis, zumal in Berlin von der Voraussetzung ausgegangen werden mußte, daß du ...«
»Ich rufe jedenfalls sofort in Berlin an.« Sie vermutete, Stumpf würde den Apparat zu ihr hin auf die Schreibtischecke schieben, aber er sagte: »Natürlich. Aber bitte nicht von hier. Du kennst ja die Vorschriften.«
Sie sah, wie Stumpf hochschaute, da stand Herlett in der Tür, sagte: »Du hier?«
»Ja, und der Genosse Stumpf meint eben, ich dürfte nicht von meinem eigenen Zimmer aus telefonieren. Das ist doch wohl ...«
Herlett verbeugte sich, während er ihr die Hand gab. Ihr schien, daß er sich vom ersten Augenblick sicherer gab als Stumpf, der Feigling, der Jäger minderer Schürzen. »Bitte verstehe unsere Situation, Genossin Haas«, sagte Herlett, »es ist leicht für dich, uns in Verlegenheit zu bringen. Besonders den Genossen Stumpf.« Er breitete mit unfrohem Lächeln die Arme aus, das sollte wohl heißen: Trag mir nichts nach, mach aus mir nicht den, den die Hunde beißen.
»Ich muß davon ausgehen«, sagte Stumpf, »daß deine Kündigung angenommen worden ist. Alles weitere, die Rücknahme dieser Entscheidung beispielsweise, müßtest du mit Berlin regeln, nicht mit mir. Ich hingegen muß klären, inwieweit du mir mit Auskünften zur Verfügung stehen solltest. Da ist die Abgabe von Transportaufträgen, wo ich nicht durchschaue.« Er

fügte an, wofür Kläre Haas ihn hätte ohrfeigen mögen: »Ich muß schon sagen, *du* machst Geschichten!«
»Bloß schnell das: Hast du dir angeschaut, was ich über die Verlagerung von Uhren und Schmuck ausgearbeitet habe?« Diese Frage richtete Herlett an Stumpf über Kläre Haas hinweg, als säße sie nicht im Zimmer, als wäre von ihr nicht vor Wochen erwogen worden, diese Abteilung aus dem Erdgeschoß herauszunehmen.
»Finde ich machbar.« Auch Stumpf bezog Kläre Haas nicht ein. Sie schaute von einem zum anderen, fürchtete, Stumpf würde sagen: Genossin Haas, du siehst, wir haben zu tun. Ehe sie sich aus dem Zimmer schmeißen ließ, ging sie von selber. Herlett sagte: »Ich muß schnell weiter, Genossin Haas, du verstehst«, und gab ihr die Hand; sie wußte später, als sie ihrem Mann jede Nuance berichtete, nicht mit Sicherheit zu sagen, ob Herlett dabei errötet war.
»Ich werde jedenfalls in Berlin anrufen.«
»Selbstverständlich«, erwiderte Stumpf beinahe eifrig.
»Wahrscheinlich hörst du von Berlin«, sagte sie, auf Abgang bedacht.
»Und ich frage nach«, Stumpf war sofort wieder in der Vorhand, »wie ich dich wegen der Transportübergabe konsultieren kann. Den Begriff ›Konsultierung‹ würdest du annehmen?«
Stumpf half ihr in den Mantel. Vielleicht könnte sie ein paar Tage Ruhe brauchen, sagte er; auch dafür hätte sie ihn ohrfeigen können. Händedruck und ins Vorzimmer, die Augen der Sekretärin waren geweitet und feucht; Kläre Haas dachte: In Elke hätte ich eine Verbündete, sie würde mir manches flüstern, was hier zusammengeschoben worden war. Herlett steckte über beide Ohren in der Intrige drin, na, und Stumpf

stieß wahrscheinlich nicht für sich eine Tür auf, dafür war er zu gerissen, sondern machte das Bett für einen anderen. »Bis bald, Elke«, rief sie so laut, daß Stumpf es hören mußte, und mühte sich um ein Lächeln, von dem sie wünschte, es wäre tapfer zu nennen.

Diesmal ging sie nicht Stockwerk für Stockwerk durch die Abteilungen, sondern fuhr mit dem Lift hinunter. Von der Fußgängerbrücke aus schaute sie aufs Kaufhaus, die Aluminiumverkleidung, die Fensterreihe des Imbisses. Aus der Traum, sie hatte Druck ausüben wollen, nun legten andere sie aufs Kreuz. Sie hatte sich für unersetzlich gehalten, nun kriegte sie ihre Grenzen gezeigt. Jetzt ging es um formale Mätzchen, nicht mehr um die Sache selber, und wenn überhaupt, kam sie mit einem blauen Auge davon. Ihre Souveränität hätte dann Kratzer. Sie würde eine Zeitlang höllisch vorsichtig sein. Sie müßte mit Frechheiten rechnen, mit Widerborstigkeiten sogar im eigenen Haus. Müßte herauskriegen, welche Rolle Herlett gespielt hatte. Ihn isolieren, nach einiger Zeit abschieben. Sie müßte aufbauen, worauf sie bisher gemeint hatte verzichten zu können: eine Hausmacht. Elke auf ihrer Seite, sonnenklar, und über deren Tisch und durch deren Telefon war ja eine Menge gegangen.

Daheim brühte sie Kaffee auf, stellte Weinbrand auf den Tisch und berichtete. Scheute sich nicht, bei Kleinigkeiten, Gesichtsausdrücken und Verzögerung der Rede zu verharren, kommentierte behutsam, um Hans-Georg die eigene Einschätzung nicht zu verbauen. Erste Schlußfolgerung: Sie hatte sich total verrechnet, hatte sich und die Lage falsch eingeschätzt. Wenn sie ausfiel, wurden etliche Planstellen frei, da konnte munter aufgerückt werden. Nun klaubten sie diese blöde Transportaffäre aus der Mottenkiste, da sollte

ihr ein noch zu schaffender Schwarzer Peter zugeschoben werden. Selbst wenn alles im Sande verlief, sah es doch eine Zeitlang so aus, als hätte *sie* die heilige Aufgabe des Kraftstoffsparens sabotiert.
Hans-Georg Haas fragte kaum dazwischen. Am Ende sagte er: »Natürlich mußt du denen ein Gefecht liefern und ein paar Dinger vor den Koffer knallen. Aber alt werden wolltest du in dieser Bude sowieso nicht. Gehst eben drei oder fünf Jahre eher als geplant. Gibt doch schönere Dinge als die Rentabilitätsberechnung von Schnitzel mit Mayonnaisesalat.«
Am nächsten Morgen zog Kläre Haas die Kündigung telefonisch zurück und schickte ein Telegramm an ihren Minister, in dem sie ebenfalls die Kündigung annullierte und um einen Termin bat. In einem Drei-Seiten-Brief an den Minister schilderte sie die Entwicklung der letzten Monate. Das tat sie morgens zwischen sieben und acht, seit vier hatte sie wach gelegen und in Gedanken formuliert. Gegen neun merkte sie, daß sie schon die vierte Tasse Kaffee getrunken hatte.
Haas sagte: »Weißt du was, jetzt machen wir einen gewaltigen Spaziergang, um nicht zu sagen eine Wanderung. Ich bringe nichts fertig, du würdest im Haushalt herumfuhrwerken und mich nervös machen – schließen wir die Bude zu.«
Eine halbe Stunde später standen sie auf der Straße, es war ein Wochentag, sie konnten sich nicht besinnen, wann sie sich das einmal geleistet hatten: blaumachen. Sie querten Gartenkolonien, einen Park, dessen Wege und Rasenflächen von Fahrzeugen zerwühlt waren: Seit Jahren wurde hier ein Klärwerk gebaut. Von einem Steg hatten sie den Blick hinab auf ein Wehr, an dem sich Holz gestaut hatte, gesprenkelt

von Plastiktüten, überzogen von Schaum und Dreck. Auf einer Schlammbank stocherten Hunderte von Möwen herum, die Nutznießer der Müllkippen und allen Unrats, die Ratten der Luft. Hier spie die Stadt ihr Spülicht ins Land, kotzte und schiß ihre Eingeweide leer, rülpste sich den Magen frei – Haas gebrauchte, was ihm an Unflat einfiel, und bedauerte, kein Lyriker zu sein, der diese Kloake mit aller Kraft und Wut in Verse band. Einige Erleichterung würde das Klärwerk schon schaffen, aber vielleicht brauchte Leipzig zehn solcher Reiniger, auch oberhalb der Stadt, die die Gifte der Chemiewerke gar nicht erst hereinließen. Drüben auf einer Müllhalde kippte ein Fahrzeug seinen Laderaum hoch, ließ krachend und polternd Unrat rutschen, darüber kreischte ein aufgeregter Möwenpulk.
Kläre Haas fragte: »Ob Kloßner manchmal in dieser Stimmung war wie wir jetzt?«
Eine Haas überraschende Frage, er antwortete nicht sofort.
»Als er in diesem mecklenburgischen Nest saß und nicht fort konnte. Als er aus dem Knast kam, vielleicht. Er hat doch ein paarmal absolut nicht gewußt, wie's weitergehen soll. Wir treten jetzt auch auf der Stelle, beide.«
»Schon«, sagte Haas. »Aber, es klingt blöde: Wir beide tun das auf einer höheren Ebene. Mit mehr Polster. Dir bieten sie nach dem ersten Schreck bestimmt etwas an, nicht so exponiert, ist ja auch nicht nötig. Wenn ich meinen Krempel über Algerien und Griechenland in die Ecke schmeiße, bleibt immer noch das Meißner Porzellan. Vielleicht gehe ich als Zwiebelmuster-Haas in die Literaturgeschichte ein.«
Kläre Haas lachte. Jetzt müßten sie ein paar Tage

hinbringen, die Dinge sich entwickeln lassen. Kopp und Schreiber informieren, das schon. Aber keine Initiativen ergreifen, die anderen sollten sich etwas einfallen lassen. Auch Schnippchen nicht mit Vorschlägen bedrängen. Tee trinken.
Der Boden des Waldstücks, durch das sie später gingen, war sumpfig, hier roch es im Sommer nach Schlamm und Knoblauch. Ein Seitenarm wurde ausgebaggert, Schneisen waren durch den Wald geschlagen, der Boden war mit einer halbmeterdicken Sandschicht aufgefüllt worden, damit die Bulldozer herankonnten. Vor Jahren waren sie in der Nähe in einem Gasthof eingekehrt; er war um die Jahrhundertwende ein Ausflugsziel der Arbeiter gewesen, Bebel oder Liebknecht hatten ihn erwähnt. Die Fenster waren vernagelt, eine Tür zerschlagen, das Dach löchrig. Eine halbe Stunde weiter in einer Vorortkneipe servierte ihnen eine ältliche Kellnerin, deren Beine umwickelt waren und der offensichtlich jeder Schritt Schmerzen bereitete, Schnitzel mit Mischgemüse, die Kartoffeln waren gelaugt, also hart, sie schoben sie an den Tellerrand. Sie fanden, ihnen täte ein Wodka gut, dazu luden sie die Kellnerin ein, die auch einen zweiten und dritten mittrank, ohne daß ihre Miene freundlicher wurde. »In solchen Kneipen hat sich Kloßner besoffen«, sagte Haas, »stell dir vor, er würde sich hinter die Theke machen und die Flaschen runterräumen. Und durch diese Tür würden sie ihn hinausschmeißen. Und er käme wieder rein: Schnaps her, oder ich bringe meine Genossen mit!«
»Kein Stoff für dich?«
»Von mir bleibt eine leere Wodkaflasche«, zitierte Haas. »Wer sollte das wohl drucken? Die Story, wie sich einer der Mitarbeit bei der Stasi entzieht? Da

brauchen wir gar nicht erst die liebe Zensur. Kopp würde auf die Dielen knallen vor Schreck.«
Kläre Haas und die Kellnerin lehnten den nächsten Wodka ab, Haas trank allein und nahm sich vor, dieses Glas sollte das letzte sein. Schon breitete sich in ihm Wurstigkeit aus, er war bereit, es großartig zu finden, wie sie diesen Tag rumbrachten, nicht Trübsal bliesen, sondern sich in einem wildfremden Gasthof einen hinter die Binde gossen. Alle waren im Unrecht, das war die Linie. Sie selbst lagen von Schicksalsschlägen gebeutelt am Boden, nun sollten die andern sie gefälligst aufpäppeln. Geschah ihnen recht. Den anderen! Schnippchen besonders. Und Herlett: ein Intrigant, ein Schwein. »Das bekannte Schwein Herlett«, probierte Haas. Er zahlte und gab ein für seine Gewohnheit üppiges Trinkgeld, draußen erging er sich in Gemeinplätzen wie: Was soll das schlechte Leben nutzen! Jetzt hätte er gern Schulze dagehabt, Krolli dazu, und dann in die nächste Kneipe und Skat gedroschen, Bierlachs bis vierhunderteins Miese, und gelegentlich eine Temporunde bis hunderteins, um die Sache aufzumischen.
Daheim: Keine Post, wenigstens nichts Wichtiges. Nach einer Viertelstunde schlief Haas, als er wach wurde, fand er einen Zettel seiner Frau: Schnippchen habe angerufen und komme am Abend auf ein Stündchen, sie sei beim Einkaufen. Wieder fiel ihm Kloßner ein. Die Aufregungen in Rostock hatten den Besuch im Krankenhaus überdeckt und nicht zur Wirkung kommen lassen. Er würde Kloßner schreiben, das war das mindeste. Würde ihn bei nächster Gelegenheit wieder besuchen. Würde ihm ein Buch schicken, seinen Kepler-Roman. Mit Widmung: »Zur Erinnerung an alte böse Zeiten.« Und wenn Kloßner der Klinik

entronnen war, würde er ihn mit zu Schulzes nehmen. War schon ein interessanter Kerl, der Kloßner. Ein Roman über ihn – wahnwitzige Idee. Wäre er auch nur diskutabel, wäre es eine andere DDR.
Die Koffer waren noch nicht gänzlich ausgepackt, noch lag nicht alles an seinem Platz. Er heftete ab, was er an Notizen über Algerien hatte mitnehmen wollen, das war nun ins zweite Glied gedrängt. Vielleicht sollte er sich nicht zwingen, sofort weiterzuarbeiten, sollte den Griechenland-München-Stoff liegen lassen, bis er wieder darauf neugierig war. Nikos Luovaris fraß kein Brot. Für ein paar Tage nach Dresden fahren, im Grünen Gewölbe vor Kändlers schönsten Vasen verharren, einen Abstecher nach Meißen machen, auf der Festung Königstein nachfühlen: Hier hatte Böttger geschmort. In ein Buch über Meißner Porzellan mußte sächsische Geschichte einfließen: Sachsen als wirtschaftlich fortgeschrittenster Staat Deutschlands, dieser berühmte Landvermesser, der die Postsäulen gesetzt hatte, wie hieß er gleich? Seiner Erfindung war die Redewendung zu verdanken: fünftes Rad am Wagen. Sachsen in seiner besten Zeit, Sachsen überhaupt. Sachsen war verschwunden, geblieben war das Porzellan mit den blauen Schwertern. Haas fand wieder einmal: ein fordernder, umfassender, großartiger Stoff.
Beim Abendbrot redeten sie von kleinen Möglichkeiten: Im Reisebüro fragen, ob etwas in Thüringen, im Harz, in der Sächsischen Schweiz frei wäre. Eine Woche lang ausspannen, die Aufregungen absacken lassen. Prag, Böhmen überhaupt: Da war freilich das leidige Devisenproblem, es reichte entweder für Übernachtung oder für Essen und Trinken. »Wir haben ja noch die hundert Westpiepen!« Natürlich würde

Schreiber sie zurückfordern. Aber wenn sie sie kurzerhand verbrieten? Sich dumm stellten hinterher? Besser nicht, er würde Schreiber noch brauchen.
Dr. Schnippchen kam pünktlich auf die Minute, wikkelte Nelken aus und überreichte sie mit Verbeugung. Haas versuchte Tanzstundenmanieren zu registrieren. Um Abstand zu beweisen, wenigstens vor sich selber, hielt er die Hände in den Hosentaschen. In den Sesseln antwortete Schnippchen auf die Frage, was er trinken wolle, er habe für zehn Uhr einen Fahrer bestellt, sei also durchaus in der Lage, sich einen Schluck zu genehmigen, er sei nicht abgeneigt, im Gegenteil. Bier oder Grünen Veltiner? Schnippchen schlug sich auf die Seite von Kläre Haas, also Wein, Haas blieb beim Bier. Ungutes Gefühl dämpfte er: Bier und Wodka vom Mittag hatte er längst herausgeschlafen.
»Ein Unglück kommt selten allein«, begann Kläre Haas und schilderte, wie sie ihren Nachfolger hinter *ihrem* Schreibtisch vorgefunden hatte. Dr. Heinrich Schnippchen zeigte dabei sein perfektes Zuhörgesicht, schüttelte sachte den Kopf. Unglaublich sei das Ganze, man müsse sich fragen, ob gewisse Stellen in Berlin überhaupt begriffen hätten, was da vorgegangen sei. Eine Überreaktion, das sei ein sehr milder Ausdruck, auf alle Fälle über die Interessen des Bezirks und der Stadt hinweg. Er werde am nächsten Tag sofort zwei, vielleicht drei Gespräche mit *zentralen Stellen* führen. Das fand Haas typisch für Schnippchen, daß der sofort eine Hilfe zusicherte, unter der sich niemand etwas vorstellen konnte – was hieß das schon, Gespräche mit *zwei oder drei* Stellen? Mit welchen – das wäre allenfalls von Interesse gewesen.
»Unsere Kader sind unser bestes Gut«, erklärte Schnippchen nahezu feierlich und hob das Glas gegen

die Dame des Hauses, und da Haas überzeugt war, aus Schnippchen keine konkreteren Antworten herausholen zu können, brachte er das Gespräch auf eine Formulierung, die Honecker zugeschrieben wurde: die Kreissekretäre seien das Rückgrat der Partei – habe er das wirklich so ausgedrückt? Auf jener nun schon legendären Beratung mit den Ersten Kreissekretären in Gera, antwortete Schnippchen, auf der zum ersten Mal das Problem der Intershops gegenüber der Öffentlichkeit benannt worden war, habe der Genosse Honecker diese Formulierung gebraucht, sie sei jedoch nicht ins Protokoll eingegangen, man könne unter der Hand so zitieren. Er selbst würde es auch in einem Referat nicht tun. Freilich, ein ungewöhnlich erfahrener Stamm von langjährig treu dienenden Funktionären sei herangewachsen, es sei erstaunlich, wie gering die Fluktuation . . .
Haas hörte zu, nickte. Dabei dachte er darüber nach, welchen Zuwachs an Selbstwertgefühl jemand gewann, der in dieser Funktion stand: Sekretär für Kultur einer Bezirksleitung. Die Macht gegenüber allem, was sich im Bezirk an Theater und Malerei, Literatur und Musik tat, war enorm, mit Schnippchen legte sich keiner an, der im Kulturkonzert ein Instrument spielen wollte. Haas wußte, daß er beinahe jedem anderen das Wort abgeschnitten hätte: War kalter Kaffee, Kumpel! Aber Schnippchen gegenüber schluckte er den breitgetretenen Quark, und nicht nur, weil er es Schnippchen verdankte, daß sich sein Auto in heilsamer Obhut befand. Widerspruch, den jeder andere als normal hingenommen hätte, wäre Schnippchen rüde vorgekommen, und Haas wollte an diesem Abend keine Verstimmung, und nicht nur, weil seine Frau zu diesem Schönling aufschaute in, wie er fand, back-

fischhafter Lächerlichkeit. Sie brauchten ihn beide, Gott sei's geklagt.
Kläre Haas stellte Häppchen hin, dafür hatte sie Heringsfilets aus Schweden liebend gern geopfert. »Das war aber wirklich nicht nötig«, sagte Schnippchen, und Haas überlegte, ob Marion spätestens bei dieser Formulierung türenschmeißend das Zimmer verlassen hätte.
»Aber«, sagte Schnippchen, »es gibt nebenher noch ein Problem, über das ich gern mit euch gesprochen hätte. Es betrifft eure Tochter.«
»Marion?« fragte Kläre Haas, was sie sofort töricht fand, denn sie hatten ja nur eine Tochter.
Also diese blöde Geschichte mit Gransow, vermutete Haas und fühlte sich erleichtert: Nun würde sich endlich klären, wer da geschnüffelt hatte.
»Seit Marion in Berlin ist«, begann Schnippchen, »verkehrt sie in Kreisen, auf die wir, sagen wir es einmal so, leider einiges Augenmerk richten müssen.« Er fand seine Formulierung offensichtlich selber so harmlos umschreibend, daß er bereit war, darüber zu lächeln. »Jugendliche, die meinen, Staat und Partei in der Friedenswilligkeit übertreffen zu müssen, Umweltbeschützer aus eigener Berufung – unter ihnen scheint sich Marion ihre Freunde zu suchen. Übrigens: Wie steht sie zur Partei? Ich meine, hat sie die Absicht, erwägt sie, habt ihr mit ihr darüber gesprochen?«
Die Eheleute Haas schauten sich an, wer wohl antworten sollte; als Kläre zu einem Häppchen griff und damit die Auskunft delegierte, begann Haas mit einem gedehnten: »Tjaaa.« Es wäre ja heute anders als zu ihrer Zeit, spontan und geradezu in Massen seien damals die Studenten in die Partei geströmt, heute

wäre es – das nebenbei – gar nicht so einfach, aufgenommen zu werden, ein bestimmter Schlüssel sähe vor, daß ein Prozentsatz von Arbeitern ... Da hatte Kläre Haas zu Ende gekaut, erwartungsvoll schaute sie ihren Mann an, da sagte er endlich: »Natürlich haben wir mit ihr darüber geredet. Mit Torsten auch. Bei aller Sympathie zur Sache: Sie lassen sich Zeit.«

»Zwei Dinge wundern mich«, Schnippchen nahm sein Weinglas und schaute hinein, als schwämme darin Besonderes. »Marion ist oft mit einem Ausländer zusammen, einem holländischen Studenten. Außerdem hat sie an einer beträchtlichen Eselei teilgenommen.« Schnippchen schilderte eine Fahrradzusammenrottung von einem Berliner Randgebietbahnhof zu einem Zementwerk, dem bedeutendsten im Norden der DDR. Ohne dieses Werk kein Aufbau Berlins, kein Stadtbezirk Marzahn! Waren dabei bloß Interessen im Spiel, für Reinheit der Luft einzutreten, oder ging es dabei um ganz andere Dimensionen?

»Und da war Marion dabei?« Kläre und Hans-Georg Haas fragten, noch immer ungläubig, wann denn das gewesen sein sollte, wer denn das nach Leipzig gemeldet hätte. »Wir sind konsultiert worden«, antwortete Schnippchen, »weil Marion aus Leipzig stammt und ihre Eltern hier exponierte Stellungen einnehmen. Weil alle beteiligten Stellen nicht wünschen, daß ein Kind, nun, eine Jugendliche, in den Brunnen fällt.«

»War das«, fragte Haas, »*bevor* wir reisen wollten?«

»Ja«, sagte Schnippchen, »aber es hat mit dem Scheitern eurer Reise nichts zu tun. Das hast du doch wohl auch nicht vermutet?«

»Unsereiner hält neuerdings allerlei für möglich.«

»So was nun doch nicht«, dämpfte Kläre Haas.

»Ich möchte nur eines«, Schnippchen löste den Blick aus dem Weinglas, »daß ihr mit Marion vernünftig und sachlich redet. Dazu muß nicht jemand extra nach Berlin fahren, aber auf die lange Bank schieben sollte man es auch nicht. Nicht die Pferde scheu machen, aber Zügel anlegen.« Er trank das Glas halb leer, setzte es ab, griff zu einem Heringshäppchen und machte hm, während er kaute.
»Dieser Jan«, sagte Kläre Haas, »eigentlich heißt er gar nicht so, ist mir immer ziemlich bieder vorgekommen, hausbacken. Kann mir nicht denken . . .«
Schnippchen wischte sich den Mund ab, ehe er sagte: »Und deine Arbeit, Hans-Georg?«
Da packte Haas all seinen Kummer aus, dieses Hickhack mache ihn verrückt, er brauche endlich Klarheit, sicherlich seien kürzlich einige blöde Dinge zusammengekommen, er sei nicht so verkalkt zu glauben, Intrige oder böser Wille steckten dahinter. Er redete seinen Zorn in ein Gesicht hinein, das er und Marion als Milch-und-Honig-, auch als Entrahmte-Frischmilch-Gesicht geschmäht hatten, und wußte dabei, daß er ein Ventil öffnete. Schnippchen als Halde für Seelenschutt, die Partei, die Partei, die führende Rolle der Partei, das alles war ihm gewärtig, aber er redete dennoch wie aus einem Zwang heraus. Seit mehr als dreißig Jahren in der Partei, den Großteil des tätigen Lebens, da war nichts wegzuwischen, und er wollte es nicht, gewiß war Sentimentalität dabei, es überlief ihn immer noch kalt, wenn er stehend im Chor der Genossen die Internationale sang: »Auf zum letzten Gefecht!« Nie würden sie ein letztes Gefecht schlagen, keines von der Art, an die die Revolutionsväter geglaubt hatten, aber die Partei, das war ein Stück von ihm. Und wenn auch Schnippchen nichts bewirken

konnte, weil seine Macht nicht über den Bezirk hinausreichte, das war ja nun wohl bewiesen, so war er doch die Wand, gegen die Haas seinen Protest knallte: Wenn die Partei nun mal die führende Rolle beanspruchte, so war sie auch verantwortlich für die Mühsal des Genossen Haas, basta. »Von Algier nach Griechenland, zurück nach Algier, nach München, plötzlich nach Angola. Da soll einer nicht verrückt werden?«

Schnippchen hatte widerspruchslos zugehört. Jetzt ging Haas erst einmal in die Küche, um Bier zu holen, Kläre Haas fragte, ob sie noch ein paar Schnittchen machen sollte, es wäre noch Hering da, aber Schnippchen lehnte dankend ab. Haas goß sich zu heftig ein, daß Bier überschäumte, Kläre säuberte Tisch, Hose und Teppichboden. Er habe für diese Erregung, begann Schnippchen unterdessen, vollstes Verständnis. Er werde in Berlin eruieren, was langfristig zu tun sei. Eine Brücke zwischen der Bezirksleitung zum Verband in Berlin müsse geschlagen werden, er hoffe auf eine Unterredung mit dem Genossen Schreiber, und das baldigst. Ganz unbürokratisch, fügte er an und gebrauchte ein weiteres gängiges Wort: operativ. Das kannte Kläre Haas zur Genüge: Operativ hieß, daß man sich etwas einfallen ließ, wenn der Plan aus den Fugen geriet, bedeutete einen Planverstoß, um den Plan zu retten.

Wenige Minuten vor zehn hörten sie, daß vor dem Haus ein Auto hielt, Schnippchen sagte, das sei gewiß der Genosse Fahrer. Nein, klingeln würde der Genosse Fahrer nicht, das wäre gegen die Anweisung. Noch ein Glas? Ein halbes, ja. Und: Er sehe nun vieles deutlicher.

Von einer Minute auf die andere waren alle drei erschöpft, sie redeten leise, mit Pausen, nichts Wesentliches. Ja, es sei eine Menge ausgesprochen worden. Man würde sich anrufen. Haas befürchtete es, und dann formulierte es Schnippchen doch: »Wir werden aufeinanderzukommen.« Wahrscheinlich, meinte Haas, würde jetzt Marion endlich mit Aschbechern schmeißen.

2

Marion hatte Jolli nur einmal gesehen. Jolli war vollbärtig und trug auch im Sommer handgestrickte Pullover, die Gläser seiner randlosen Brille waren vergleichsweise winzig, sicherlich machte es Mühe, den Blick durch sie und nicht um sie herum zu schicken. Ein Grüner wie aus dem Bilderbuch, fand Marion, bemüht sanft, Safttrinker, zu dem kommen konnte, der da mühselig und beladen war, und es war wie aus der Umgangsfibel der Alternativen, daß Jan gerade ihn geschickt hatte. Jolli war Architekturstudent und hatte einmal auf einer Fete bei Helen und Mischa von Sri Lanka erzählt. »Sie haben ihn eine Stunde lang in einem Zimmer warten lassen«, berichtete er jetzt, »Stuhl und Tisch drin, weiter nichts. Oben hat er Züge fahren hören, sonst kein Laut. Wie in einer Gruft. Jan sagt, er sei absolut angstfrei geblieben, zum ersten Mal in solch einer Situation, er ist sogar neugierig gewesen, was bei der Sache herauskommt. Was kann unsereinem schon passieren.« Marion vermutete, nun würde das übliche Gejammer folgen: Was man auch täte, es wäre so verdammt risikolos, vor allem im Osten, man wurde schlimmstenfalls für ein paar Stunden festgehalten und zurückgeschickt. Bei den Bullen

in West-Berlin könnte man eher eins über den Schädel kriegen, war das nicht paradox? Aber Jolli blieb beim Thema: Nach einer Stunde waren zwei Offiziere hereingekommen und hatten Jan aufgefordert, die Taschen zu leeren; den Beutel mit Apfelsinen, Tabak und der Büchse mit dänischem Schinken hatten schon andere inspiziert. Jan hatte keine Brieftasche mitgehabt, kein Notizbuch, keinen Zettel, nichts und gar nichts außer Geld, und das lose in einer Hemdtasche, dazu lediglich Taschentuch und Kamm, Zigaretten und Streichhölzer. Da hatten die Offiziere gar die Streichhölzer auf den Tisch geschüttet und in die Schachtel geäugt. Jan hatte damit gerechnet, daß er sich ausziehen müsse und ihm die Bullen in den Hintern guckten, war ja anderen schon passiert. Zu wem er hätte gehen wollen, er hatte Marions Name und Adresse genannt. Zu wem sonst – zu niemandem sonst. Wen er ein andermal besucht hätte – immer nur Marion Haas. »Dann haben sie ihm mitgeteilt, sein Besuch sei in Berlin, Hauptstadt der DDR, unerwünscht. Bei wem er sich beschweren könne, hat Jan gefragt, und natürlich nach dem Grund, da haben die Bullen geblufft, sie seien zu keinerlei Auskunft verpflichtet.«
»Elender Mist.« Marion fürchtete sofort: Wenn Jan nicht diese Woche oder nächste oder in vier Wochen herüber durfte, sackte ab, was sie ihm gegenüber fühlte, diese Zuneigung, auch die Begierde; Liebe hatten sie es nie genannt. Schon einmal hatte sie Jan sechs Wochen lang nicht gesehen, sie hatte noch in Leipzig gewohnt, da hatte sie zu ihrer Verwunderung und auch zu ihrem Erschrecken gemeint, daß er nun auch ganz wegbleiben könnte. Vielleicht kann ich gar nicht lieben, dachte sie voller Trauer, so richtig tief mit Tränen und allem Drum und Dran, mit Treue und bis

daß der Tod euch scheidet. So wie Mutter und Vater, dreißig Jahre lang und bis in alle Ewigkeit. Ach Jan, Jan, sie würde sich nach keinem anderen die Augen ausschauen, aber länger als vier Wochen dürfte er nicht fernbleiben, es ginge dann nicht gut aus. Sie würde traurig sein, vielleicht am meisten über sich selber.

»Er ist natürlich zu seinem Konsulat marschiert. Dort haben sie ihm zugesichert, daß sie in der DDR anfragen werden, sie lassen es über ihre Botschaft in Ost-Berlin laufen. Aber sie haben ihm nicht sagen können, wie lange sich so ein Einspruch hinziehen kann. Und wie's ausgeht, weiß auch keiner. Hast du eine Ahnung, warum sie ihn plötzlich nicht mehr reinlassen?«

»Ja.«

»Und?«

»Jan weiß es.«

Da war Jolli eine Minute lang still, und Marion vermutete, daß er nun beleidigt war. Ließ sich als Bote gebrauchen, band einen Nachmittag ans Bein, tauschte fünfundzwanzig Westmark um und wurde noch nicht mal eingeweiht.

Sie standen auf einem Hügel im Friedrichshain, der aus Trümmern über einen Flakbunker des letzten Krieges gewölbt worden war, sie waren gewundene Wege hinaufgegangen und schauten über die Stadt, auch bis West-Berlin: Siegessäule, Gedächtniskirche, Mercedes-Stern. Jolli hatte am Telefon darum gebeten, daß sie sich hier trafen, sie wußte warum: Hier konnten sie nicht abgehört werden, und wenn sie jemand beschattete, würden sie ihn bemerken. Marion wunderte sich, wie grell der Autokrach aus den Straßen hier oben zusammenschlug. In flottem Wanderschritt strebte ein Paar herauf, mittelalte Leute, der Mann

zeigte über die Stadt. Nach einer Minute verschwanden sie. Jolli sagte: »Was soll ich ausrichten?«
Grüße, gute Wünsche. Blieb das Telefon. Sicherlich mal ein Brief. Sie würde Jan wohl nie wiedersehen, nie im Leben – bei dieser Formulierung fürchtete sie, ihr würden Tränen in die Augen steigen. Das klang alles nach Drama, nach Oper und gebrochenem Herzen. Sie würde keinen Fluchtversuch unternehmen, nicht durch die Ostsee schwimmen, noch nicht einmal einen Ausreiseantrag stellen und deswegen von der Uni fliegen. »Dann grüß Jan ganz herzlich«, sie fand diesen Satz sofort einfallslos, »und ich drück ihm die Daumen. Und mir auch. Ich ruf ihn an, und er soll mir schreiben. Und kommst du wieder mal rüber?«
»Selten. Hab eigentlich keinen Grund. Gehst du noch mit in 'ne Buchhandlung?«
Zeit hatte sie, sie wollte nicht unfreundlich sein, aber sie wußte auch, daß sie sich mit diesem dicklichen, friedlichen Menschen langweilen würde. Ein Mann ohne Kanten. Es blieb Zeit, bis sie Mutti treffen würde. Zehn Pferde verstopften jede Treppe – wann hatte Jan das gesagt? Jan vor dem Fenster in Gransow, durch die Gardinen spähend, sie hatte noch im Bett gelegen. Das alles würde nie wiederkommen, sie spürte es mit schmerzender Deutlichkeit. Aus der Traum. Und dazu Vaters blöder Satz: Und fertig ist die Laube. Für immer zugeschlossen war die Laube in Gransow für Jan, auch die Hauptstadt der DDR mochte den Gast aus Holland nicht mehr.
»Gehn wir zum Alex.« Sie drückte sich von der Umfassungsmauer ab.
Sie redeten nicht viel, während sie durch den Park hinab und durch Straßen gingen, Autolärm war um sie, und alles war gesagt. Marion ging zu schnell für

Jolli, er klagte es ihr schnaufend. Sie fand, daß es seltsamerweise zu dieser Art von Männern paßte, unsportlich zu sein, dieser Typ saß liebend gern bei Zigaretten und Rotwein auf dickem Arsch und schwafelte über rauschende Wälder. Fahrradausflug mit Kind und Hund und Pullovern und Pudelmützen, das ja. Aber diese Burschen als Hürdenläufer, Schwimmer, Ruderer – nicht vorzustellen. »Ich danke dir«, sagte sie, als sie ihm die Hand gab, »und grüß Jan schön, und im übrigen haben wir ja alles besprochen.« Seine Augen blickten mitfühlend über die winzigen Brillengläser, sie dachte: So guckt er mit erprobter Absicht. Sie beobachtete ihn, wie er mit breitem Schritt, die Arme rudernd, in der Menge verschwand. Auch ihn sah sie nie wieder. Sie wollte sich aus jeder Sentimentalität reißen, indem sie ihren Gedanken modische Begriffe aufnötigte: Beziehungskiste, Bezugspunkte – vielleicht würden Helen und Mischa und deren Kreis nun ihr Kontaktrahmen. Erst einmal ein paar Wochen mit niemandem ins Bett, bloß nicht. Es stand ja auch keiner vor der Tür. Zur Abwechslung Musterschülerin spielen. Die lieben Eltern besuchen, herzensgute Tochter sein. Nur halb soviel rauchen. Und sie dachte, um aus dieser lauwarmen Brühe herauszufinden, herzhaft und wiederholt: Scheißescheißescheiße.

Es war ein milder Nachmittag, halb wolkig, halb sonnig. Wenn die Strahlen schräg einfielen und eine helle Wolkenschicht dahinterstand, konnte man den Dreck erkennen, der über die Stadt trieb. Sie würde niemals mit Jan auf den Dünen von Texel stehen, davon hatte er geschwärmt. Um Ostern herum waren dort alle Wiesen weißgesprenkelt von Lämmern. Das fehlte nun noch, daß ihr Tränen in die Augen traten, weil sie an süße kleine Lämmchen dachte, steifbeinig springend, mit dünnen Stimmchen nach der Mutter blökend. Sie war kein Lämmchen, und in einer Stunde spätestens würde sie ihre Mutter treffen, die Verdiente Aktivistin. Zehn Schwarzen ihr Kaufhaus zeigend, so hatte alle Welt sie im Fernsehen erlebt. Die wunderbare Mutter, die sich einen Mann leisten konnte, der aus gebremster Wehleidigkeit heraus erstaunliche Leistungen vollbrachte. Eine glückliche Verbindung die beiden, fand sie, während sie am Rathaus vorbeiging, den Palast der Republik zur Seite. Da war wieder eine Baustelle, aber irgendwann würde der Mörtelstaub aus diesem Teil der Stadt verschwinden, dann war alles fertig, breit, grün, hoch, jung, und der Wind würde immer noch so viel Platz haben, der Wind, den man ihrer Meinung nach in Städten verbieten müßte.

Kläre Haas hatte schon Salat und Wein vor sich, und Marion fand beim Eintreten, daß ihre Mutter außerordentlich gut aussah für ihr Alter, und nicht nur für ihr Alter, sondern überhaupt. Eine Art zeitlose – es gab kein Substantiv dafür – Hübschheit wäre natürlich albern, für »absolut gutaussehend«, auch schief und abgestanden, gab es keine Entsprechung. »Tadellos« müßte noch untergebracht werden. »Format«, ach, man würde Sätze brauchen und nicht nur Wörter, um die Direktorin Haas zu rühmen. »Mutti«, sagte Marion zärtlich und beugte sich und drückte Mund und Nase an ihre Wange, »wie war's bei diesen doofen Männern?« Da lachten sie beide und fanden, daß sie schon das Schlimmste geschafft hatten. Jetzt mußte man nicht gleich auf irgendwelche Kerne kommen, Dinge bei den Schöpfen packen. »Du, ich hab Theaterkarten – kommst mit?« Was es für ein Stück wäre und

wo es gespielt würde – Marion war sofort entschlossen, mitzugehen, wohin auch immer.
Jaaa, also. Mit einem Wort könne Kläre Haas ihr Problem nicht umreißen. Nur so viel: Die Kündigung blieb angenommen, Rücknahme wurde nicht gestattet. Ganz klar: Sie hatte sich verrechnet. Jemand mußte geradezu auf ihre Kündigung gewartet und sie sofort in eine bestimmte Richtung geschoben haben. Herlett war wahrscheinlich nur ein Bauer im Schachspiel anderer. Na, vielleicht ein Turm. »Und bei dir, Marion, bei dir?«
»Alles in Ordnung, Mutti, wirklich.« Und sie erzählte nicht, daß der liebe lange Jan aus Amsterdam die Hauptstadt der DDR künftig nicht mehr betreten durfte. Vielleicht sah's in einer Woche anders aus, wahrscheinlich nicht. Sie redete von Dozenten und Mitstudenten und den Kakerlaken, die von Stockwerk zu Stockwerk an den liederlich einzementierten Heizungsrohren hinaufkletterten; es war die Rede davon, das Haus zu räumen und mit Giftgas vollzupumpen. War es nicht lustig, daß man hier diese Tierchen mit den harten Panzern »Russen« nannte, in Moskau aber »Preußen«? Sagte das nicht mehr über deutsch-russische Altfeindschaften aus als ganze Dissertationen? Mußte sie Vater erzählen, vielleicht konnte er es unterbringen. Und, Mutti, was hat der Popellose dazu gesagt, wie sie dir ein Bein gestellt haben? Der Gute! Der Beste! Diese Pfeife?
Dann mußten sie mitten im Satz nach dem Kellner rufen; erstaunlich, wie die Zeit davonlief. Zahlen bitte! Sie kamen beim ersten Klingelzeichen auf ihre Plätze, erst dort fragte Marion nach Autor und Stück und welcher Ruf ihnen vorausginge, sie hatte, stellte sich heraus, von beiden nichts gehört. Im Ministe-

rium, berichtete Kläre Haas, hätte ihr jemand gesagt, dieses Stück sei seltsamerweise im »Neuen Deutschland« nicht rezensiert worden, der Autor, in der Publikumsgunst raketengleich aufgestiegen, sei durch eine Novelle über eine Ärztin in aller Munde. Alte chinesische Episoden habe er sich als Vorlage genommen, habe sie frei und fröhlich bearbeitet, las Marion im Programmheft und fühlte sich unlustig: Sie hatte es lieber ungeschminkt, ein Stück sollte hier spielen und jetzt, in Leipzig oder Gera, aber listige Verpackungen sollten nicht verschnüren und verrätseln. Doch dann begann es amüsant, zwei alte Knacker hockten in einem baufälligen Tempel und schimpften auf alles um sich, einer betrank sich, der Tempelwärter erzählte ihnen netten Quatsch über zusammengesponnene Ideale von Arbeit, Enthaltsamkeit, Gesundheit und Sport, da freuten sich die Zuschauer sichtlich, klatschten dazwischen, und Kläre Haas überlegte, was wohl ein Lektor wie Kopp zu diesem Stück gesagt hätte, wäre er mit dessen Abfassung konfrontiert worden. Jeden Donnerstag brachte eine gummikauende Nonne den beiden ein wenig Milchsuppe, wieder jauchzte das Parkett, und Marion schaute ihre Mutter an: Gab es da einen Bezug? Milch war doch reichlich, oder? Das war schon anders, als die Revolution, von der die beiden netten Gammler träumten, aus der nahen Stadt zu ihnen importiert wurde, im Grunde änderte sich überhaupt nichts, der gnädige Herr, der immer in den Kulissen blieb, hieß nun der gnädige revolutionäre Herr, das Kloster wurde umgetauft in Revolutionäres Kloster zur unbefleckten Empfängnis. Das, meinte Kläre Haas, wäre mit einem Lektor wie Kopp überhaupt nicht zu machen gewesen, und sicherlich hätte er recht gehabt, denn das unbotmäßige Zuschauervolk schlug sich geradezu auf die Schenkel: *Das* waren also die berühmten zurückgebliebenen koppschen Elemente, die ihren Nektar aus versteckten Sumpfblüten des Klassenfeinds saugten. Sie wünschte, Hans-Georg und Kopp säßen hier, und Hans-Georg könnte seinem zagen Lektor hinterher die Leviten lesen. Aber gewiß war es etwas anderes, eine Story im fernen Land und in unbestimmter Zeit anzusiedeln als in den eigenen Mauern. Unterdessen stieg in Marion Zorn auf, da amüsierte sich das Völkchen auf Kosten der Spinnereien der Alten da oben, delegierte es Unbehagen und Ärgerlichkeit, feixte auf Kosten der zerlumpten Kerle über eigenes Versagen, war feig und schluckte alles, so wie ihre Freunde und sie den Hohn der Polizei hatten ertragen müssen, und sie selber schluckte, daß Jan sie nicht mehr besuchen durfte. Sie waren ja alle nicht besser als die Schnapsgreise in ihrem Altbautempel, von denen einer am Ende die Nonne vergewaltigte und wegen eines anderen Delikts, das er gar nicht begangen hatte, hingerichtet wurde. Hurtig bauten die Akteure das Bühnenbild um, verhöhnten auf diese Weise sich und das Publikum: Ist doch alles nicht ernst gemeint, ist nur Blödsinn! Aber das hieß natürlich auch: Ihr da unten spielt mit und seid keinen Deut besser. Nicht besser als meine tatstarke Mutter, schon gar nicht besser als mein Vater, der geplagte Fisch, von mir zu schweigen. Jetzt müßten Mimen und Garderobenfrauen und Schauspieler die jammervolle Stätte preisgeben, müßten durch die Straßen ziehen und lauthals irgend etwas fordern, die Revolution zum Beispiel oder auch dienstags und freitags eine Milchsuppe oder Wiedergutmachung an der Nonne, daß der Übeltäter wegen der richtigen Tat abermals abgestraft würde. Während die Handlung erstarrte, während Popmusik dröhnte, wurde Marion sich der Polarisation aller Gedanken bewußt, dieses Stück hatte sie zur unrechten Stunde erwischt. Das hier war Gequatsche über sogenanntes Leben, das Leben spielte sich ganz anders und woanders ab, zum Beispiel in einer Katakombe unter dem Bahnhof Friedrichstraße, wo ein Polizist sagte: Nehm Se Ihre Sachn und lassn Se sich nie wieder in unsrer schön Hauptstadt der schön DDR blickn!

Beim Hinausgehen sahen sie sich an und zuckten die Schultern. Nun ja, ob es diese Aufführung gab oder nicht, war ohne Belang. Die meisten Besucher hatten sich amüsiert und das auf eigene Kosten, na schön.

»Kommst noch mit zu Schulzes«, fragte Kläre Haas ohne Übergang, »bleibst dort über Nacht? Zeit hast du doch?«

»Prima Idee.«

Sonja Schulze zeigte sich erfreut. Schulze schaltete den Fernseher aus: Sei sowieso Quatsch. Sonja Schulze stellte Äpfel auf den Tisch, Marion aß sofort zwei und dachte, daß sie sich nun selber um Obst kümmern müsse; kein lieber Jan mehr, der Apfelsinen brachte. Also Schlange stehen wie andere auch. Das Theater: Kläre Haas berichtete, Schulzes schüttelten die Köpfe. Was sie im Ministerium erlebt hatte, tat sie mit einem Wort ab: Die Dinge waren in der Schwebe. Jedenfalls sollten die Leute dort ihr mal ein Angebot machen, sie war ihnen nun genug hinterhergelaufen.

Sie gingen nacheinander ins Bad, Marion lag eher als ihre Mutter und schaute gegen die Decke. Kläre Haas setzte sich, schon im Nachthemd, auf die Couchkante zu ihrer Tochter, sie umarmten sich, das hatten sie in dieser Situation lange nicht mehr getan, sie beschnupperten sich wie in einer Zeit, als Marion ein Kind

gewesen war, und Kläre Haas erinnerte sich an einen Spaß, den sie damals allabendlich getrieben hatten: Sie hatten sich bestätigt, wie gut die andere röche, und das freilich nur, weil sich beide gründlich mit Seife und Lappen gewaschen hatten, denn nur der, der das tat, roch gut, und die anderen stanken, brrr, und mit denen wollten sie nichts zu tun haben. Sie lachten, Kläre Haas löschte das Licht, und als sie lag, sagte sie: »Marion, bist du schrecklich müde?«
»Schrecklich nicht.«
Und Kläre Haas berichtete, was Schnippchen den Eltern Haas aufgetragen hatte, sie mühte sich, nicht zu dramatisieren, eine Mahnung war es wohl, noch nicht einmal eine Warnung.
»Ich hab keine Gasmaske getragen«, widersprach Marion zwischendurch.
»Du kennst Schnippchen, natürlich hat er noch nicht einmal durchblicken lassen, woher er das alles weiß. Jan hat er nebenbei auch erwähnt.« Sie überlegte, ob dieses »Nebenbei« angebracht war; wohl doch. Und mit Sicherheit wäre es falsch gewesen, Marion zu bitten, sich künftig aus solchen Sachen herauszuhalten, weil es den Eltern schaden könnte, die beide in keiner sonderlich guten Situation waren. Andere Eltern taten das vielleicht, taten es sogar sicherlich, baten nicht, sondern gaben zu bedenken, und darin lag schon Nötigung. Nein, Kläre Haas bat nicht, war sich aber bewußt, daß nun ein berechnender Gedanke möglich war, ob dieses Nichtaussprechen in Marion eine noch stärkere Wirkung in ebendieser Richtung haben konnte, haben mußte, denn Marion war ja nicht aus dieser Welt. »Wir sollen auf dich einwirken«, fügte sie an, »aber bist ja groß genug. Weißt selber, was du machst, stimmt's?« Die letzten Worte hatten

unsicherer geklungen als alles vorher. Kläre Haas spürte es, hörte es. »Sagst ja gar nichts?«
Da merkte Kläre Haas an einer Unregelmäßigkeit des Atems, daß Marion weinte. »Mutti«, sagte Marion, das hörte sich nicht weinerlich an, »Mutti«, dann schluchzte sie doch und legte den Arm um den Hals ihrer Mutter, und Kläre Haas flüsterte: »Was ist denn?«
Einige Minuten lang blieben sie so, die Wangen aneinander, Kläre Haas fühlte den stoßweisen Atem und die Tränen, küßte die Stirn und spürte mit den Lippen die Brauen. »Was ist denn? Erzähl's, wann du willst, oder erzähl's überhaupt nicht. Und vielleicht gibt es auch gar nichts zu erzählen, mein Mädchen?«
Da sagte Marion: »Jan darf nicht mehr rüber«, und ehe sie zu berichten begann, sagte Kläre Haas erschrokken: »Mein Gott.«
Eine Stunde später flüsterte Marion zu ihrer eigenen Überraschung: »Wahrscheinlich liebe ich Jan jetzt erst wirklich.«

Der Kopf und die Wand

1

Nicht verrückt machen lassen. Dinge, die nicht zu ändern und im Moment nicht brennend waren, hinausdrängen, wegschieben. Jeden Tag drei Seiten. Nicht die vierte probieren, auch wenn sie von der Hand ging, lieber den Start des nächsten Morgens vorbereiten. Notizen machen, Startlöcher graben. Im Manuskript stricheln. Eine fertige Seite genießen, eine fast fertige. Es ging Haas beruhigend durch alle Nervenbahnen, wenn er einen Absatz lesen konnte, an dem alles stimmte bis zur Melodie der Sprache am Ende eines Satzes hin, wenn der Bogen absank. Es würde sich lohnen, gültige Partien noch einmal tippen zu lassen, damit das Auge nicht über Streichungen und Einschübe stolperte. Dann fand er Feinheiten heraus: Komma oder Semikolon oder Gedankenstrich. Das war wie das letzte Abschmecken einer edlen Suppe.

Also Nikos Luovaris und Parakides, der Teppichhändler. Nach Jugoslawien führte die Handlung, auch dort war Haas nicht gewesen. Jugoslawien wäre für ihn eher möglich als München, war nur halbes westliches Ausland, halbes immerhin. »Drei große Bäche fließen in der Nähe von Kolasin, von denen einer fast ein Fluß ist; in sie mündet eine Unzahl kleiner Bäche. In ihnen versucht Nikos, Forellen mit der Hand zu greifen, bis ihm der Arm durch die Wasserkälte gefühllos wird.

Zu Seiten der Bäche ragen Felsen, es gibt Wald genug; nur weiter oben sind Hänge verkarstet, ist die Erde weißgrau und steinhart. Aber dorthin kommen Parakides und Nikos nur einmal . . .«

Haas hatte »Andrees Handatlas« von 1912 aufgeschlagen, für serbische Berge hielt er ihn noch immer für verläßlich. Bäche dürften Bäche geblieben sein, vielleicht war da und dort eine Eisenbahnlinie gebaut und schon wieder stillgelegt worden. Ein Staudamm, Kraftwerk. Er brauchte die Vorstellung von Gebirge, von Wald und Wasser, kaum einer seiner Leser würde nachschlagen, kaum einer dürfte dortgewesen sein. »Blätter treiben den Fluß hinab, biegen um Steine, werden weitergerissen. Nikos denkt: Muß ich achtgeben, daß nicht die Dinge um mich die Oberhand gewinnen? Bin ich vielleicht von meiner Veranlagung her passiver, als ich mir eingestehen will? Hab ich seit dieser Morgenstunde in der Bucht von Nauplion viel weniger selber geschafft, als daß mich die Umstände gestoßen haben?«

Haas las die letzten Sätze und überlegte, ob er sie geschrieben hätte, wenn er nicht über sich ebenso nachgrübelte, wie er es Nikos durch den Sinn gehen ließ. Schreiber und der Popellose als seine Kindermädchen, Kopp, an dem er Wut ausließ. Leidensgenuß, daß nun der Verband, die Bezirksleitung, sein Verlag schuldig waren; er leckte die von allen ihm geschlagenen Wunden. Ein Breichen von der Partei, ein Süppchen vom Verlag . . .

Seit Kläre Haas nicht mehr arbeitete, hatten sich neue Teilungen ergeben: Nicht er ging am Vormittag hinunter zum Briefkasten, Kläre besaß die Nerven, bis kurz vor dem Mittagessen zu warten. Sie brachte ihm die Briefe ins Zimmer, auch wenn die Schreibmaschine

gerade klapperte. Der Verband aus Berlin: Nicht Schreiber schrieb, sondern eine Kollegin Kruschberner, mit deren Namen er keine Vorstellung verband: Er möge bitte sofort die einhundert DM, die für eine Reise zur Verfügung gestellt worden waren, zurückgeben. »Soll ich deshalb extra hin?« fragte er seine Frau angriffslustig. Der Stadtbezirk Nord: »Im Rahmen umfassender Rationalisierungsmaßnahmen haben wir auch in diesem Jahr das Angebot an Gas für Haushalte, Handwerks- und Industriebetriebe im Rahmen des Möglichen erweitert. Dadurch konnten zahlreiche Produktionsstätten und Haushalte in den Genuß dieser arbeitssparenden, umweltfreundlichen und preisgünstigen Heizungsform gelangen. Auch künftig werden wir mit erhöhten Anstrengungen den Ausbau unserer...« Haas übersprang die folgenden Zeilen, bis er auf das Wort »leider« stieß: »Leider müssen wir Ihnen mitteilen, daß Sie in diesem Jahr noch nicht...« Er wies mit gestrecktem Finger dorthin. »Also noch einen Winter Briketts schleppen. Und die Asche runter.« Nun gab es wieder Theater mit der Kohlebestellung. Er dachte: Schnippchen anrufen, Krach schlagen. Rechtzeitig fiel ihm ein, daß er nicht in den Ruch des Querulanten geraten durfte, der bei jedem Wehwehchen nach der Partei schrie. Die Bezirksleitung mußte den Stadtbezirk Nord dazu bringen, Haas auf die Dringlichkeitsliste zu setzen, das ja. Aber um Briketts hatte er sich selber zu kümmern. »Ich frag heute mal. Oder morgen.«
Dann schrieb er weiter, bis ihn seine Frau zu Tisch rief. Ob er das Westgeld in einem Einschreibbrief schicken sollte – nur, wenn sich in den kommenden zwei Wochen keine Reise nach Berlin ergab. Warum sollte sie: Kopp hatte einen Besuch angekündigt, Ma-

rion wollte die nächste Woche zu Hause sein: Nicht zum Vergnügen und nicht schuldiger Kindesliebe wegen, hatte sie geschrieben, sondern um zu büffeln, denn spektakuläre Lernerfolge der Studentin Haas eröffneten schönste Hoffnungen auf eine glänzende akademische Laufbahn. Da wäre noch ein Besuch bei Kloßner, versprochen vor dem Debakel von Rostock. Er würde an Kloßner schreiben. Würde ihm schildern, was in Rostock passiert war. Daß da keiner gleich wieder Lust bekam, nach Berlin zu fahren. Unvermittelt für seine Frau sagte er: »Wo die ›Halberstadt‹ jetzt wohl steckt?«

Vielleicht würde es trotz der Absage dieses Gasbürokraten eine gute Woche werden, hoffte er, nachdem er sich nach der Mittagsruhe wieder an den Schreibtisch gesetzt hatte. Wenn alles gutging, schaffte er das Jugoslawienkapitel in drei Tagen und sprang wieder nach München. Dann würde er den Mittelteil noch einmal durcharbeiten, Längen herausspüren. Daß Kläre nun täglich im Haus war, war noch nicht selbstverständlich, der Rhythmus ungewohnt. Nichts mehr staute sich bis zum Abend auf, das Mitteilenswerte zerbröselte. Hier ein paar Sätze, dort. Kläre Haas hatte zwanzig Seiten abgeschrieben, das schaffte Luft für die Weiterarbeit.

Nach einigen Tagen lebten sie zu dritt in der Wohnung, auch daran mußte sich Haas erst gewöhnen. Marion schlief, wie Haas es krittelnd formulierte, bis in die Puppen. Saß nachts bis sonstwielange hinter ihren Büchern. Trank Tee, rauchte. Gesund war das nicht, und Haas hielt es ihr vor, wobei er sich oberlehrerhaft vorkam. Ihn wunderte nicht, daß Marion die Schultern zuckte.

Da war sie also wieder bei Kloßner gewesen. Sie

waren friedlich im Park des Krankenhauses umhergegangen und hatten sich über Haas unterhalten, sein Schreiben, Denken, seine mögliche Freude und Zufriedenheit. Von der Liste des Emigranten Hund oder Hand hatte sie Kloßner erzählt, vom Schmerz des Schriftstellers Haas, nicht erwähnt zu sein – das verschwieg sie jetzt freilich. Gelassener hatte Kloßner gewirkt als beim letzten Mal, gesünder nicht. Voller Liebe, voller Trauer hatte er über seine Frau gesprochen, die an ihm hinge, ihm in jeder Lebensphase hatte helfen wollen und sicherlich stärker gelitten hatte als er. Nun sei nichts mehr zu steuern, man müsse fatalistisch hinnehmen, was die Ärzte verordneten.

»Bei nächster Gelegenheit besuche ich ihn wieder.« Haas war überzeugt, das zu tun. »Schade, daß solch ein Mann kein Tagebuch geführt hat.« Aus ihm, entwickelte er, falls es das gäbe, könnte man mehr über diese Epoche erkennen als aus Sammelbänden von »Neues Deutschland«, auch die Literatur des Landes habe . . . Er spürte Marions Blick auf sich. »Hast recht, hab selber nichts dazu beigetragen, daß ein derartiges Schicksal dokumentiert wird.« Marion hatte nichts in dieser Richtung gesagt.

Also die Arbeit: Nikos Luovaris wurde von ASPHALIA-Strolchen zusammengeschlagen, ein Teppichhändler nach Griechenland entführt, dabei erlitt er einen Herzanfall. Den Herztod? Da quälte sich ein Mann im nahen Berlin mit seinem kranken Herzen, ein Schriftsteller der DDR, daran nicht unbeteiligt, schrieb unterdessen über das Papierherz einer Papierfigur in einem Papierland. Wenn er jetzt neben Kloßner säße, ihm erzählte, was er trieb, was würde Kloßner sagen? Deine Sorgen möchte ich haben – etwas in dieser

Richtung? Er, Haas, würde nicht sein ganzes Leben an diesem Roman zu werkeln haben, würde ihn hinter sich bringen, wollte nachdenken, was es Wesentliches für den Schriftsteller Haas zu tun gäbe. Kein in den Westen abgehauener Schriftsteller sollte es sich künftig leisten können, ihn unerwähnt zu lassen. Wollte einen Pfahl in den Boden rammen, den keiner ausriß. An dem sich mancher wundstoßen müßte. Kopp zuallererst. Dann alle im Verlag. Dann die im Ministerium, die in die Luft gingen, wenn sie einer Zensoren nannte. Was sie natürlich waren. Dann die Kritik. Und dann dieser Kerl im Westen, der seine Rangliste umstellen mußte. Nägel mit Köpfen.
Marion räumte die Korridorwände leer, da hatte sich allerlei angesammelt, Plakate: der Schriftsteller Haas las in Altenburg, Jazz-Festival in Dresden, Bezirkskunstausstellung im Dimitroff-Museum. Einladung zu einer Fete: neunzehn Jahre Torsten Haas! Das Glanzstück, das wieder seinen Ehrenplatz bekommen würde: Blechreklame aus den zwanziger Jahren für Fromm's Act. Das Foto, mit dem Torsten seinen ersten Wettbewerb gewonnen hatte: Die Gleise des Hauptbahnhofs von einer Brücke aus, dahinter im Dunst die Silhouette der Stadt. Marion nahm ein Aquarell herunter, wischte Staub ab und ging damit ins Zimmer.
»Muß dich stören, Vater. Legst du darauf noch Wert?«
Mittelgebirgslandschaft mit sich schräg überlappenden Hängen, Häusergruppe mit Ziegeldach im Zentrum, rot leuchtender Schwerpunkt. Bogen einer Pappelallee darüber, dahinter Kuppen: der Erzgebirgskamm mit dem Pöhlberg vielleicht. Rechts unten: E. KNAPE, 1919. Haas sagte: »Das hat Onkel Emil gemalt.«

Marion erinnerte sich dunkel: Onkel Emil und Tante Lucie. Gehörte als Wörterblock zusammen. Tante Lucie hatte sie noch gekannt, da war sie selber wahrscheinlich noch nicht mal zur Schule gegangen.
»Tante Lucie war meine Patentante, und Onkel Emil war ihr Mann. Im Ersten Weltkrieg hatte es ihn schwer erwischt, er hatte die Beine voller Splitter. Manchmal eiterten welche heraus. Immer war die Rede, ob es nicht besser sei, zu amputieren. Kurz vor dem Zweiten Krieg ist er dann gestorben.«
»Soll ich's wieder hinhängen?«
Haas schaute das Bild seit langem wieder genau an; eine Dilettantenarbeit. Onkel Emil war Zeichenlehrer gewesen, so zu zeichnen hatte er seinen Schülern beigebracht, Schwerpunkt, Vordergrund, Mittelgrund und Hintergrund. Nicht besser und nicht schlechter malten sämtliche Zeichenlehrer. Aber das da war von Onkel Emil. Der sich, wenn die Schmerzen zu stark wurden, mit zu Klauen gebogenen Fingern in die Oberschenkel geschlagen hatte, der seit mehr als vierzig Jahren tot war und von dem vermutlich niemand mehr wußte außer ihm. Sein Grabstein war nun auch schon abgeräumt.
»Viel taugt es nicht.«
»Aber es ist das letzte, was es von Onkel Emil gibt.«
Sie schauten sich an, Marion wiederholte diesen Satz im Inneren: Das letzte, was es von einem Menschen gab. Wenn man dieses Bild wegwarf, schlug man seinen Schöpfer endgültig tot. Von mir bleibt eine leere ...
»Kinder hatten die beiden nicht.«
»Solltest mal auf die Rückseite schreiben, wer es gemalt hat, was er war. Ich vergeß es bestimmt.«
»Mach ich.«

Marion ging wieder hinaus, er hörte, daß sie einen Nagel einschlug. Tante Lucie und Onkel Emil, und wenn er selber tot war, gab [illegible] niemandem mehr eine Erinnerung an sie. W[illegible] Kloßner tot war – Schriftsteller hatten es da be[illegible] Gute Schriftsteller. Aber wessen Bücher lebten über den Tod hinaus. Fünfundneunzig Prozent aller Bücher waren nach zehn Jahren gestorben, neunundneunzig nach zwanzig. Und wer machte schon Literaturgeschichte.
Am späten Nachmittag, kurz nach fünf, rief Schnippchens Sekretärin an; Haas wußte, daß in der Bezirksleitung fünf Uhr Feierabend war, der radikal eingehalten wurde. Genosse Dr. Schnippchen habe ihr aufgetragen, für den nächsten Morgen einen Termin zu vereinbaren; hatte Genosse Haas um zehn Uhr Zeit? Gut, stimmte Haas zu, er könne es sich einrichten. Zu seiner Frau sagte er, es müsse wichtig sein, was da besprochen werden sollte, für gewöhnlich hatte es Schnippchen nicht so eilig, auch müsse das Problem gerade erst an Schnippchen herangetragen worden sein, sonst hätte seine Sekretärin den heiligen Arbeitsschluß nicht überschritten.
Gegen seinen Willen ging Haas im Verlauf des Abends Möglichkeiten durch: Auslandsreise an oberster Stelle, darunter Angebot einer anderen Wohnung, um das leidige Gasheizungsproblem zu umgehen. Eines war beschlossen: Neubauviertel, Grünau gar, kam nicht in Frage. Vielleicht wurde er nur einer Verbandssache wegen um Rat gefragt – Marion würde sagen: Mach dir keinen Kopp, Väterchen! Er machte sich aber doch einen trotz vollgepackten ARD-Fernsehabends mit spanischem Spielfilm, bayrischem Kabarett und einer Halbzeit Europa-Pokalspiel.
Schnippchen war von seiner üblichen freundlichen

Höflichkeit, fragte nach Kläre – noch immer alles in der Schwebe? Er schüttelte nachdenklich den Kopf. Kaffee wurde gebracht, Schnippchen legte eine Mappe auf den Tisch, die offensichtlich nur wenige Bögen enthielt. »Eine Genossin Marianne Kloßner aus Berlin hat ein Parteiverfahren gegen dich beantragt.«
Haas stieß Luft durch die Nase, hob die Hände in Gesichtshöhe, die Flächen nach vorn zu einer Geste des Sich-Ergebens. »Auch das noch«; er berichtete und schonte sich nicht. »Kannst du dir vorstellen, daß ich von der ganzen Geschichte nichts mehr wußte? Nichts von dem Mann, von dieser Versammlung, meinen Artikeln?«
Schnippchen bekannte: Ja, das könne er sich vorstellen. Das Gedächtnis hülfe sich bei dem Überangebot, indem es ganze Komplexe abdränge, abhefte sozusagen. Aber sie lägen auf Abruf bereit, könnten aus dem Regal genommen werden. »Natürlich darf ich dir das da nicht zeigen.« Er gab Haas ein zweiseitig mit Maschine beschriebenes Blatt, da hieß es: »Da mein Mann lebensgefährlich erkrankt ist und vermutlich ein weiteres Mal operiert werden muß, halte ich es für dringend, eine Last von ihm zu nehmen. Seine Rehabilitierung, die Rücknahme des Parteiausschlusses ist im Dienste seiner Gesundheit notwendig. Dazu muß klargestellt werden, welche Rolle Genosse Dr. Hans-Georg Haas, Leipzig, seinerzeit gespielt hat.« Ganz zuletzt: »Durchschläge meines Antrags schicke ich an die Zentrale Kontrollkommission beim ZK der SED und an die Kontrollkommission des Bezirks Berlin.«
Haas legte den Bogen auf den Tisch, Schnippchen sagte: »Wir können uns nicht aus der Sache herausmogeln, Hans. Die Frau macht Dampf. Natürlich

kommt es überhaupt nicht in Frage, daß wir wegen dieser steinalten Geschichte ein Parteiverfahren eröffnen. Wo kämen wir denn hin, wenn wir anfangen würden, alte Knochen auszubuddeln.«
Haas ergänzte, was er von Marion erfahren hatte; offensichtlich war Frau Kloßner verbittert, verhärmt, starr. Wahrscheinlich wußte Kloßner von diesem Antrag nichts, es war schwer vorstellbar, daß er ihn billigte. Natürlich war Kloßner ihm nicht grün, kleine Rachegelüste mochte er ihm nicht verübeln. Haas entsann sich einer Redewendung, die bei Rückblicken dieser Art unter Genossen üblich war: Jeder, der in den fünfziger und sechziger Jahren politisch ganz vorn gearbeitet hat, hat seine Leiche im Keller. Das klang so drastisch wie möglich, dabei wurden Mienen hart, dieser Satz sollte den amnestieren, der ihn aussprach: Uns ist Härte nicht erspart geblieben: Die anderen oder wir, Klassenkampf kann keine Versöhnler brauchen. Harte Zeiten, harte Herzen – nein, das stammte aus einer anderen Ära, aus den letzten Kriegsmonaten, von Hans Fritsche oder Schwarz van Berg oder von deren aller Meister? Gleichviel, solch ein Satz brachte die größtmögliche Steigerung als Präventivschlag. Dazu paßte: Wo kämen wir denn hin, wenn wir die alten Sachen ausbuddeln würden! Wirklich, das sollte man durchdenken: Wo kämen wir dann hin? Zu einer Partei von anderem Typus. Schön, er hatte Kloßner besucht, wollte ihn wieder besuchen. Jetzt hieb diese Frau dazwischen.
»Nicht zu schnell reagieren«, befand Schnippchen. »Die Sache verliert von allein an Brisanz. Ich gebe den Bogen an unsere Kontrollkommission mit einer mündlichen Erläuterung zurück. Du schickst mir deine Artikel, geht das?« Man könne sie in der Bezirkslei-

tung ablichten, dazu müßte Haas sie herbringen. Er würde, schloß Haas an, gern noch einiges andere ablichten, ein Stück des neuen Romans beispielsweise – bestünde die Möglichkeit?
Schnippchen wiegte den Kopf. Die Sicherheitsbestimmungen für Vervielfältigungsgeräte gälten natürlich auch hier. Letztens sei im Literaturinstitut das dortige Gerät mißbraucht worden, es stand unter Verschluß wie überall, dennoch hatte sich jemand Zutritt verschafft. Die zuständigen Organe seien in aller Behutsamkeit eingeschaltet worden, Wirbel solle tunlichst vermieden werden. Haas registrierte das ungebräuchliche Wort »tunlichst«: Vielleicht stammte es aus dem Biedermeier, man sollte nachschlagen. Ein renommierter Autor des Landes hatte in seinem jüngsten Roman die gegenwärtige DDR-Zeit als eine Art neues Biedermeier bezeichnet, wie innerhalb der Gilde schmunzelnd registriert wurde; der Kollege hatte offensichtlich Lektor und Ministerium ausgetrickst. Also das Literaturinstitut – ein paar Jahre lang hatte es dort immerzu Ärger gegeben, Studenten waren gefeuert worden und trugen das gewissermaßen als Gütezeichen vor sich her: Sie waren selbstbewußt gewesen, aufmüpfig. Als charakterstark galt es dort nicht, sich diszipliniert zu verhalten, sich, wo eine Schere klaffte, selber mit den Gegebenheiten in Einklang zu bringen, sondern das Gegenteil. Haas steuerte bei, daß er, sooft er dieses Institut betreten hatte, von der absoluten Stille beeindruckt gewesen sei, als läge es im Dornröschenschlaf. Manchmal habe er nach langem Lauschen wenigstens aus dem hinteren Saal das Klicken von Tischtennisbällen vernommen. Tja, das Erlernen literarischer Theorie und Praxis verlief lautlos. Literaten von heute waren stille Menschen. Mit

Perücke und Reifrock, wollte Haas hinzusetzen – freilich tat er es nicht.
Ein Stück Roman kopieren – das geschähe in einem zentralen Büro außerhalb von Schnippchens Kompetenz, er werde nachfragen. Was noch? Zu seiner eigenen Überraschung sagte Haas: »Eines möchte ich betonen: Ich fürchte eine Aufklärung der bewußten Geschichte auf keinen Fall. Ein Parteiverfahren, bitte – wenn sich auf anderem Wege keine eindeutige Stellungnahme erzielen läßt, bitte!«
Schnippchen lächelte: »Du willst doch kein Verfahren gegen dich selbst beantragen? Gehen wir die Sache in aller Ruhe an. Deine Arbeit wächst?«
Haas nickte. Allerdings hätten ihm die Leute aus dem Stadtbezirk Nord die Laune vergällt: Sein Antrag auf Gaskontingent war abermals abgelehnt worden. Kläre sei außer sich. Manchen Betrieben hatte man erhöhte Mengen angeboten, die sie nicht brauchten, hatte sie erfahren. Auch der nächste Winter mit den Kachelöfen – sprach die Partei endlich ein Machtwort?
Er werde sich kümmern, versicherte Schnippchen; in den Ohren des Schriftstellers Haas klang es matt. »Kümmern bis wann?« Er fand, daß das eben respektlos gewesen war, bisher hatte er sich Schnippchen gegenüber mit derartiger Zusicherung begnügt. Aber: Wie weit war er damit gekommen? So rasch kümmern, daß bis zum Winter noch der Einbau einer Heizung möglich war? Der betreffende Betrieb war auf Monate ausgelastet. Haas dachte: Bestechen? Bestechen mit diesen hundert Westmark, die dem Verband gehörten? Wen?
»Nächste Woche bin ich draußen im Stadtbezirk. Ich werde die Sache an Ort und Stelle zur Sprache bringen. Gut so?«

Während Schnippchen den Gast durchs Vorzimmer auf den Korridor geleitete, fanden sie in munteren Ton zurück: Kohlentragen hielt den Kreislauf in Schwung und ersparte die Sauna.

Gleich nach der Rückkehr inspizierte Haas den Keller. Das trübe Licht der drahtbewehrten Lampe fiel auf eine Wand aufgeschichteter Briketts, drei Zentner höchstens, ein Rest aus dem Vorjahr. Das war die Frage: Halbe Briketts oder ganze, die halben konnte er nicht stapeln, brachte folglich weniger unter, die ganzen mußte er zerschlagen, weil sie sonst nicht rasch genug durchbrannten. Stimmte, was die Leute redeten, daß die Briketts neuerdings mehr Wasser enthielten, weil die Ringpressen teils verbraucht waren, teils schneller liefen? Es roch feucht im Keller wie immer, nach bröckelndem Mauerwerk und eben nach Briketts. Seit er denken konnte, hatte er mit Briketts zu tun gehabt, mit Rohkohle und nach dem Krieg mit Torfziegeln. Wenigstens war die Zeit vorbei, als sie Rohkohle zwischen die Briketts geschichtet hatten. Hoffentlich kam sie nicht wieder.

Noch im Keller fielen ihm erneut die hundert Westmark ein. Er hatte nie jemanden mit Westgeld bestochen, was zunächst einmal damit begründet war, daß er nie welches besessen hatte. Er dachte: Alle Leute bestachen damit. Alle, die zur Messe Westgeld ergatterten, als Vermieter, Taxifahrer, Kellner. Alle, die sich von der Westverwandtschaft etwas schicken ließen. Was Schreiber für ein Gesicht ziehen würde, wenn er ihm kühl sagte: Sind bloß noch achtzig, für die fehlenden zwanzig hab ich Briketts organisiert, oder soll ich im Winter mit steifen Fingern tippen? So was war im Verband noch nicht dagewesen, schließlich konnten sie ihm schlecht die vier- oder fünffache Menge Ostgeld abknöpfen, wenn sie umgekehrt eins zu eins rechneten. Wäre die verdammt harte Tour. Wer sich so was leistete, fuhr nie in den Westen. Hatte sich noch keiner geleistet.

Ein Zettel lag auf der Garderobe, Kläre sei einkaufen und wolle bei einer früheren Klassenkameradin vorbeischauen. Ein Verbandskollege rief an: Kam Hans-Georg am Abend zur Versammlung? Die hatte er halb und halb vergessen. Debatte über ein Hörspiel – mal sehen, wahrscheinlich. Als er aufgehängt hatte, rechnete er nach, daß er seit einem halben Jahr nicht mehr im Verband gewesen war. Vielleicht war das Hörspiel nicht schlecht.

Marion trottete aus ihrem Zimmer herüber; sie habe zum Büffeln keine Lust mehr, irgend etwas möchte sie unternehmen, in die Stadt gehen, ins Kino. Er hätte um ein Haar nach Jan gefragt. Ihr jetzt mit dem Parteiverfahren zu kommen, wäre wohl das falscheste gewesen.

»Vielleicht backe ich einen Kuchen.«

»Oder Pasteten mit Fleischfüllung.«

»Ist Fleisch da?«

»Weiß nicht.«

Haas zog die Schublade auf, in der die Kassette stand, und klappte den Deckel hoch, da lagen die fünf Zwanzig-Westmark-Scheine, die im Grunde dem Verband gehörten. Wenn sie ihn endlich doch nach München fahren ließen, hätte er eben nur noch achtzig, damit müßte er auch auskommen. Aber wenn es sich hinzog, würde diese Kollegin wieder anfragen, vielleicht jeden Tag quengeln, sie selber habe die größten Scherereien, auch der Genosse Schreiber sei verärgert. Das Geld müsse zurück, sei für die eine Reise *gebunden* gewesen, dürfe nicht ...

Er steckte einen Schein ins Portemonnaie zwischen DDR-Geld. Kloßner hatte sich ganz andere Sachen geleistet, damals. Wer war er denn, daß ihm ein Angestellter auf einem Stadtbezirk solch einen Brief schrieb. Daß Schnippchen nicht auf den Tisch haute, nicht dort anrief, zusammenstauchte, verlangte: Wenn ihr nicht bis morgen, dann! Kläre würde, wäre sie hier. Oder das Gegenteil. Er würde sie vor vollendete Tatsachen stellen. Mit ihm nicht mehr.
Ein paar Tage lang hatte es nicht geregnet, der Wind trieb dunkelbraunen Staub vor sich her, Asche mit feinst zerriebener Braunkohle gemischt. Papier, Zigarettenkippen. Er stellte sich vor, eine straßenbreite Kehr- und Waschmaschine sprühte, saugte auf, spülte in die Gullys, Männer mit Schaufeln und überbreiten Besen gingen an den Seiten, spritzten aus Schläuchen in Nischen hinein. In einer Stadt der westlichen Welt, hatte er gehört, setzten sie dem Sprühwasser Fichtennadelduft zu. War wohl übertrieben, stimmte gar nicht. Oder doch, in Monte Carlo, Las Vegas. In zwei Jahren sollten alle Dächer Leipzigs regendicht sein. Dann wurden vielleicht die Grundmauern trockengelegt, in jedem zweiten Haus schon stieg Salpeter auf. In seinem Kohlenkeller war der Putz in Fladen abgefallen, nun rieselte es aus den Fugen, Mörtel hatte sich zersetzt, nur Sand war geblieben. In weiteren acht Jahren wurden dann alle Haustüren erneuert – ach, diese Stadt!
Das Tor der Kohlenhandlung stand offen. Ein leerer Anhänger auf dem Hof. Kein Mensch. Schwarz das Pflaster. Haas bückte sich, um durch ein Fenster ins Büro hineinzuschauen; das Glas war staubig, drin war es so dunkel, daß er nichts erkennen konnte. Er mußte mit dem Kohlenhändler allein sein, noch besser,

wenn er dessen Frau antraf. Sein Mund war trocken, das konnte von dem scharfen Geruch herrühren, der aus den Pflasterritzen aufstieg; jahrzehntelang hatte der Regen Braunkohlesud hineingewaschen, Phenol, Teerartiges, Schwefeliges. Oder er war aufgeregt. Er hätte gern geraucht, um den pelzigen Geschmack wegzubringen, besser: ein Glas Wasser getrunken. Hätte am liebsten dem Kohlenhändler beim Bier gegenübergesessen. Er drückte die Klinke nieder, die Tür gab nach, eine Glocke schlug an wie früher an allen Ladentüren.

Der Kohlenhändler saß an der Schmalseite des langen Tisches mitten im Raum, hatte die Unterarme aufgestützt und schaute Haas an. Vor ihm lag Papier, offensichtlich hatte er nicht darin gearbeitet. »Guten Tag«, sagte Haas.

»Tag.«

»Ich komme wegen Briketts.« Als der Händler nichts erwiderte, fügte Haas hinzu: »Wir haben uns wohl nicht richtig gekümmert, nicht zur rechten Zeit, meine Frau und ich. Ich brauche jetzt welche.«

»Ich auch.«

Haas glaubte, lachen zu sollen, dabei spürte er wieder die Trockenheit im Mund. »Ich dachte, Sie handeln mit Kohlen.«

»Schauen Sie mal auf den Hof. Sehen Sie welche?«

Haas blickte sich nach einem Stuhl um, einer stand zu weit weg an der Wand unter einem Blechschild, das SONNE-Briketts empfahl, Vorkriegsware. »Aber Sie kriegen doch wieder welche.«

»Vielleicht morgen, vielleicht nächste Woche. Meine Leute hab ich nach Hause geschickt.«

»Macht wohl nicht viel Spaß«, sagte Haas.

»Ist überhaupt kein sehr lustiger Beruf.«

Haas nannte seinen Namen und seine Adresse. Die Kohlenkarte sei schon im Frühjahr abgegeben worden, sei abgekauft. Also war er auf HO-Briketts angewiesen, brauchte achtzig Zentner. Der Kohlenhändler lachte. Haas ging herunter: In milden Wintern wäre er auch mit sechzig ausgekommen. In den nächsten vier Wochen, sagte der Kohlenhändler, würden seine Leute die Nordtour machen, oberhalb der Georg-Schumann-Straße, da spielte sich anderswo überhaupt nichts ab. *Falls* Kohle kam, natürlich. Also in sieben Wochen frühestens.

»Damit wir uns recht verstehen«, sagte Haas und wußte, daß das Schwerste vorbei war, nun lief alles einfach, logisch, selbstverständlich: »Ich könnte Ihnen zwanzig Westmark geben.«

Der Kohlenhändler stemmte sich hoch und ging, ohne Haas anzusehen, zur anderen Seite des Tischs, dort stand ein Karteikasten. »Damit fangen wir gar nicht erst an«, sagte er dabei. »Höchstens, daß Sie mal mit meiner Frau was tauschen.« Er blätterte in den Karten. »Also nächste Woche. Erst mal fünfzig Zentner. Dienstagnachmittag, ist da jemand bei Ihnen zu Hause?«

»Können wir einrichten. Na, vielleicht sechzig?« Beide lächelten. Haas nahm den Zwanzig-Westmark-Schein aus dem Portemonnaie und legte ihn auf den Tisch, wobei er sagte: »Schönen Gruß an Ihre Frau.«

»Danke!« Der Kohlenhändler faßte den Schein nicht an.

»Achtzig Zentner nächsten Dienstag.«

Als Haas draußen stand, war sein Durst quälend. Um diese Nachmittagszeit hatte keine Kneipe geöffnet, bis fünf Uhr lag das Viertel trocken. Freilich konnte er in einem Geschäft eine Flasche Bier kaufen und sich auf eine Parkbank setzen und sie dort auspicheln wie ein Penner. So nun doch nicht. Also nach Hause. Es war natürlich möglich, Kläre von der Westgeldtransaktion kein Wort zu sagen. Wenn es Krach gab, dann in Berlin, es würde sich auch über Schnippchen nicht nach Leipzig heruntersprechen, normalerweise nicht. Er wußte, daß es am leichtesten war, beim ersten Wiedersehensblick zu sagen: »Ich hab den Kohlenmann bestochen.« Nicht nach einer halben Stunde damit herausrücken mit falschem Ton: ach übrigens. Bis dahin würde ihm dieser Satz die Kehle eng machen. Einmal hatte er mit den beiden einzigen ansehnlichen Kolleginnen nach einer Verbandssitzung in einer Hotelhalle Kognak getrunken, hatte alles um sich genossen, die Halle, in der für gewöhnlich nur Hotelgäste gelitten wurden und in der sie diesmal ein älterer Kellner, der wie ein Butler aussah, ohne die erwartete leidige Fragerei bediente, natürlich vor allem die Gegenwart dieser beiden gewandten, gut angezogenen, gescheiten Frauen. Er war witzig gewesen wie in seinen besten Zeiten. Ein Flirt, nun ja, in weitem Sinne war es auch ein Flirt gewesen. Und dann hatte er daheim erzählt, er habe mit Schmolli und Kühne Skat gespielt. Hatte den Absprung nicht gepackt, war zu blöd gewesen, gleich zu sagen: Es ergab sich so, war prima, du, es gibt wirklich nicht nur Idioten im Verband. Tagelang hatte er sich geärgert. So irrsinnig kleinlich war Kläre doch nicht. Hätte höchstens gesagt: Na, und ich sitze vor der Glotze rum, konntest du mich nicht anrufen? Ich komme auch mal gern unter Leute, die nichts mit Warenstreuung und solchem Mist zu tun haben. Und völlig irre war diese Situation noch dadurch geworden, daß er sich vorstellte, Kläre träfe Schmolli oder Kühne in der

Straßenbahn und fragte: Na, hat mein lieber Gatte wieder verloren wie verrückt? Mein Gott, man war Mitte Fünfzig.
»So«, verkündete er siegessicher schon im Korridor, nachdem ihm Kläre aus der Küche heraus einen Gruß zugerufen hatte, »sssso, die Sache mit den Briketts wäre geritzt. Fünfzig Zentner am Dienstag. Mindestens.«
»Na bitte, wer sagt's denn.«
»Wie heißt das: Hab ein Pfund rübergeschoben. In diesem Fall ein Grünes.«
Kläre Haas kam aus der Küche heraus, sie trocknete sich mit einem Geschirrtuch die Hände und blickte so, als warte sie auf eine Erläuterung. Als die nicht kam, fragte sie: »Was für ein Grünes bitte schön?«
»Einen grünen Zwanzig-Mark-Schein. *Westmark*-Schein.« Dabei hängte er die Jacke auf den Haken und drehte Kläre den Rücken zu. Sagte es ihr also nicht ins Gesicht, sagte es aber klar und vor allem nicht schon im Gegenangriff, wo noch gar kein Angriff erfolgt war.
»Du bist verrückt.«
»Aber wir werden es hübsch warm haben.«
»Und Schreiber?«
Er wendete sich ihr zu und legte ihr die Hände auf die Schultern. »Hat mir jemand geklaut, den Schein. Oder ich hab ihn verloren? Oder: Als wir in Rostock erfuhren, daß das blöde Schiff fort sei, bin ich in den nächsten Intershop gestürzt und hab 'ne Pulle Whisky gekauft und an den Hals gesetzt? Der Genosse Haas ist durchgedreht? Kann dem das nicht mal passieren?«
»Hans, Hans.«
Er ging an ihr vorbei und nahm eine Flasche und

öffnete sie und ließ Bier ins Glas laufen, nichts paßte besser zu seiner Stimmung als diese Bewegungen. Er blickte seine Frau von der Seite an und verzog einen Mundwinkel, ein Grinsen sollte das sein und wurde von ihr als Grinsen verstanden, als Grimasse eines Ganoven, der ein Ding gedreht hatte, und dieses Ding war ein Treffer.

»Und du hast dir das gut überlegt?«

»Nein.« Er ging ins Wohnzimmer und trank einen ersten Schluck. Seine Frau kam ihm nach und setzte sich ihm gegenüber, sie versuchte herauszufinden, ob sich sein Ausdruck verändert hatte, ob er nach diesem Grinsen nun den Kraftkerl probierte, den Rebellen, den Hasardeur. Was Hans-Georg getan hatte, paßte nicht zu ihm, so daß man erst einmal vermuten mußte, jemand habe ihn aufgehetzt. »Du wirst nicht annehmen, daß ich dich zu deiner verwegenen Tat beglückwünsche.

»Brauchst du nicht.«

»Und wenn jetzt...« Sie setzte nicht fort.

»Es gibt eine Menge Möglichkeiten, und ich hab keine Lust, sie durchzukauen. Das Geld ist fort, futsch. Das darf auch die Bezirksleitung erfahren. Immer schön brav, immer alles geschluckt, andere fahren sonstwohin, verdienen sich Westgeld bei ihren Lesungen drüben.« Er zählte auf, wer in der letzten Zeit in der Bundesrepublik gelesen hatte, die halbe Verbandsspitze, genau *die* Leute, die ihm das Reisen immer wieder vermasselt hatten, *die* sollten gefälligst die lappigen zwanzig Westpiepen rausrücken, wenn seinetwegen der Verband zusammenzukrachen drohte. Haas brach ab, als ihm bewußt wurde, daß Kläre keinesfalls das angemessene Publikum für diesen Kraftakt darstellte. »Rückgängig machen kann man es nicht.«

Das hatte sachlich geklungen, Haas war dafür dankbar. Sprung ins kalte Wasser. Jetzt müßte Marion hier sein. Hätte sie ihrem Vater bestimmt nicht zugetraut. Torsten würde es zu leicht nehmen, zu flapsig. Würde wahrscheinlich gar nicht begreifen, welche – Haas ertappte sich auf der Suche nach hehren Worten und brach den Gedankengang ab. Jetzt mußte von etwas anderem geredet werden, dieses Gefühl schien auch Kläre Haas zu haben, als sie sagte, Martha, die Weltenbummlerin, habe angerufen, sie sei von ihrer jährlichen Westreise zurück und habe etwas zu erzählen; wenn sie die Andeutungen richtig verstanden hatte, war Martha in Südfrankreich gewesen. Die Familie Haas war für einen Abend geladen, in der nächsten Woche, möglichst bald. »Weiß nicht«, sagte Haas, »ob ein Reisebericht jetzt für uns das richtige ist.« Er hatte das Bier ausgetrunken und mußte sich überwinden, nicht sofort eine zweite Flasche zu holen. Prima, wie Kläre reagiert hatte. Verblüfft, aber nicht in Panik. Am schlimmsten wäre gewesen, sie hätte gesagt: Den Schein holst du sofort wieder! Wenn nicht du, dann gehe ich!
Mit dem Kopf durch die Wand, dachte Kläre Haas, so durfte man es wohl bezeichnen. Bis hierher und nicht weiter – sie konnte sich nicht besinnen, wann er jemals so gehandelt hatte. Sie fühlte Neigung, ihn zu bewundern, und zweifelte an deren Berechtigung. Ein Aufmucken, ein Brechen der Norm, da beugte sich einer der Weisheit des Staates und der Partei nicht. In welchem Grad das einer tat, war nicht so entscheidend wie die Tatsache selbst. Das konnte Folgen haben. Konnte sich mit der Zeit abschleifen. Konnte sich bei anderen zu einer Grundmeinung verdichten: Auch auf Haas war nun kein Verlaß mehr. Sie war

neugierig, von welcher Seite, von Schnippchen beispielsweise, sie eine Bemerkung in dieser Richtung zu hören bekommen würde.

»Wenn nichts dazwischenkommt, gehe ich heute abend in den Verband.«

Sie fand, daß das eine typische Formulierung Hans-Georgs war: Wenn nichts dazwischenkommt. Was sollte denn dazwischenkommen. Aber immer wieder eine Hintertür offenlassen, typisch Fisch. Oder auch: typisch sächsisch. Anpassungsfähig. Oder auch: Wenn er die Lust verlor, wenn er sich nicht aufraffen konnte, noch einmal die Pantoffeln auszuziehen – dann war eben etwas dazwischengekommen. Sie fragte, was im Verband zu erwarten sei, hörte, ein Hörspiel von Graupner werde geboten und anschließend diskutiert. »Und dann spielt ihr wieder Skat, und du verlierst wie üblich.«

Gutes Klima, fand Haas. Wie andere Frauen jetzt gejammert hätten, gespeckert – ein Ausdruck für »Vorwürfe machen«, Haas hatte ihn lange nicht gehört oder angewendet; ob dieses Wort mit Speck etwas zu tun hatte? Wäre ein Thema: sächsischen Redewendungen nachspüren, sie aufschreiben, damit sie nicht im neudeutschen Einheitsbrei untergingen. Bewahren wie das Bild des Onkel Emil.

Sie wolle zeitig schlafen gehen – also viel Spaß! Nachdem Kläre Haas allein war, goß sie sich sofort einen Weinbrand ein, das hatte sie lange nicht getan. Sie dachte: Erster Schritt in eine neue Richtung? Oder trickst er sich heraus? Läßt sich unterbuttern? Ihr Problem dabei war, daß sie sich nicht entschließen konnte, was ihr lieber gewesen wäre.

2

Sie tagten zum dritten oder vierten Mal im Vereinszimmer eines Hotels am Bayerischen Bahnhof, draußen zeigte eine Tafel an, daß Karl Marx hier mit einer Tochter übernachtet hatte. Der Raum war nüchtern mit kahlen Wänden und schlichtem Mobiliar, aber es war nicht leicht, einen besseren zu finden; sie hatten schon allerhand probiert. Hier klappte es letztlich mit der Bedienung, sie konnten sich während ihrer Debatten mit Getränken versorgen lassen, auch mit einem Imbiß. Straßenbahnverbindung nach allen Seiten, und in zehn Minuten zu Fuß war man in der Innenstadt.

»Wie schön«, sagte die Kollegin Fühlmantel, eine der beiden erfreulich anzuschauenden Frauen im Verband, mit der er einmal Kognak getrunken hatte. »Lange nicht gesehen.«

»Viel zu lange!« Er sah Graupner an einem Seitentisch vor einem Tonbandgerät, einen jungen Mann dabei, dem er noch nicht begegnet war, die alte Pichter: Wenn die zu quasseln anfing, war der Abend im Eimer. Zehn Minuten blieben bis zum Beginn, an die zwanzig Kollegen waren gekommen, da hatte das Thema wohl doch gelockt, Graupners neues Hörspiel, von dem geredet wurde, es sei *kritisch*. Schmolli und Kühne rauchten am Fenster und streckten den Daumen nach oben, das hieß: Achtzehn hab ich immer, also: anschließend ein Skat?

»Hast du schon einen Platz?« Den hatte die Kollegin Fühlmantel nicht, er war dafür, sich nebeneinander zu setzen: Da konnte er hin und wieder eine hoffentlich spaßige Bemerkung loswerden. Die Kollegin schrieb Erzählungen in größeren Abständen, ihr erster und einziger Band lag wohl fünf Jahre zurück. Sie war mit einem Schauspieler verheiratet, der mit Synchronarbeit eine Menge Geld verdiente. Der an den hiesigen Bühnen einen Namen hatte. »Mir fiel heute ein, wie wir mal zusammen im ›Leipzig‹ gesessen haben.«

»War nett.« Er fand diese zwei Worte ernüchternd lasch.

Graupner schien aufgeregt zu sein, sein festfleischiges Gesicht war gerötet, mit dem Tonbandgerät war etwas nicht in Ordnung. Haas dachte: nicht schlecht, wenn die Versammlung ausfiele, dann sparte er Zeit, wäre aber trotzdem wieder einmal im Verband gewesen, das reichte dann fürs nächste halbe Jahr.

Jetzt murksten vier Männer am Gerät, fummelten herum und tauschten Fachbemerkungen aus. Haas dirigierte die Kollegin an einen Tisch weit vom technischen Zwist weg, er fühlte sich gut in Form, aufgekratzt. Wirkte seine dreiste Tat beim Kohlenmann belebend nach? Wäre nicht übel, so fühlte er vor, wenn die Versammlung ins Wasser fiele, und hörte zu seiner Enttäuschung, auch ihr sei es recht: Ihr Mann, der einen spielfreien Abend habe, und sie seien zu Bekannten geladen, da komme sie nicht allzu spät dorthin. Noch hatte er nicht so viel Erwartung investiert, als daß er nicht rasch herausgefunden hätte. Also einen harten Skat, Bierlachs am besten, sonst verfielen sie, um die Sache anzureizen, wieder ins wilde Ramschen.

Graupner eröffnete mit der Entschuldigung, vermutlich würde das Abspielen seines Produkts aus technischen Gründen kein reiner Genuß, es haperte und hackte hin und wieder. Zum Problem: Ihn habe oft verdrossen, daß bei offiziellen Begegnungen zwischen Bürgern der DDR und befreundeter Länder die Atmo-

sphäre steif blieb, während, träfen die Menschen spontan aufeinander, sich die Zungen schnell lösten. Dies habe ihn veranlaßt …
Graupner, dachte Haas unterdessen, war also wieder auf der Suche nach Harmonie. Bei ihm ging immer alles freundlich aus, das lag in seinem Wesen, seiner Entwicklung. Seine Kindheit im Märkischen Sand war hart gewesen, bei den Großeltern war er aufgewachsen in Armut und Abgeschiedenheit. Fast alle seine Geschichten spielten dort, er hatte sich nie gemüht, aus dieser Welt herauszufinden. Der Staat hatte ihm den Besuch der Arbeiter- und Bauernfakultät und das Studium ermöglicht, Dankbarkeit war sein Hauptwesenszug. Einer der Treuen aus begründeter Anhänglichkeit heraus. Es spiele in seiner Heimat, das Hörstück, sagte Graupner gerade, man müsse sich vorstellen, auf einem Turm mitten im Wald, von dem aus Brände erkannt werden sollten, säßen zwei Männer, ein alter und ein junger – aber, bremste er sich selbst, das ging ja aus dem Spiel hervor. Nur noch …
»Schmeiß den Riemen auf die Orgel!« rief der dicke Kattner, erntete Gelächter und Beifall. Graupner schaltete ein.
»Klar, von dort. Die Autokolonne, meinst du.« So sprach Gloppow, bewährt in hundert Filmrollen – daß der überhaupt zu bewegen gewesen war, bei einem Hörspiel mitzutun. Nationalpreisträger. Das war Graupner seit kurzem auch.
»Ich hab bloß eine Sorge: daß die Telefonleitung zum Dorf nicht funktioniert.«
»Warum sollte sie nicht. Hat doch immer.«
Die Situation schälte sich heraus: Eine Delegation mit dem legendären Oberst Kusmin wurde erwartet; nach 1945 war Kusmin, damals Major, hierherum

Kreiskommandant gewesen, das Dorf hatte zu seinem Bereich gehört. Nun kam er an der Spitze einer Freundschaftsdelegation, das Gemeindeamt war geschmückt, der Schulchor aufgestellt, das Begrüßungslied geübt: »Kalinka.« Vom Turm aus sollte gemeldet werden: In drei Minuten war's soweit! Da sollte die Feuerwehrkapelle zu spielen beginnen, das hübscheste Mädchen des Dorfes vortreten, eine Platte mit Salz und Brot in der Hand, natürlich in der Tracht der Landschaft. Und nun, nun war es gleich soweit! Der junge Mann gab sich aufgeregt, Geschichtslehrer war er, Genosse natürlich – Kusmin, der berühmte Kusmin, der Vater der Bodenreform im Kreis, der Wohltäter der Umsiedler und Kinder, der Schrecken aller Faschisten und Spekulanten! Langsam, brockenweise ließ der Alte, Waldarbeiter im Ruhestand, durchblikken, daß er Kusmin gekannt hatte – das brachte den Lehrer aus dem Häuschen: Wie, leibhaftig und persönlich gekannt, den großen Kusmin? Sachte ließ sich der Alte die Würmer aus der Nase ziehen. Ganz geschickt war das gemacht, fand Haas, bei einem Hörspiel war die Einheit des Ortes wichtig, und vielleicht gelang hier nahezu die Einheit der Zeit, zwei Stimmen nur – aber da wurde eingeblendet, wie der Schulchor sang, das war nur so zu erklären, daß die beiden sich das vorstellten, also war es schwächlich eingehängt. Dann weiter im Zwei-Personen-Text: Da sollte er doch mal erzählen, der alte Genosse! Der kicherte: Jaaa, das war schon kurios gewesen damals, in keiner Chronik stand es, eben weil es so *kurios* gewesen war. In diesen Notzeiten war natürlich gewildert worden, mit Schlingen und Kriegswaffen, folglich hatten Förster und Waldarbeiter eine Forstwehr gebildet, rote Armbinden hatten sie sich umgebunden, ihre Waffe war der Knüppel gewesen. Und wen hatte der alte Genosse eines Tages im Wald mit der Jagdflinte angetroffen? Das war nun nach den Gesetzen der Dramaturgie nicht schwer zu erraten. Haas blickte zur Kollegin, die zog einen Mundwinkel spöttisch nach unten. Natürlich den Genossen Major Kusmin! Dem hatte der Germanski mit unmißverständlichen Gesten klargemacht, daß jetzt nach deutschen Gesetzen Schonzeit sei! In den weiten russischen Wäldern käme es wohl darauf nicht so an, aber hier, bei dezimiertem Wildbestand, und Ordnung müsse sein! Da hatte der Major schallend gelacht, hahaha! machte der alte Waldarbeiter, so hatte der Genosse Major gelacht! Hohohoho!, das war aber mal was, ein Deutscher mit einem Knüppel stand breitbeinig vor ihm und hielt ihm eine Rede, von der er nur jedes dritte Wort, aber immerhin den Sinn verstand. Blitzartig waren sie Freunde. Viele Male besuchte Kusmin den unerschrockenen Deutschen fortan in seiner Hütte, die Waldarbeitersfrau briet Hase und Hirschkeule, und sie leerten so manche Flasche. So war sie, die richtige, echte, unbürokratische deutsch-sowjetische Freundschaft! Da kam der junge Lehrer erst aus dem Staunen, dann aus dem Glucksen nicht heraus.

Haas blickte seine Nachbarin an, er konnte keine Regung auf ihrem Gesicht entdecken. Vergnügen machte sich breit, der Autor des freundlichen Spiels lauschte dem eigenen Werk voller Heiterkeit. Munter ging es dem Ende zu, die Wagenkolonne kam und kam noch immer nicht, das beunruhigte den Lehrer aber kaum, denn die Erzählung des Alten fesselte ihn, und dann wurde angerufen vom Dorfe her: Kommando zurück! Die Kinder waren nach Hause geschickt worden, das Mädchen hatte Brot und Salz wieder ins Gemeindeamt getragen, denn der Oberst, der Racker, hatte den offiziellen Pfad verlassen, war aus der Kolonne ausgeschert und saß in der Kate des alten Waldarbeiters, seines Kumpels, hatte eine Pulle Wodka auf den Tisch gestellt und eröffnete den fröhlichen zweisamen Umtrunk.

Da freuten sich alle im Raum außer Haas, auch seine Nachbarin schmunzelte, das war doch eine hübsche Pointe. Da wurde doch mal den Offiziellen, Protokollbewußten ein Nasenstüber gegeben! Kritisch im Rahmen des Erhaltenden, heiter Zopf und Steifheit auf die Schippe nehmend. So klang es in den ersten Diskussionsbeiträgen an, die große Kunst der Menschendarstellung des Schauspielers Gloppow wurde gerühmt, dagegen hatte es der junge Sprecher der Lehrerrolle wahrhaftig schwer. Graupner räumte sofort ein: manchmal zu aufgesetzt, zu hektisch erschien ihm jetzt, beim mehrfachen Hören, dieser Part, und jemand warf ein Modewort ein: zu blauäugig. Da nickte der Autor: Ja, das war's, und Haas grübelte an dem schiefen Bild herum: Ein blauäugiger Hörspielsprecher, was für ein Mist. Er stellte sich Szenen vor: die beiden auf ihrem Holzturm im Wald, alles grün, die Baumwipfel natürlich und auch der Turm, dunkel abgesetzt, noch dunkler die beiden Männer, der Himmel darüber grünlich. Aquarell des Onkel Emil. Major Kusmin im dunklen Rot auf einer roten Lichtung, hellrot der Schauspieler Gloppow mit brandrotem Knüppel. Braun der Hasenbraten in brauner Soße, zwei Männer in braunen Joppen hoben braunen Schnaps gegeneinander. So empfand er dieses Stück, eingefärbt, bis alles zueinander paßte, auf eine Farbe gebracht in seiner Lebensfremdheit. Er hob die Hand, sich zu Wort meldend, und wußte noch nicht recht, wie er beginnen sollte, es fiel ihm in dem Augenblick ein, als der Debatteleiter sagte: »Hans-Georg, bitte.« Es habe doch, begann er, damals ein Fraternisierungsverbot gegeben, die Älteren dürften sich wohl besinnen. Private Kontakte zwischen Rotarmisten und der deutschen Bevölkerung seien untersagt gewesen, natürlich hätte es sie im stillen gegeben: Autoreifen und Uhren, Speck und Benzin gegen Liebe und Schnaps. Deutsche, die sich hatten erwischen lassen, waren eingelocht worden, beim sowjetischen Partner war Versetzung in die Heimat das mindeste gewesen. Soweit der klare Sachverhalt. »Joachim«, fuhr er fort, sich an den Autor wendend, »du weißt ja selber, wie du verniedlichst.« Vor diesem Wort schreckte er selbst ein wenig zurück, war versucht, es abzumildern, tat es schließlich nicht. Nach dem bisherigen Lob, nach allen Bräuchen in dieser Runde klang dieses Wort schon hart. »Fälschung?« hörte Haas sich sagen, hörte auch das Fragezeichen danach, »ich frage mich, ob es einer Verfälschung nahe- oder gleichkommt, wenn dieser Aspekt ausgeschaltet wird. Freundschaft stand damals auf dem Papier.« Er hob die Hand, um möglichen Protest zu dämpfen. »Sie war angeordnet, anderes war vielleicht gar nicht möglich. Aber dann soll man nicht so tun, als wäre alles wie im Kindergarten gewesen.« Er blickte zur Seite, sah die schönen Augen der Kollegin Fühlmantel staunend, starr und erwartungsvoll auf sich gerichtet. »Weißt du, Joachim«, sagte er beinahe sanft, »wie die Sowjetsoldaten bei uns um Leisnig herum damals gefischt haben? Mit der Handgranate. Von den toten Fischen, die dann mit geplatzter Schwimmblase oben trieben, haben sie sich die größten herausgesucht, die anderen vergammelten. Und nachts sind die Russen mit Autos über die Felder gefahren, die Scheinwerfer grell, und haben die geblendeten Hasen zusammengeballert. Auch mal mit der MP. Und dann kommst du mit deiner Kindergeschichte.«

Er lehnte sich zurück, spürte Stille, Bewegungslosigkeit, er versuchte sich vorzustellen, wie Kloßner damals in Eisleben ganz allein gegen eine Argumentenflut gestanden hatte, sich wehrend erst, dann verstummend, apathisch: Es hatte ja nicht den geringsten Zweck. Natürlich redete jetzt Klingmann los, der als Siebzehnjähriger gleich nach dem Kriegsende in die KPD eingetreten war, zwei Tage nach ihrer Wiedergründung, der vor zwanzig Jahren Sachbücher geschrieben hatte und seitdem nichts mehr, der, um argumentieren zu können, stets einen groben Klotz brauchte. Was der Kollege Haas eben vorgebracht habe, halte sich nörglerisch an zeitweiligen Nebensächlichkeiten fest, gehe am Wesen der Epoche vorbei. Wenn auch damals aus begründeter Wachsamkeit einem Volke gegenüber, dessen Mehrheit dem Rattenfänger Hitler nachgelaufen und erlegen sei...

Haas faltete die Hände im Schoß, spürte ein Lächeln auf den Lippen, von dem er gern gewußt hätte, ob es höhnisch wirkte. Der Ellbogen der Kollegin Fühlmantel drückte gegen seinen Arm, er blickte zur Seite, sie senkte halb die Lider, das verstand er so: Laß den doch quasseln, treib's nicht auf die Spitze. Lohnt doch nicht.

Einer warf ein, ihm habe das Hörspiel gefallen, Gloppow sei natürlich Spitze, und daß Sowjetsoldaten gewildert hätten, möge im Einzelfall vorgekommen sein. Wenn man dagegen bedenke, wie sich die Wehrmacht in der Sowjetunion aufgeführt hätte! Ein Stück mit tief humanistischem Anliegen. Graupner gehörte zur Stipendienkommission, wußte Haas; der, der sich da für das Hörspiel verwendete, bezog seit Jahren Bares für einen Roman, mit dem er nicht vorankam, und würde bald wieder vorstellig werden. Ein gelber Raum, dieser Mann in ockerfarbener Jacke, rötlichgelb die Geldverteilungskommission hinter dem Quertisch – Haas wollte von diesem Bild wegkommen, er fand, es ginge am besten, indem er in eine Redepause hineinplatzte, ohne daß ihm erneut das Wort erteilt worden wäre: »Wenn ein Märchen erzählt werden soll, hätte man das sagen müssen! Jungpionieren von heute wird dargetan, wie die gute rote Fee Kusmin mit dem Schleier wedelte, als der Gartenzwerg Gloppow das Knüppelchen schwang.«

Da sprudelten sofort alle durcheinander, Gelächter ging im Protest unter; derartige Redeweise war hier nie geführt worden, seit irgendeiner denken konnte. Unerhört! Wechselte mit: Frechheit! Dreistigkeit! Aberdasistdoch! Graupner schüttelte den Kopf, die Lippen gepreßt, die Brauen düster, die Stirn gefurcht. Klingmann schrie, er dulde es nicht, daß die ruhmreiche Sowjetarmee, die Deutschland vom Faschismus befreit habe, in den Dreck gezogen werde. Haas spürte den Arm der Kollegin Fühlmantel nicht mehr. Ein feixendes Gesicht sah er immerhin, das des alten Kattner, der genoß den Skandal. Einen Augenblick lang meinte Haas, es wäre das beste, aufzustehen und zu verschwinden, aber vielleicht tat das Graupner auch, und was war gewonnen, wenn sie sich auf der Straße trafen? Nun versuchte der Versammlungsleiter den Tumult zu überschreien: Ruhe bitte sehr! Wortmeldungen lägen vor, er wolle sie zurückstellen, wenn er dafür das Einverständnis erhielt, und sofort dem Kolle-

gen Graupner das Wort erteilen, wenn dieser es zu einer Erwiderung wünsche. Graupner lehnte verbissen ab, ein anderer, nun an der Reihe, verzichtete aus Gründen der total veränderten Lage. Wollte der Kollege Haas vielleicht etwas hinzufügen, zurücknehmen?
»Bloß nicht«, zischte die Kollegin Fühlmantel.
»Ich hab meine Meinung gesagt«, Haas horchte diesem Satz nach, er war mit der Stimmlage zufrieden, es hatte weder frech noch unterwürfig geklungen. Er wußte, wie alles weitergehen würde, und es langweilte ihn. Er kannte jeden gut genug, um zu wissen, wie er reagieren würde: die Heißsporne und die Opportunisten, die Hämischen und die Mitleidigen schlüpften nun in ihre Lebensrequisiten. Vielleicht forderte jemand Entschuldigung, da würde er zugeben, es hätte nicht in seiner Absicht gelegen, den Kollegen persönlich zu treffen. Vielleicht kam es zu einer Auseinandersetzung vor der Parteileitung. Diesmal er als Angeklagter, nicht Kloßner. Zum ersten Mal in dreißigjähriger Parteizugehörigkeit er vor einem Tribunal. Keine Verbannung in die Provinz, keine Selbstkritik, kein Anwerbungsversuch durch die Stasi. Doch nicht in seinem Alter, doch nicht in dieser Zeit. Keine Forderung auf Pistolen wie im Sturm und Drang, vielmehr Seelenschmerz und Verzeihen wie im Biedermeier. Er hätte gern gesagt, daß sie ihn alle am Arsch lecken könnten, aber dann wäre der Streit wieder angefacht worden, und er wollte raus. Wollte mit der Kollegin Fühlmantel in das ruhigste, vornehmste, teuerste Lokal der Stadt, wollte mit ihr auf diesen wunderschönen Skandal trinken, von dort aus rief er Kläre an und sagte ihr, er habe jetzt einen großartigen Sieg zu feiern. Aber die schöne Kollegin war ja, das fiel ihm rechtzeitig ein, vergeben.

Erschöpfung machte sich breit, Wortmeldungen wurden zurückgezogen, Mäntel von den Haken genommen. Eine organisatorische Mitteilung noch: Wer an einem Übersetzerseminar . . . Da stand auch Haas auf, er hätte gern zu Graupner etwas Versöhnliches gesagt, aber der drehte allen den Rücken zu und murkste wieder an seinem Gerät herum. Also rechts und links eine Hand gedrückt, dann stand er draußen und wendete sich stadtwärts, die Windmühlenstraße hinunter. Keinen Skat jetzt und in den Pausen aufwärmen, was eben geschehen war, raus aus diesem Mief, diesem Mist mit dem verlogenen Miststück. Schade, daß Kloßner nicht dabeigewesen war. Der würde bald gesund werden, und dann wollte er ihn einladen. Kloßner, Kläre, Marion und er ums Zwiebelmuster herum und von den alten Zeiten geredet, und er würde erzählen, wie er's Graupner und den anderen Schleimscheißern gegeben hatte.
Jetzt lag der Schatten des Neuen Rathauses vor ihm, bläulich das Licht um die Uhr, da stand geschrieben, alles habe seine Zeit außer dem Tod, lateinisch freilich, er bekam es nicht zusammen. Zwischen Büschen vor einem Parkplatz schlug er sein Wasser ab, danach blickte er zum Uni-Hochhaus hinauf, oben glühten rote Lämpchen. Dort hatte er einmal neben dem führendsten Genossen Leipzigs gestanden im Anschluß an etwas, das eine Beratung genannt wurde, der Genosse Bezirkssekretär hatte geschwärmt, hier sollte ein Vergnügungsviertel entstehen mit Bowlingbahn und allem Drum und Dran. Das waren etliche Jahre her, und nun waren hier immer noch Büsche und Parkplätze. Er ging unter dem Leuschnerplatz hindurch und in die Petersstraße hinein, dabei dachte er: Über Leipzig sollte er schreiben, nicht über Griechenland und

München. Über Kloßner und Graupner, über alte und neue Wunden, über ein Parteiverfahren damals und was aus allen geworden war, über Leiden und Tod und Freude, Staatssicherheit und Nationalpreis. Mit Marion sollte er herauszufinden suchen, was ihn anging. Und dann los.
Er querte die Innenstadt zu Fuß, das hatte er lange nicht mehr getan. Meine Stadt, beschloß er, trotz alledem. Hier mußte er den Kampf aufnehmen, nicht in Algerien oder München. Hier lagen seine Wurzeln, Erfahrungen. Hier mußte er seinen Namen in den Stein meißeln. Kloßners Geschichte, seine Geschichte. So würde Kloßner bleiben und er selber auch. Und Kläre, die Kinder, der Popellose, Leipzigs Dreck und der Geruch nach versottenen Schornsteinen. Böll für Köln, Trifonow für Moskau, Grass für Danzig, er für Leipzig. Natürlich würde er nach München fahren – auf einmal hatte er das sichere Gefühl, daß nun nichts mehr dazwischenkommen konnte. Die Serie der Widerwärtigkeiten hatte sich erschöpft, so viel Verworrenheit setzte sich nicht fort. Er würde München in sich aufnehmen und von dort auf Leipzig blicken, würde nach München fahren, um nach Leipzig zurückzukehren, sein Blick würde sich schärfen. Leipzig als Lebensaufgabe, beschloß er, warum habe ich so lange gebraucht, sie mir bewußt zu machen? Für mich bleibt Leipzig unerschöpflich.

»Für alle Güst«

1

Als Haas den Koffer zum Büro des Schriftstellerverbands hinauftrug, dachte er: Mußt ihn noch zum Bahnhof Friedrichstraße schleppen, aber wenn du ihn endlich aus dem Gepäcknetz nimmst, bist du in München, München, stellst ihn auf ein Wägelchen und schiebst ihn vor in Höhe der Lokomotive, dort steht der Genosse Schwerdthelm, er wird dich erkennen, wird mit dir zu sich nach Hause fahren, mit seinem Auto oder der Straßenbahn, der Tram, wie sie dort sagen.
Still war es im Korridor, als ob hinter mancher Tür die Arbeit noch nicht begonnen hätte. Er klopfte an der Auslandsabteilung und trat ein, ein Mädchen lächelte zu ihm auf: »Sie sind aber zeitig da, Kollege Haas.«
Er stellte den Koffer in eine Ecke. »Nicht schlimm, wenn ich ein bißchen warte.« Er hätte auch sagen können, daß er es anderswo noch schlechter ausgehalten hätte, jetzt war er unfähig zu jeglicher Tätigkeit, konnte nicht lesen, wollte nicht spazierengehen, am Morgen hatte er nur eine Tasse Kaffee getrunken. Sonja Schulze hatte ihm Stullen eingepackt, die würde er im Zug essen. Jetzt bloß nicht an Stullen denken.
»Kann noch eine Stunde dauern, bis die Kollegin Wagner zurückkommt. Oder anderthalb. Möchten Sie die Zeitung?«
Er nahm »Neues Deutschland« und las vom Empfang

des nigerianischen Außenministers, ein Foto zeigte, wie er dem DDR-Außenminister die Hand schüttelte. Darunter: Sie seien einig gewesen gegen jede Form neokolonialistischer Ausbeutung. Bedeutende Produktionssteigerung einer Hosennäherei in Stendal. Arbeiterveteran beigesetzt. Das Wetter von der Ostseeküste bis zum Erzgebirge – kein Wort, ob es in München regnete. Wenigstens: Mahnwache gegen Atomtod in Augsburg.

Schreiber schaute herein, war noch im Mantel. »Kannst es wohl nicht erwarten? Wann geht dein Zug?« Da blieben ja noch fast vier Stunden – Schreiber verschwand und nahm die Kollegin mit, so saß Haas eine Zeitlang allein, das Telefon klingelte, verstummte, er dachte: Wenn das nun der Genosse Schwerdthelm war, der sich erkundigen wollte, ob mit der Ankunft des Genossen Haas zur vereinbarten Zeit zu rechnen sei? Haas zwang sich, nicht auf die Uhr zu schauen, er schloß die Augen und nahm sich vor, sie nicht zu öffnen, bevor nicht jemand ins Zimmer trat. Jetzt zur Ruhe zwingen, sonst machte sein Magen womöglich nicht mehr mit. Oder der Kreislauf. Oder alles miteinander.

Sie kamen zu dritt herein, Schreiber, die Kollegin, die für diesen Schreibtisch zuständig war, und eine andere, die Kollegin Wagner vermutlich, sie schauten Haas an, und Schreiber sagte: »Dein Paß ist nicht mitgekommen, Hans.«

»Was?« fragte Haas töricht. »Was?«

»Ich kann mir nicht ...«

»Komm mit in mein Zimmer, bitte.«

Haas nahm seinen Koffer und schaute die beiden Frauen an, sie wichen seinem Blick nicht aus.

»Vielleicht morgen«, sagte eine schwach.

In Schreibers Zimmer ließ sich Haas sofort in einen Sessel fallen und streckte die Beine aus, er lag fast, dachte: mein Magen, Magen.
»Ich habe jemanden beauftragt, noch einmal zu telefonieren. Und wenn du morgen fährst?«
»Dann käme ich nach sieben an, und die Lesung beginnt um acht Uhr. Wird knapp.«
»Aber es geht noch. Für heute schaffen wir es sowieso nicht mehr.«
Schreiber wurde hinausgebeten, Haas hörte Tuscheln hinter der angelehnten Tür. Er wußte noch nicht einmal, bei welcher Stelle der Paß abgeholt wurde, im Innenministerium oder bei der Polizei oder der Staatssicherheit; es war wohl auch gleichgültig, irgendwann hatten sie alle und vielleicht noch andere mit der Ausstellung des Visums zu tun. Schreiber kam wieder herein und sagte: »Hör zu, so was hab ich noch nie riskiert. Es kann sein, es geht schief, in jedem Fall kriege ich eins auf den Deckel. Wenn jetzt einer was tun kann, dann Genosse Schimanski.«
»Der vom ZK?« Die Frage war sinnlos, es gab keinen anderen Schimanski, der helfen konnte, außer dem stellvertretenden Abteilungsleiter für Kultur im ZK, es konnte auch sein, dieser Titel war kürzlich wieder geändert worden. Haas wußte, daß es wichtig war, derlei Bezeichnungen korrekt auszusprechen, allenfalls war es erlaubt, sie aus der Folge von Genitiven zu lösen: Stellvertreter des Vorsitzenden des Rates des Kreises – man durfte »stellvertretender Kreisratsvorsitzender« sagen, schon weniger schreiben.
»Wir melden uns nicht an, sondern stehen einfach in seinem Vorzimmer. Wenn er nicht da ist, haben wir sowieso Pech gehabt.« Schreiber starrte den Aschenbecher an.

»Also, gehn wir.«
»Ja.« Aber Schreiber stand nicht auf. »Kennst du Schimanski?«
»Einmal war er in Leipzig im Verband.«
Mit einem Ruck und einem Seufzer drückte sich Schreiber nach einer Minute doch hoch. Er rief zu seiner Sekretärin hinüber, er sei für zwei Stunden fort und für niemanden erreichbar. »Deinen Koffer?«
Jetzt war vieles möglich, es konnte sein, daß er nicht wieder hierher zurückkam, daß der Paß im ZK lag, daß sie mit einem Auto des ZK zu einer anderen Dienststelle jagten, daß er den Zug noch erreichte. Jetzt nicht alle Möglichkeiten durchspielen, suggerierte sich Haas, damit machte er sich endgültig verrückt. Einen Schritt nach dem anderen, abhaken, weiterdenken.
Sie kamen an dem Verlag vorbei, in dem Kopp wahrscheinlich in einem Manuskript nach schlimmen Assoziationsmöglichkeiten fahndete. Als sie hinter der Hedwigskathedrale einbogen, sagte Schreiber: »Am besten, du läßt mich reden. Greifst auch bei Zwischenfragen nicht ein. Bloß, wenn er sie direkt an dich richtet. Wenn ich dir ins Wort falle, hörst du sofort auf.«
Haas nahm den Koffer in die andere Hand, er fand, Schreiber als der Jüngere könnte fragen, ob er ihn einmal tragen sollte. Der Koffer war schwerer, als er vermutet hatte, oder der Weg war weiter. So viel jünger war Schreiber nun auch nicht.
Jenseits einer Straße, hinter Rasenflächen, lag der Block des Zentralkomitees, Rasen auf allen Seiten. Schußfeld, dachte Haas. Ihm fiel der Anfang eines Berlin-Buches ein, darin wurde von Moses Mendelssohn berichtet, dem Juden, Philosophen und Men-

schenfreund; der Autor hatte gewarnt: Mißtraut den Rasenflächen! Denn darunter war Geschichte vergraben, die meist aus Verbrechen bestand. Viel Rasen von hier bis zum Fernsehturm. Posten an der Ecke, die Maschinenpistole umgehängt, wenig militärisch: Jetzt setzte er die Mütze ab und kämmte sich gründlich; so durfte ein Parteisoldat stehen, meinte Haas, ein Sohn der Arbeiterklasse, mehr Arbeiter als Soldat. Als sie an ihm vorbeigingen, blickte Haas in ein müdes Gesicht, offensichtlich dachte der Mann an etwas gänzlich anderes als daran, daß der Klassenfeind nicht schlief. Der Posten würde aufschrecken, zusammenzucken, wenn ihm jemand seine Waffe wegnehmen wollte, und Haas stellte sich vor, wie Nikos Luovaris an einen Wächter der ASPHALIA heranschlenderte, zwei Meter vor ihm beschleunigte, zupackte, zuschlug.

Sie wurden in ein Wachzimmer seitlich der Eingangshalle gewiesen, mußten Zettel ausfüllen, den Personalausweis abgeben. »Sind Sie angemeldet?« fragte der Posten und blickte verwundert, als Schreiber verneinte. »Moment bitte«, sagte der Posten und ging in einen Nebenraum, wahrscheinlich telefonierte er, und als er zurückkam, sagte er, die Genossen möchten im Warteraum 3 Platz nehmen, sie würden abgeholt. »Also ist er da«, hoffte Schreiber, als sie wieder in die Halle traten. »Den Koffer«, sagte der Posten, der ihnen den Weg wies, »können Sie dort abgeben.« Haas dachte, es könnte ja eine Bombe drin sein, so könnte Nikos Luovaris in München ein Haus betreten, in dem ein Agent der ASPHALIA wohnte. Im Warteraum standen Stühle an den Wänden aufgereiht, mindestens zwanzig, hier warteten vielleicht Delegationen von Betrieben, die dem Generalsekretär über Planerfüllung berichteten und neue Taten gelobten. Ein Genosse in Zivil nahm den Koffer, Haas hätte sich nicht gewundert, wäre er nach Waffen abgetastet worden. Als sie allein waren, wiederholte Schreiber: Daß sie warten *durften*, deutete darauf hin, daß Schimanski im Hause war. Sie blieben mitten im Raum stehen und schauten auf die dunkelroten Vorhänge, die bis auf den Boden hingen. Haas dachte: Wie im Kreml.

Sie rauchten nicht; hier gab es keine Aschenbecher. Sie mutmaßten leise, ob der Teppich wohl eigens in dieser Größe für diesen Raum gewebt worden war, denn er reichte nach allen Seiten bis auf einen halben Meter an die Wände heran. Sie verstanden beide nicht genügend von Teppichen, als daß sie mehr als zwei Minuten mit dieser Überlegung hätten füllen können.

Nach einer Stunde trat der Mann ein, der den Koffer an sich genommen hatte, nannte fragend ihre Namen und bat sie, mitzukommen. Einen Gang entlang, Haas als letzter, eine Treppe hinauf, den Gang darüber ein Stück zurück, durch eine Tür ohne Nummer, an der kein Name stand, in einen Büroraum, der wie Büroräume überall war, mit Schreibtisch und Regalen, darin Ordner und Broschüren, mit Panzerschrank und Garderobenständer, kleinem rundem Tisch und drei Sesseln mit hölzernen Armlehnen. Ein Mann, der vor dem Schreibtisch stand. »Wo brennt es denn, Genossen?«

Schreiber stellte den Genossen Dr. Haas dem Genossen Schimanski vor, aber der wußte natürlich, wer da kommen würde, und nickte.

»Du kannst dir denken«, begann Schreiber, »daß es *wirklich* ein Ausnahmefall ist«, und schilderte, welche Mühe es gekostet hatte, mit den DKP-Genossen in

München eine Übereinkunft zu erzielen, und nun platzte alles, wenn. Über dieses Wenn ließ er sich nicht aus, da war wohl jemand oder eine Behörde gemeint, der oder die nicht genannt zu werden brauchte, vor den Ohren des Genossen Dr. Haas nicht genannt werden sollte. Haas schaute von einem zum anderen, über ihn wurde gesprochen, aber er selbst mußte sich zu sich selbst nicht äußern.

»Manchmal«, sagte Schreiber, »kommt es ja auf einen Tag nicht an. Aber diesmal!« Allmählich kam es Haas blödsinnig vor, daß er außer seinem Namen beim Händedruck kein Wort gesprochen hatte; es gab einen Romantitel: Und sagte kein einziges Wort – er sagte hier auch kein einziges Wort, hätte gern bekräftigt, was Schreiber vorgebracht hatte, hätte hinzugefügt, daß nun seit Jahren, immer und immer, und die Sache bei der Seereederei, wegen dämlicher fehlender Impfungen, und nun...

»Genosse Haas, ich möchte dich bitten, auf dem Korridor zu warten.« Schimanski lächelte.

Haas ging stumm hinaus und trat ans Fenster und blickte auf einen Hof, auch dort wachte ein Posten mit einer Maschinenpistole. Gähnte nicht, kämmte sich nicht. Schaute an den Fensterfronten hinauf, ging zehn Schritte zur Seite, rückte die Waffe zurecht. Jetzt würde Schimanski telefonieren, mit diesem Wenn, der ein Aber gesprochen hatte, aber vielleicht war wieder nur eine Schlamperei passiert, jemand hatte gemeint, es sei nicht wichtig, ob nun einer an einem Donnerstag oder Freitag nach München fuhr, dieser Wenn durfte ja selber nicht fort, das war mit seiner Funktion gekoppelt. Nur wem das Maul verbunden war, durfte andere füttern, und es hieß doch, daß man dem Ochsen, der da drischet...

Schreiber trat aus dem Zimmer, drückte hinter sich die Tür zu und sagte: »Genosse Schimanski läßt sich entschuldigen, daß er sich nicht von dir verabschiedet. Er ist in Druck. Ich glaub, ich hab die Sache im Griff.«

»Wer will denn noch was wissen?« Haas hob die Hand, als wollte er diese Frage zurücknehmen: So fragte kein Genosse. Das hatte drinzustecken von früher her, aus der Ära von Kritik und Selbstkritik, da hatte jemand die härtesten Beschuldigungen erheben dürfen, ohne Beweise zu haben oder preiszugeben. Kritik wurde geübt, man hatte dafür dankbar zu sein.

Der Läufer bog um die Ecke, sie gingen auf ihn zu und mit ihm die Treppe hinab. Sie bekamen die Ausweise zurück, dann standen sie auf dem Weg, der zwischen Rasen zur Straße führte. »Vielleicht setzen wir uns dort drüben auf eine Bank«, schlug Schreiber vor, und Haas sagte: »Jetzt geht mein Zug.«

»Wir schaffen's bis morgen.« Haas versuchte aus diesem Satz herauszuhören, inwieweit Schreiber von ihm überzeugt war.

Jetzt am Vormittag standen noch keine Angler aufs Geländer gelehnt. »Tja«, sagte Schreiber, »da will ich mich mal zur nächsten Stelle aufmachen. Was treibst du bis morgen?«

»Weiß nicht.« Haas schaute seinen Koffer an. »Wahrscheinlich hole ich jetzt erst einmal meine Stullen raus. Um diese Zeit, im Zug, vornehm in der ersten Klasse, wollte ich frühstücken. Dienstreisender Hans-Georg Haas auf dem Weg nach München. Um festzustellen, daß es München wirklich gibt, daß das nicht immer im Fernsehen und in Zeitungen und Büchern nur behauptet wird.«

»Nun mach's halblang«, murmelte Schreiber.

»Kommst morgen wieder in den Verband, um die Zeit wie heute oder eine halbe Stunde später. Bis dahin hab ich die Sache durch.«
»Schwerdthelm muß benachrichtigt werden.«
»Vergesse ich nicht. Alsdann, bis morgen.« Sie gaben sich die Hand: Haas blickte Schreiber hinterher, wie der über die Straße ging, sich umdrehte, ehe er um eine Hausecke bog, den Arm schwenkte, was wohl Zuversicht suggerieren sollte, so winkten Sportler nach dem Sieg in die Jubelmenge. Haas saß noch eine halbe Stunde später dort, ohne an etwas anderes gedacht zu haben als an die letzten beiden Stunden von dem Augenblick an, da Schreiber gesagt hatte, der Paß wäre nicht da. Aus der Traum, befand er zum ersten Mal; was Schreiber jetzt unternahm, war womöglich rührend, aber sicherlich war es besser, sich mit einem Scheitern vertraut zu machen. Was dann? Aus dem Verband austreten? Ein Parteiverfahren gegen sich selbst beantragen, daß man nicht würdig... Noch größerer Quatsch. Das hatten andere gemacht, er selbst hatte die Schultern gezuckt, als er davon gehört hatte. Peinlich so was, kindisch. Also einstekken, schlucken, nun bekam sein Rückgrat wieder etwas ab. Er wurde vom Schicksal gleichgehobelt – auch so eine sentimentale Formulierung. Kein Tisch weit und breit, auf den er mit der Faust schlagen konnte.
Er nahm die Stullen aus dem Koffer und aß, Spatzen hüpften auf ihn zu. Er entsann sich der Spatzen auf Moskaus Leninbergen, kleiner als die hiesigen, ihre Sprünge waren höher, steiler, sie wirkten, als müßten sie pfiffiger sein, sich durchs Leben zu schlagen. Spatzen in München, Weißwurst auf dem Viktualienmarkt, Radi, es war zum Kotzen, wie alle Gedanken nach München drängten, er hatte sich selber in diese

Hysterie hineingesteigert, nein, nicht er, das waren diese Schatten in Ämtern, Behörden, natürlich gehörte Schreiber dazu, endlich hatte er einmal einen gesehen, Schimanski, aber Schimanski hatte ihn auf den Korridor geschickt, als er telefonieren wollte. Er warf den Spatzen einen Brocken zu, den keiner allein bewältigen konnte, den sie zerhackten. Bis er wieder im Verband nachfragte, würden einundzwanzig Stunden vergehen, die mußte er rumbringen. Nach Gransow fahren. Ins Kino. Bei Schulzes fernsehen. Vielleicht bestritt am Abend der Bayerische Rundfunk das Programm, ihm würden die Türme der Frauenkirche vorgegaukelt, eine Münchner Ansagerin begrüßte ihn mit rollendem R, kein Totenkopf, wie ihn sich Ristock einst erdachte. Papier alles, Ristock war Phantasie wie Nikos Luovaris, kein Schwerdthelm wartete im Münchner Hauptbahnhof.
Er trug seinen Koffer zur U-Bahn und fuhr zur Karl-Marx-Allee. Als er ans Licht stieg, vermutete er, das sei falsch gewesen, in die andere Richtung hätte er fahren sollen, zur Kneipe der Journalisten, um sich überschwemmen zu lassen von Ulk und Tratsch. In einer Stunde begann in einem Kino ein italienischer Film, Klamauk sicherlich, schwächster Ersatz. Aber in der Journalistenkneipe hätte er Bier getrunken, natürlich, und je besser er sich gefühlt hätte, desto eher wäre ihm die Zahl der Gläser aus der Kontrolle geraten. Und wenn dann noch einer eine Runde Schnaps schmiß, wenn er es nicht schaffte, abzulehnen, wenn er alle fünfe gerade sein ließ, bezahlte er das am nächsten Tag bitter; was dann schiefging, bedrückte ihn dreifach, er kannte das zur Genüge.
Und dieser Koffer. Eine Garderobenfrau klemmte einen Zettel an den Griff, gab ihm einen Bon und sagte,

bis 24 Uhr stünde er hier gut, und wenn der Herr ihn dann noch nicht abgeholt haben würde, käme er in den Keller und würde in der Heizung verbrannt. Haas gab eine Mark Trinkgeld vor allem für den Scherz, dann hatte er wieder den Wind der Karl-Marx-Allee in den Haaren und versuchte sich zu erinnern, wie das Anfang der fünfziger Jahre gewesen war: Jeder Patriot war aufgefordert, drei Prozent seines Einkommens für den Aufbau der Stalinallee in einen Fonds zu zahlen, das Geld würde mäßig verzinst und nach Jahren zurückgegeben. Auch vom Honorar für die beiden Artikel über, ehrlicher gesagt, gegen Kloßner waren drei Prozent verwendet worden, um beispielsweise Kacheln an diese Häuser zu kleben, von denen nun schon die dritte Generation herunterfiel.
Er strich an Schaufenstern entlang. Sein Zug würde jetzt durchs flache nordbayrische Landwirtschaftsgebiet auf die Donau zurollen, ohne ihn, leer ein 1.-Klasse-Fensterplatz, der Genosse Schwerdthelm war hoffentlich informiert und bediente seine Kundschaft weiter. Einmal, nahm sich Haas vor, würde er einen Nachmittag lang in den Regalen dieser Buchhandlung stöbern, blättern, Klappentexte lesen, würde sich mit Händen, Augen und Hirn Hunderten von Büchern nähern, die bislang für ihn zur Ferne gehörten, vom Zoll aus den Paketen genommen, nicht angeschafft durch die Bibliothek des Verbandes und in der Deutschen Bücherei von der normalen Ausleihe ausgeschlossen. Konterbande, ideologisches Gift. Auch in dieser Beziehung war er für zehn Tage ein bevorrechteter Bürger, Paragraphen pausierten, er selbst war beurlaubt vom sozialistischen Gesetz.
Es war fast fünf, als er sich in der Gaststätte, in der sein Koffer verwahrt wurde, Hackepeter und Bier

bestellte. Gegen sechs war bei Schulzes gewiß jemand daheim, die würden Augen machen. Er war überzeugt gewesen, Appetit auf Hackepeter zu haben, aber dann aß er nur die Hälfte. Er versuchte sich vorzustellen, er säße in einem Münchner Lokal, die Kellnerin spräche wie diese Fernsehansagerin. Ein zweites Bier noch, er zahlte und nahm seinen Koffer. Das Bier hatte ihn ruhiger gestimmt, das Gedränge in der U-Bahn machte ihm nichts aus, nichts das Gehaste um ihn, als er das Loch-Viertel erreicht hatte.
Sonja Schulzes Augen wurden rund vor Staunen. Haas sagte: »Es hat sich herausgestellt, daß München verlegt worden ist. Irgendwohin. Dieses Nest gibt es gar nicht mehr.«
Günter Schulze öffnete die Tür zum Wohnzimmer, stumm stand er im Rahmen, stumm zog Haas die Schuhe aus, Sonja Schulze hielt ihm seine Pantoffeln hin. »Erst mal die Hände waschen«, sagte Haas, das sollte Wurstigkeit ausdrücken, was war denn schon geschehen außer dem Üblichen, so was konnten sie eben mit Hans-Georg Haas machen, raus aus die Kartoffeln, das war ja nun keine besonders neue Geschichte. Als er ins Wohnzimmer trat, sagte er: »Am nördlichen Stadtrand von München liegen große Müllkippen, es hat immer Ärger gegeben, sie zu begrünen. Weiß ich alles, kenne München wie meine Westentasche. Dort vorbei fährt jetzt ein Zug, in dem ich nicht sitze.«
Er erzählte der Reihe nach, nicht zu ausführlich, nicht zu knapp, nicht larmoyant, wie er hoffte. Schreiber riß sich offensichtlich ein Bein aus. Schimanski aus dem Büro Hager, denkt mal an.
»Ich merk ja, wie es dir an die Nieren geht«, sagte Schulze. »Ist in Ordnung, daß du das alles bei Sonja

und mir ablädst. Aber du mußt auch bedenken: Wir beide *kommen gar nicht* in deine traurige Lage.«
Sonja Schulze ereiferte sich sofort: Das sei gemeine Rederei, sei zynisch. Schulze verteidigte sich: Er wolle doch bloß verhindern, daß sich Hans-Georg im Selbstmitleid kaputtmache, auf die Bretter gehe, wenn sich herausstellen sollte, daß auch Schreiber und Schimanski nicht durchgekommen seien. Verkettung blöder Umstände wieder, und es sei ja auch nicht erwiesen . . .
Ehe sie aßen, rief Haas daheim an. »Ich bin bei Sonja und Günter«, er versuchte, aus einer Heiserkeit herauszufinden, die vorher nicht gewesen war. »Es verzögert sich bis morgen. Ja, es ist ziemlich sicher. Wie? Ja, ich sage: ziemlich.«
»Mach keinen Unsinn!«
»Was für Unsinn?«
»Daß du jetzt aus München anrufst?«
»Nein, wirklich nicht, Kläre.«
Kläre Haas wußte, daß man von München aus durchwählen konnte und daß Stimmen aus Saarbrücken und Hamburg oft natürlicher klangen als aus Grimma oder Markkleeberg. »Und morgen fährst du bestimmt?«
»Na, genauso bestimmt wie heute. Abends ist die Lesung, wird sowieso knapp.«
»Armer Hans.« Am Nachmittag hatte Marion angerufen, das Begräbnis von Herbert Kloßner sei am kommenden Vormittag, Marion wollte hingehen. Das erwähnte Kläre Haas nicht, aber es ging ihr durch den Kopf, die Begräbnisstunde des einen war die Reisestunde des anderen, des einen sin Uhl – nein, den Vergleich ließ sie nicht gelten.
»Bist noch dran?«

»Ja«, sagte Kläre Haas, »ist hart für dich, aber diesmal klappt es, wirst sehen. Gegen Mittag ruf ich Schreiber an, will wissen, daß du fort bist. Und laß dir von Sonja 'ne Schlaftablette geben, die richtig umhaut, hörst du?«

»Klarer Fall, Kläre.«

»Und: Grüß Gott!, wie wir Münchner sagen.«

»Pfüat di!« probierte er und legte auf.

Während sie aßen, redeten sie schleppend über Bandscheiben. Schulze war in seiner Kampfgruppe zum Innendienst versetzt worden, das war wichtig für ihn: Wer 25 Jahre Dienst getan hatte, bekam eines Tages 100 Mark monatlich zur Rente zusätzlich, und bei Schulze fehlten noch vier Jahre: Ein Jammer, wenn sie ihn ausgemustert hätten. Nein, so hartherzig gingen Genossen Kämpfer miteinander nicht um. Wenn die anderen marschierten, saß er am Telefon oder führte die Listen der Waffenausgabe.

Sie berieten, wann Haas am besten die Tablette nehmen sollte, vielleicht gegen neun. Halb zehn ins Bett.

»Ich atme auf dem Balkon noch einmal richtig durch, Armkreisen, Kniebeuge . . .«

Sonja Schulze räumte ab. Schulze stellte Bücher vom Schreibtisch in ein Regal, dem Alphabet oder dem Sachgebiet nach, und Haas kam auf die Idee und wunderte sich über sie, man könnte sie doch auch den Farben nach ordnen, es bereitete ihm seltsamen Widerwillen, daß Schulze das nicht tat. Rot zu rot und gelb zu gelb und grün zu grün, es war lachhaft, vielleicht machten es Kinder so, aber für Haas war diese Idee von nie gespürtem Reiz. Haas erzählte, wie es im Zentralkomitee zuging: die Korridore, die Gardinen, der Läufer, die Posten. Ob es stimmte, daß es drei Speiseräume gab mit Dreistufen-, um nicht zu

sagen Dreiklassengerichten, Aal fürs Politbüro, Rotbarschfilet für Zentralkomitee-Mitglieder, Hering für Sekretärinnen und Kraftfahrer? Das alles interessierte beide im Grunde nicht, aber über das einzige, was wichtig war, hatten sie alles gesagt.
»Münchner Bier soll ja ziemlich dünn sein.«
»Kannst du nicht mal von München die Schnauze halten?«
»Kann ich«, sagte Schulze.
Achtzig Westmark, dachte Haas, ich hab ja nicht hundert, niemand hatte danach gefragt. Wenn er nun aber einen Schein bekam, daß er hundert Westmark ausführen durfte, und er hatte nur achtzig in der Brieftasche – nun nicht alles bis zum Ende durchdenken, bloß nicht!
Das Atmen und Armekreisen auf dem Balkon, das Schlucken der Tablette, das Warten danach auf den günstigsten Zeitpunkt, an dem er sich hinlegte, führte Haas mit einer Genauigkeit aus, als würde ein wissenschaftlicher Test absolviert. Sonja Schulze redete über ihre Erfahrungen mit dieser Tablette: Keine Nachwirkungen, wenn sie acht Stunden schlafen konnte, freilich waren zehn besser. Gefühl der Friedfertigkeit manchmal bis Mittag, schön, nicht? Sie redeten über das Dach der Hütte in Gransow; vor dem Frühjahr würde es mit einer Reparatur nichts werden. Eine halbe Stunde nach dem Schlucken der Tablette ging Haas zu Bett, er legte sich auf den Rücken, atmete flach und wartete auf den Schlaf. Ihm fiel ein, wie Schulze seine Bücher geordnet hatte – nach Farben, war ja lächerlich. War gar nicht so übel. Es mußte nicht alles einen erkennbaren Sinn haben. Tat dem Auge wohl. Eine höhere Form der Ästhetik. Schreiber übergab ihm den blauen Paß der Deutschen Demokra-

tischen Republik, golden geprägte Schrift, Schreiber trug eine dazu passende Krawatte, golden war aufgestickt: Schriftstellerverband der DDR. Dieses Bild schwamm fort, Haas konstatierte, daß das halber Traum, halber Schlaf gewesen sein mußte; wenn es ihm gelang, nicht über dieses Traumbild nachzudenken, würde er absacken. Er drehte sich auf die Seite, stellte sich blaue Bücher vor, sattblau, dunkelblau, marineblau, goldene Schrift auf dem Rücken, HANS-GEORG HAAS – DIE KUNST DER BLAUEN SCHWERTER, sein großes Buch über Meißner Porzellan, oder HANS-GEORG HAAS – MORD IN MÜNCHEN, nein, so billig nun doch nicht. Er wurde wach und mußte austreten, das war zwei Stunden später, er registrierte dabei, daß er nur halb aus dem Schlaf auftauchte: Ja, die Tablette. Dieser Sache wegen – er ließ nur Denkumrisse zu: Schreiber, die Reise, München. Mußte schlafen, ausschlafen. Lichtschein durch die Gardinen, Mondschein. Er fand mühelos in den Schlaf zurück, wurde wach und versuchte sich zu erinnern, was eben seinen Traum bestimmt hatte: Eisenbahnzüge, er stand tief auf einer Straße, sah den Damm hinauf, sah Räder und Wagenböden, versuchte die Schilder zu erkennen, auf denen stand, woher die Züge kamen und wohin sie fuhren. Ein Zug hielt, er konnte das Schild lesen, LEIPZIG–LEIPZIG, das war natürlich Unfug, einen Zug, der von Leipzig nach Leipzig fuhr, gab es nicht. Er trug nun ebenfalls einen blauen Schlips mit goldenen Buchstaben, Menschen saßen vor ihm auf Stuhlreihen, die Münchener Literaturfreunde, DDR-Freunde, DKP-Genossen und Sympathisanten, Leser ganz schlicht, er wies auf seinen Schlips und probierte ein Lachen, aber niemand lachte außer ihm, auch nicht der Genosse, der ihn abgeholt hatte und auf

dessen Sofa er schlief. Kein Auto parkte am Rande des Englischen Gartens.
Schulze stand vor ihm, Licht fiel durch die Tür. »Möchtest aufstehen, Hans.«
»Ja«, sagte Haas, »ja.« Noch im Bad fühlte er den Druck des Traums. Dann der Frühstückstisch, Ei-Gelb und bräunlicher Plastlöffel und grünlicher Eierbecher, ebenfalls Plast, Haas wollte sich zwingen, die Zusammenstellung nicht zu widerwärtig zu finden, sie überhaupt nicht zu bemerken. Er versuchte sich zu erinnern, wie die Eierbecher daheim und in der Hütte in Gransow aussahen, es fiel ihm nicht ein. Sonja Schulze wollte Heiterkeit verbreiten, als sie sagte, sie sei ja nun beinah daran gewöhnt, für zwei Männer Stullen zu schmieren, aber Hans-Georg solle sich bitte nicht einfallen lassen, jeden Morgen nach München fahren zu wollen, auf die Dauer finde sie das nicht sonderlich spaßig. Das Wort »München« schmerzte wie der Zusammenprall von Gelb und Braun und Grün, Haas kratzte das letzte Weiße aus der Schale und drückte sie zusammen.
Sonja Schulze hatte es eilig wie am Vortag auch, vom Korridor her, schon halb im Mantel, rief sie, Hans-Georg solle sich noch einmal Kaffee aufbrühen und dann, wenn er ginge, die Tür zuschnappen lassen, in dieser Wohnung gäbe es nichts zu klauen. Sie kam noch einmal ins Zimmer und nahm seinen Kopf in die Hände und küßte ihn mit einer raschen Bewegung auf die Nase, sie hatte die Wange treffen wollen. Eine Viertelstunde darauf ging Schulze, er streckte zum Abschied den Daumen nach oben.
Da war es sieben, die Radiosprecher in beiden Teilen Berlins wünschten ihren Hörern einen vortrefflichen Morgen. Auch Marion Haas war wach; schneller als

sonst, als sie aus dem Schlaf auftauchte, wurde ihr bewußt: Herbert Kloßner wurde an diesem Vormittag begraben, sie würde zwei Schäufelchen Erde aufs Grab werfen, das andere für ihren Vater. Während sie noch lag, wußte sie mit schmerzender Klarheit, daß ihr Vater die Grabrede nicht gehalten hätte, wäre ihm der Tod des Herbert Kloßner nicht verheimlicht worden. Sie würde Frau Kloßner die Hand geben, den Kopf neigen, nichts sonst. Was hatte es für einen Sinn zu murmeln: Mein Beileid. Oder: Vater läßt sich entschuldigen, eine Dienstreise. Er hätte diese Rede nicht gehalten aus einem Bündel von Gründen: Weil es über seine Nerven ging, weil er so was noch nie gemacht hatte, weil er diese Artikel nicht ungeschrieben machen konnte, weil Herbert Kloßner nicht dieser Artikel wegen gestorben war, weil er trotzdem ein schlechtes Gewissen hatte, feig zu sein, was hieß schon feig, weil er jedenfalls nicht so tapfer war zu sagen: Auch ich hab schuld, wir alle tragen Schuld, wo fängt die Schuld des einzelnen an und wo hört die der Partei und des Staates auf? Aber er war, das dachte Marion, während sie sich anzog – keine Trauerkleidung, denn sie besaß keine und hätte es albern gefunden, sich welche zu borgen, zu besorgen, aber eine dunkle Bluse wenigstens zu den Jeans –, aber ihr Vater war auch nicht so eitel, daß er hinabgerufen hätte: Du Toter da, vergib mir, vergib uns allen! Mir hat Herbert Kloßner sein Testament gewidmet, hätte ihr Vater nicht deklamieren wollen, mir galten seine letzten Gedanken, einem Gefährten für wenige Stunden vor einem Vierteljahrhundert, Gedanken eingeschreint in irgendwas, mit unauslöschlichen Lettern oder derlei Bockmist. Dr. Hans-Georg Haas hätte diese Rede auch aus Bescheidenheit nicht gehalten, wäre aber mit ans

Grab gegangen, nicht gleich hinter der Familie, doch auch nicht am Schluß, wie sie es tun würde. Marion dachte: mein drittes Begräbnis, Oma, Studiendirektor Geißmann, Kloßner.

Hans-Georg Haas zog die Wohnungstür zu; er würde, selbst wenn es mit den Anschlüssen miserabel klappte, immer noch zu zeitig im Verband sein. Da war wieder der Koffer in seiner Hand, alles wiederholte sich, würde erst eine neue Richtung nehmen, wenn Schreibers Mitarbeiterin ins Zimmer trat: Ihr Paß, Kollege Haas! Zum Bahnhof, im Zug die Kontrollen, die ihm andere zum Erbrechen oft beschrieben hatten, läßlich manchmal, andere waren böse gefilzt worden, obwohl sie Dienstreisende waren. Wechselbad. Das würde er nun alles selber erleben.

Plakate in der U-Bahn, Reklametafeln, irgend etwas mußte er ja anschauen, konnte nicht immer an den Augenblick denken, da die Kollegin sagte: »Ihr Paß!« Zeit mußte verbracht werden. Ein Reklameplakat in Blautönen, Grau dabei, zum Blau tendierend. Wohltuend in seiner Ruhe. Müggelsee und Müggelturm und Weiße Flotte, besucht die Perle des Müggelsees, da hätte ein anderer vielleicht eine gelbe Sonne hineingeschmiert. Er kannte einen Kollegen, der ganz unten gewesen war, körperlicher Verschleiß war mit seelischen Strapazen zusammengefallen, zum Beispiel hatten sie seinen Jungen verhaftet. Wegen eines Protestes gegen den Einmarsch in Prag damals. Da hatte der Kollege zu malen begonnen. Nach drei Jahren schon brachte er es zu eigenen Ausstellungen. Wenn ich, dachte Haas, malen würde, dann auch in abgestuften Tönen, monochrom.

Die Kollegin in Schreibers Vorzimmer zupfte diesmal nicht an den Augenbrauen, sondern stand sofort auf und fragte Haas, ob er Kaffee wünsche. Den Koffer könne er dort in die Ecke stellen, und die Kollegin, die die Pässe holte, sei in einer halben Stunde zurück. »Dann bleibt ja noch viel Zeit bis zu Ihrem Zug!« MÜNCHEN würde auf den Schildern an allen Wagen stehen, BERLIN–LEIPZIG–NÜRNBERG–MÜNCHEN, schwarz auf weiß. Was man schwarz auf weiß, kann man getrost. Haas hatte Schreiber nicht hereinkommen hören. »Hab gestern alles klargemacht«, Schreiber legte Haas die Hand auf die Schulter. Haas fand: Im Grunde war alles zum Lachen. In München würde er sich stunden- oder tagelang klarmachen müssen, daß *er* da ging, stand, fuhr, atmete, er und kein anderer, der Dienstreisende Dr. Haas. Vielleicht bereitete das Genuß, oder es minderte Genuß – es würde sich von selbst abbauen.

Ich muß nicht dorthin, dachte um diese Zeit Marion Haas, nichts zwingt mich. Wenn Jan rüber dürfte, würde ich ihn bitten mitzukommen. Ich tu's nicht um Frau Kloßners willen. Vielleicht haßt sie mich, sicherlich an diesem Tag besonders. Ich gehe um meinetwillen und noch nicht einmal, um Vater berichten zu können. Vater in München seit gestern, Mutter von den eigenen Kollegen ausgetrickst, ich an Kloßners Grab, und Jan darf nicht rüber, darf es vielleicht nie mehr, und wenn, ist die Liebe aus. Vater ganz oben und Mutter in der Mitte, und Kloßner hat ins Gras gebissen. Vater endlich dort, und natürlich war sie selber neidisch, daß es brannte, sie war jeden Abend, wenn Jan sich verabschiedet hatte, neidisch gewesen, hatte gedacht: Kudamm, Joan Baez in der Waldbühne. Jetzt hätte sie gern Reizwörter aus München hinzugefügt, kam über Geschwister Scholl und Hofbräuhaus nicht hinaus. Dort war Vater und wußte nicht, was

Torsten ihr geschrieben hatte: Man wollte ihn als Offizier nicht mehr, hatte es aufgegeben, ihn zu bedrängen. Wenn Vater das eine Woche vorher erfahren hätte, wäre er sicherlich zu Kombinationen bereit gewesen: Die Volksarmee verzichtete auf den Offizier Torsten Haas, weil dessen Vater ein unsicherer Kantonist war, den man nie in den Westen lassen würde? Oder aber: Man wollte dem Reisekader Hans-Georg Haas den Rücken frei halten, ihn nicht mit einem Verwandten ersten Grades, der Geheimnisträger war, belasten? Wie auch immer, Torsten hatte wieder mal Schwein gehabt, dem fiel nie die Butter vom Brot, und Vater war in München und würde für sie einen Nicky mitbringen, ein sogenanntes Tieschört, würde damit eigenes schlechtes Gefühl abbauen wollen, daß er gereist war und sie nicht, wollte sein Privileg verschmieren: Die Familie *hatte auch was davon*. Sonderangebot für drei Mark. Oder die Tochter vom Genossen Gastgeber hatte 's mildtätig gespendet, für die im Osten. Und erzählen und erzählen, Olympia-Stadion und Oberbayerische Seenplatte und dreißig, siebzig, hundertfünf Gäste bei der Lesung und *gute* Diskussion, und einer, CSU bis in die Knochen, wollte mich aufs Glatteis führen, aber ich hab ihn abblitzen lassen, mit kalten Kriegern werden wir immer noch fertig. Ein Privileg, ich streit's nicht ab, aber ich kann es nicht auf euch ausdehnen – soll ich *denn auch* zu Hause bleiben, weil du, Marion, du, Torsten, du, Kläre, nicht fahren dürft? Ich hab doch die Gesetze nicht . . .
»Hans«, sagte Schreiber. »Hans, dein Paß ist auch diesmal nicht mitgekommen.«
Der Magenschmerz füllte mit einem Schlag den Brustkorb und machte ihn so hart, daß Haas kaum noch atmen konnte. Er zog die Hände vor die Brust und

drückte darauf, die Finger lagen übereinander, fast so, als wäre er aufgebahrt. Tot und aufgebahrt. Alles vorbei, was hatte er nur geglaubt, hätte doch wissen müssen, daß niemals, jedenfalls für ihn nicht, da steckte irgendwo eine Karteikarte mit einem roten Punkt oder einem schwarzen Kreis oder einem gelben Kreuz, das hieß: Dr. Hans-Georg Haas war kein Reisekader, war nur Normalbürger, nicht geweiht, nicht gesegnet.
»Hans, wir fahren sofort los. Ist doch zum Verrücktwerden, ich hab gestern erst ... Nimm dein Zeug!« Schreiber suchte etwas auf dem Schreibtisch, tastete seine Taschen ab, war blaß, fahrig. »Los, los, komm!« Den Koffer genommen und Schreiber hinterher und über die Kreuzung, dort stand Schreibers Auto, sie stellten den Koffer vor den Rücksitz. Haas dachte: Wohin jetzt, das war immer ein Geheimnis gewesen, Außenministerium oder Staatssicherheit, ich werde meiner Karteikarte näher kommen, der Schicksalskarte, werde das Kreuz, den Punkt, den Pfeil sehen, Schreiber wird vor meinen Augen ändern, der Schamane, der der Maschine ins Getriebe greift. Wird nichts ändern, wird nirgendwohin greifen. Ist genauso mies dran, und am Ende werde ich ihn noch trösten müssen: Hast dein Bestes versucht, wenn nur alle wären wie du, da werden wir beim nächsten Mal, nein, ein nächstes Mal wird es nicht geben, stelle keinen Antrag mehr, das nächste Mal müßt ihr zu mir kommen, und vielleicht sage ich dann ...
»Es gibt noch eine Verbindung über Hannover. Der Zug geht eine Stunde später. Wenn wir den ersten nicht schaffen.« Sie bogen zum Kulturministerium ein, Schreiber sagte: »Bin gleich wieder da. Parkverbot, du bleibst im Wagen.«

Die Magenschmerzen hatten sich auf einen kleineren Raum zusammengezogen, strahlten kaum noch in den Brustkorb aus. Vorsichtig atmete Haas tiefer. Daheim hätte er sich aufs Sofa gelegt oder möglichst ausgezogen und ins Bett, auf die Seite, die Decke halb über den Kopf. Wie sich ein Kind eine Höhle baute. Die Gedanken leiser werden lassen, in den Schlaf absinken. Keine Tabletten, ein paar Schlucke lauwarmes Wasser, noch nicht einmal Tee. Das schlimmste wäre, wenn der Schmerz auf den Darm schlüge – bloß keinen Durchfall, aufs Klo müssen von einer Minute zur anderen. Vielleicht holt mich Schreiber zu einer Unterschrift oder einem letzten klärenden Wort, daß er Haas hieß und nicht Hase oder Hasse, daß da seit Jahren eine Verwechslung vorlag, nicht *er* hatte eine geschiedene Frau in West-Berlin, einen Schwager als General der Bundeswehr, sondern irgendein Hase, Hasse, Hasso, Haste. Stempel drauf, und dann mußte er hastig – Hastig, Hassig – über den Korridor, da war nur ein Klo für Damen, trotzdem rein, eine Frau wusch sich die Hände und starrte ihn an wie einen Sittenstrolch, Entschuldigung! Die Hosen gerade noch runtergekriegt, da knallte die Scheiße schon raus, spritzte, Schreiber rief von draußen: Nun mach hin, Hans, der Zug, mußt doch zum Zug! Aber in solch einer Situation gab es nichts, das wichtiger wäre, da hatten nicht zwei Dinge gleichzeitig im Kopf Platz, da dominierte diese ungeheure Erleichterung, für die es nur ein Wort gab: wie neu geboren. Erst dann wieder: Münchenmünchen.
Zehn Minuten, vierzehn, Haas sah, wie Schreiber aus dem Tor trat, rannte, die Stufen hinunter, zu ihm schaute und die Hand hob, dieses Winken konnte alles bedeuten, ja oder nein, hat geklappt oder nicht,

jedenfalls fuchtelte er nicht demonstrativ mit dem Paß. Haas öffnete ihm die Tür, Schreiber sagte noch im Setzen: »Idiotenvolk, die wußten genau! Aber wir packen das – wie spät?«
Haas sagte es ihm, während Schreiber anfuhr.
»Die Idioten haben den Paß erst *nachmittags* weitergegeben. Hoffentlich können wir eine Stelle überspringen.«
»Aber genehmigt...«
»Was heißt hier genehmigt. Wann geht dein Zug?«
Also doch zuletzt Außenministerium, dachte Haas, als Schreiber davor hielt, auf dem Marx-Engels-Platz, über den er zweimal demonstriert war, einmal am 1. Mai, einmal am Republiktag, als er in Berlin gewesen war, beide Male zu einem Schriftstellerbasar. Vorbeidemonstriert an Ulbricht noch, an Honecker. Er war in Berlin gewesen, als Ulbricht aufgebahrt lag und er den Kranzdelegationen zugeschaut hatte. Ein Mann neben ihm, Zivilist, hatte nicht allzu laut gesagt: Gehen Sie weiter! Da war er nach drei, fünf Sekunden tatsächlich weitergegangen, hatte sich hinterher schwarzgeärgert, der Mann hätte ihm doch wenigstens einen Ausweis zeigen müssen, Mitarbeiter des Ministeriums für Staatssicherheit, und dann hätte er immer noch fragen können, müssen, warum er sich denn nicht anschauen durfte, wie da Männer und Frauen mit ihren Kränzen standen. Genosse war er dreimal so lange wie dieser da, der nur durch die halb geöffneten Zähne herauszulassen brauchte: Gehen Sie weiter! Und schon ging er.
Haas stieg aus, weil er dachte, er könne beim Stehen, beim Auf- und Abgehen, beim Sich-Strecken seinen Magen entlasten. Auf dem Rücksitz eines Autos lag ein gelbes Buch auf einem lila Kissen – was hab ich

denn bloß mit Farben, fragte er sich, hat mich doch bis gestern nicht interessiert. Bin ich schon so fertig wie dieser Kollege, der Maler geworden ist, der sonst nicht überlebt hätte, male ich vielleicht auch bald Bildchen: Baum voller Geigen, weiße Pferde segeln über einen Jahrmarkt?

Vierzig Minuten, fünfundvierzig. Aber wenn alles verloren war, wäre Schreiber zurück, also kämpfte er noch, das war schon so ein Wort, *er kämpft*, abgebraucht durch tausend Zeitungsschreiber je tausendmal und zehntausend Propagandaredner je zehntausendmal, um alles war gekämpft worden, um Planerfüllung bei der Abfallkübelleerung, um Noten im Russischunterricht und den Frieden. Nun um eine Unterschrift, aber der Zug fuhr in dreiundsechzig Minuten, vielleicht konnte er den Polizisten zurufen: Mein Zug, muß nach München! Dann genügte ein Blick auf Paßbild und Gesicht, Stempel und Datum, in den Koffer wurde nicht geschaut, nicht ins Portemonnaie. Fünfundfünfzig Minuten noch, aber da hatte er eben etwas durcheinandergebracht, der Zug direkt nach München fuhr vom Ostbahnhof ab über Leipzig, erst an der bayerischen Grenze wurde er kontrolliert, in den Zug nach Hannover stieg er am Bahnhof Friedrichstraße, mußte dort durch die Kontrolle – Schreiber würde ihn zu dem einen Bahnhof wie zu dem anderen bringen, darum mußte er sich nicht kümmern. Die Magenschmerzen nahmen wieder zu, Haas stemmte sich mit beiden Händen auf die Kühlerhaube, so konnte er den Leib entlasten. Hinter ihm Schreibers Stimme: »Ich hab den Paß, na siehste, Hans, alles klar, Junge!«

Marion Haas ging die Allee zur Friedhofskapelle entlang, sie hatte einen Strauß gekauft, der klein und billig war und ihr gefiel. So hielt sie etwas in der Hand, in einer wenigstens, wenn sie die andere Frau Kloßner gab. Sie stellte sich vor, ihr Vater ginge neben ihr, einen Zettel in der Tasche, auf die er Stichworte notiert hatte: Seiner Frau und seinen Kindern ein treusorgender Gatte, liebevoller Vater. Immer ein politischer Mensch, damals der Kampf gegen den Objektivismus, den der teure Tote nicht konsequent geführt hat, um nicht zu sagen, überhaupt nicht. Alles hat seine Zeit, der Objektivismus und der Kampf dagegen. Mein Leben war wie eine leere Wodkaflasche, wir wollen diesen Ausspruch des teuren Toten nicht absolut nehmen, dennoch als Leitfaden. Alles hat seine Zeit, der Tod oder eine Fahrt nach München, um dort in einer Buchhandlung der bayerischen Genossen zu lesen. Neben ihr gingen Trauernde, Frau Kloßner nicht darunter. Wahrscheinlich wurde in mehreren Kapellen gleichzeitig Abschied genommen, das war damals bei Oma nicht anders gewesen, ein Mann in einem schmierigen schwarzen Rock hatte Auskunft gegeben: »Feier Haas bitte Kapelle drei«, hatte diesen Satz durchdringend geraunt, daß man ihn zehn Meter weit hören konnte. Gekonnt geraunt. Da sah sie Frau Kloßner, groß die Nase, das Gesicht wohl noch hagerer, daneben eine dickliche Frau mit geröteten Wangen und bösen Augen, verweint, vielleicht Herbert Kloßners Mutter, die auf den Mann wartete, dem ihr Haß galt: Dr. Hans-Georg Haas. Da blieb Marion stehen, sie würde nicht Frau Kloßner die Hand geben, nicht ihretwegen war sie ja hier, sondern um zwei Schaufeln Erde auf einen Sarg zu werfen. Sie ekelte sich vor Frau Kloßners Hand.

»Du brauchst überhaupt nicht zu reden«, erläuterte Schreiber. »Gleich zu Anfang mußt du dich links

halten, aber da bin ich noch dabei. Durch die Tür für Dienstreisende und Diplomaten, kann überhaupt nichts schiefgehen. Die Zollerklärung füllst du sofort aus. Geschenke dabei? Bücher, gut, einfach hinschreiben: drei Bücher.«
Sie fuhren die Friedrichstraße hinauf, kreuzten die Linden. Der Paß, die gelbe Kontrollkarte und das Formular der Zollerklärung steckten in der Brusttasche des Genossen Dr. Haas, mit der Hand fühlte er durch den Stoff: Der Paß, Hans-Georg Haas war zur einmaligen Aus- und Einreise in die BRD für zehn Tage berechtigt, der Paß war gültig für alle Staaten und West-Berlin, »für alle Güst«, für alle Grenzübergangsstellen. Dieser Zusatz hätte aufgehalten, hatte Schreiber gleich nach dem Einsteigen zu erläutern versucht, Haas hatte es nicht aufgenommen. In der Minute, da er den Paß eingesteckt hatte, war ihm der Schweiß ausgebrochen, an der Stirn, an den Händen, am ganzen Körper, vor allem an den Füßen, die heiß waren in zu engen Schuhen. Schreiber hielt in der Kurve vor dem Glaskasten, der Eingangshalle, schon hupte ein Taxifahrer hinter ihm, immer diese Nervosität hier, rief Schreiber, setzte hinzu, Hans möge gleich die Zollerklärung ausfüllen und sich immer links halten, und er käme sofort nach an die Tür, wenn er eine Lücke für sein Auto gefunden hätte. Wieder dieses blödsinnige Gehupe. Alte Leute mit Taschen, Rentner wohl, die für einen Tag nach West-Berlin fuhren, zu Kindern und Enkeln, Ostrentner, die hatten's ja billiger als umgekehrt. Links, da war nun ein Geländer zwischen ihnen, zwei Türen, ein Schild: »Für Dienstreisende und Diplomaten«, rechts ein Stau von dreißig, vierzig Alten, Leere vor ihm, da ging er auf einen bäuchigen Polizisten zu, der ihn töricht anblickte,

oder schien es nur so, der hier wohl immer stand, acht Stunden jeden Tag, damit kein Rentner in die falsche Spur geriet. Haas hielt den Paß in der Rechten, blickte dem Polizisten in die Augen, bereit, den Paß vorzuzeigen, ein winziges Nicken, Haas ging vorbei, hätte beinahe gesagt: »Guten Tag.« Rechts ein Polizist in einem Glaskasten, Gesicht und Mütze, in Brusthöhe ein Schlitz, dorthinein steckte Haas seinen Paß, zu keinem anderen Zweck konnte der Schlitz da sein, Blick in Augen, auf Stirn, Nase, nach unten aufs Bild. Der Paß tauchte wieder auf. »Ihre Kennkarte«, die steckte noch in der Brusttasche, nachgereicht, Stempeldruck, Stahlfedern ließen den Stempel auseinanderspringen in die Bereitstellung, einem anderen zu bestätigen, daß er um diese Uhrzeit an diesem Tag die Deutsche Demokratische Republik rechtmäßig verlassen hatte. Nun war Schreiber also doch nicht nachgeeilt, um zu helfen, zu raten, bis hierher durfte er gewiß nicht vordringen, selbst er nicht, der Schamane über die Reisemöglichkeit von siebenhundert Verbandsmitgliedern, Alleinherrscher nicht, aber nichts war möglich ohne ihn.

»Ihre Zollerklärung bitte?« Das sprach eine junge Frau, fülliger Busen unter der Uniformjacke, der Stoff heller als bei den Polizisten, bläulich dazu die Bluse, Ton in Ton. »Ach so«, sagte Haas, und sie setzte hinzu, was er befürchtet hatte, was ihm selbstverständlich erschien: »Hätten Sie schon vorher ausfüllen müssen.«

Der Mann, der hinter das Podium trat, hatte weiches, welliges Haar, das ihm an den Seiten über die Ohren fiel, er trug einen dunklen Anzug, schwarz aber nicht, auch nicht die Krawatte, dunkelblau vermutlich. Kein Pfarrer, er sprach auch nicht wie ein Pfarrer – was hab

ich denn schon für Vergleichsmöglichkeiten, dachte Marion, wie ein Pfarrer spricht und wie nicht. »Verehrte Frau Hannelore Kloßner, Gert, Wilfried und Ulrike, verehrte Frau Luise Kloßner. Sie stehen mit uns an der Bahre Ihres Gatten, Vaters und Sohnes. Mit uns. Das mag Ihnen gering klingen, die Sie den Verlust beklagen, diesen unerbittlichen, der so ohne alle Vernunft erscheinen mag.« Nur bei den Namen hatte der Mann auf seinen Zettel geblickt, Spickzettel, dachte Marion bewußt respektlos, sie wollte sich nicht einlullen lassen. »Ein Leben, auf das das Wort rastlos zutrifft, was nicht heißen soll, daß es unentwegt aufwärts gegangen wäre wie auf einer guten Bergstraße, in Serpentinen stetig nach oben. Da klafften Täler, Abgründe gar.« Ist das nun eine objektivistische Rede, versuchte Marion abzuschätzen, würde sich der Dr. Haas von damals Notizen machen, um in einem Diskussionsbeitrag, in einem Gegenartikel – aber hier wurde nicht widersprochen, dieses Mannes Wort war unwiderruflich. Der Mann hatte wie sie in Kloßners Wohnung gesessen, am selben Tisch, vielleicht hatte Frau Kloßner gesagt: Der Wunsch meines Mannes ist es gewesen, daß ein früherer Kollege die Totenrede hält, aber der ist fort nach München. In München steht ein, eins zwei. Jetzt streunte also Dr. Hans-Georg Haas zur Isar hinunter: München stellte sich Marion wie Prag vor, zur Moldau, drüben, oben lag der Hradschin, in München vielleicht die Feldherrnhalle, oder eben das Hofbräuhaus, eins zwei. »Wir wollen nicht behaupten, daß unser teurer Toter keine Niederlagen hätte hinnehmen müssen, aber alle, die ihn kannten, werden wissen, daß er immer wieder ...«
»Du kannst ganz beruhigt sein«, sprach Schreiber ins

Telefon, »ich hab Hans eben zum Zug gebracht, er fährt über Hannover, jetzt rufe ich gleich noch in München an, daß er eine halbe Stunde später abgeholt wird.«

»Gott sei Dank«, sagte Kläre Haas, »und hat es denn heute immer noch Schwierigkeiten gegeben? Ich meine, weil er den Zug, der ursprünglich ...«

»Würden Sie bitte den Koffer öffnen«, aus dem Mund der Zöllnerin klang das wie: Ich weiß ja, daß bei Ihnen was faul ist.

Die Schlösser sprangen auf, da waren noch Schlaufen, der Deckel klaffte hoch. »Wenn Sie bitte was rausnehmen würdn, den Mantel und die oberstn Stücke. Ja, so. Was sin'n das für Bücher?«

»Von mir, als Geschenke.«

»Was heißt: von mir?«

»Hab ich geschrieben.«

»Sie sin Schriftsteller?«

»Steht auf allen Papieren.« Er wußte nicht, ob er diesen Satz besser nicht angefügt hätte. »Mein Zug ...«

»Sie ham noch Zeit.« Haas kippte Mantel, Jackett, Hose auf einer Seite hoch, er hatte von Kollegen und Westbesuchern und Rentnern gehört, Zöllnerinnen seien schlimmer als Zöllner: Vom Leben mißgünstig behandelt, äußerlich benachteiligt, rächten sie sich an den Reisenden, und die da hatte ja nun begriffen, daß ein Schriftsteller vor ihr stand, ein Privilegierter, jetzt konnte sie ihm ihre Macht zeigen, konnte ihn sicherlich in einen Raum rechts oder links schicken, die Taschen leeren lassen, die Nähte abtasten, sogar in den Arsch gucken.

»Und was is darin?«

»Rasierzeug, Seife, Zahnbürste.«

»Machn Sie's bitte auf und legn Sie alles hier nebennander.«
»Aber mein Zug . . .«
»Ich hab doch gesagt . . . Und das hier?«
»Hautcreme.«
»Keine medizinische Creme?«
Wenn ich nicht rechtzeitig zum Zug komme, werde ich mich über diese Zicke beschweren, gehe ich bis sonstwohin. Die Creme war dunkelgrün mit einem Stich ins Bläuliche, der Waschlappen, auf dem sie lag, gelblich, er würde sie nicht wieder in dieses Täschchen tun, eher neben die Hose, die war auch dunkelgrün, Hose und Creme nebeneinander Ton in Ton.
»Sie könn einpackn.«
Er schwitzte wieder wie im Auto. Legte die Creme zur Hose, zog den Reißverschluß des Necessaires zu, drückte es in den Koffer, der Mantel hatte sich aus der Form gelöst, ein Ärmel hing herab, grünlich gemustert, geschippert hätte seine Mutter gesagt. Der Kunststoff des Tischs war dunkelrot wie angegorene Tomaten. Der Ärmel mußte vom Tisch, mußte es aus zwei Gründen, in den Koffer zurück, aber dessen Inhalt hatte sich aufgeplustert, und es wäre sinnlos gewesen, die Zöllnerin zu bitten, ihm zu helfen. Wahrscheinlich genoß sie es, wie ein Mann litt, ein Mann überhaupt, Westreisender obendrein, der über alle Güst durfte, nicht einmal einen Koffer packen konnte er. »Lassen Sie den Mantel doch einfach draußen.« Das war natürlich eine Lösung, den Mantel über den Arm, aber dieser Satz hatte höhnisch geklungen: Typisch Mann, kam nicht mal auf die einfachste Idee. Wenn sie das heute abend zu Hause erzählte, da hatte doch wieder einer den Koffer nicht zugebracht, Doktor, aber zu blöd . . .

»So fragen wir uns, warum mußte ein Mann, der noch so viel zu tun beabsichtigte, dies alles aufgeben. Es war ja nicht so, daß Herbert Kloßner die Träume seiner jungen Jahre begraben hätte. In dicken Mappen verwahrte er, was er zusammengetragen, wollte es aufbereiten. Immer wieder hat er verbessert, ergänzt. Nun, und vor diesem Rätsel stehen wir alle, ohne Begreifen, werden andere ...«
Das stimmte nicht, Marion war sich absolut sicher, das hatte Frau Kloßner dem Mann vorgelogen, es konnte auch sein, sie hatte selbst daran geglaubt. Kloßner hatte aufgegeben: Was in den Mappen liegen mochte, war graues Gelumpe, war schon immer falsch gewesen und war heute noch falscher. Alles hatte seine Zeit, dieses Papierzeug und nun auch Herbert Kloßner. Der Mann mit dem welligen Haar war der letzte Hahn, der nach Kloßner krähte. Schluß dann, die Söhne konnten sich ja mal anschauen, was gekritzelt worden war. In den Ofen damit, Asche zu Asche. Ach Jan, wenn du doch hier wärst, wenn wir beim Weggehen von dieser Quälerei darüber reden könnten, daß man nichts aufschieben darf, du durftest nicht fortbleiben, sie durften dich nicht von mir abtrennen. Als ich den Jungen aus meiner Seminargruppe mit hinaus ins Häuschen genommen habe – einen DDR-Bürger, man wird doch nicht immer denselben Fehler machen – hab ich immerzu an dich gedacht. Aber mitgenommen hab ich ihn eben doch.
»Und so bleibt uns der Abschied von Herbert Kloßner.«
»Na, sehn Sie, so geht's doch! Dort entlang, bitte.«
Am heißesten waren die Füße. Ehe er den Koffer aufnahm, wischte er sich die Stirn. Schaute die Zöllnerin an, ihre Augen trafen sich, er meinte, Erschrecken

in ihnen zu erkennen, und dachte beinahe befriedigt: Da siehst du, was du angerichtet hast. Du nicht allein, aber in einer rasselnden Kette. In Jahren. Algerien und Griechenland, Nikos Luovaris, bloß nicht in die Gefahr geraten, daß jemand assoziieren könnte, in München steht, Schnippchen und Schreiber und Schimanski, wir kriegen das schon hin, warum sind Sie nicht geimpft? Jetzt die Zöllnerin als letzte, die letzte biß wie ein Hund. Biß in die Füße. Fraß den Magen. Den Mantel über den Arm, wo war der Paß, die Treppe, der Bahnsteig, der Zug, gültig für alle Güst. »Da lang! *Links die Treppe!*«

2

»Die Gehirnerschütterung war nicht das schlimmste. Auf der Treppe vor dem Bahnsteig ist er ausgerutscht – war ja keiner dabei. Eine halbe Stunde später erst wurde er gefunden. Die Organe haben ihn in die Charité gebracht, dort hab ich ihn drei Tage danach besucht. Kam mir unglaublich verändert vor, hat stokkend geredet. Mild, sanft, als ob *er mich* trösten müßte.«
Schreiber hatte seine Gäste ins Kleine Konferenzzimmer gebeten; seiner Sekretärin hatte er eingeschärft, er sei für niemanden zu sprechen. Wenn ihn jemand unterbrechen würde, dann der Genosse Schimanski, von Schnippchen war es nicht zu erwarten, von Kopp zuallerletzt. Schimanski schraubte seinen Füller auf und zu, einen richtigen Füllfederhalter mit richtiger Tinte darin, man erzählte es sich weiter: Mit diesem Füller hatte vor 1933 der Vorsitzende eines KP-Unterbezirks geschrieben, der Genosse Ernst Thälmann

hatte den Füller diesem Genossen geschenkt. Goldfeder.
»Nervenzusammenbruch«, fuhr Schreiber fort, »Gehirnerschütterung vom Sturz. Die Ärzte haben diesen Fall leider auf die leichte Schulter genommen. Sah ja auch nicht so ernst aus. Seine Frau und seine Tochter haben ihn besucht. Nach zwei Wochen war ich wieder dort, da spazierte er schon herum, zeigte einigermaßen Appetit. Ich hab vorgetastet, ob er nach Hause möchte, ob wir ihn in ein Erholungsheim schicken sollten. War nicht herauszukriegen. Ob ich was vom Malen verstünde, hat er gefragt, von der technischen Seite her, vom Material. Was man brauchte fürs Malen mit Öl.«
»Das hätte dich stutzig machen sollen«, Schimanski schaute von seinem Füllfederhalter auf.
»Stimmt, Genosse Schimanski, Malen hatte ihn bisher ja nie interessiert. Hab mir leider weiter keine Gedanken gemacht. Wir haben ihn dann nach Leipzig gebracht, ich konnte nicht dabeisein, hatte diese Konferenz in Gera.« Schreiber wartete, bis Schimanski nickte – Schimanski hatte ihn nach Gera beordert und konnte ihm nun keinen Vorwurf machen, daß er Haas nicht begleitet hatte. Konnte doch mit dem Hinweis, daß, wenn Schreiber ihn hinreichend informiert gehabt hätte... Aber Schimanski nickte, billigte also.
»In der Gegend von Wittenberg hat er unseren Fahrer aufgefordert, vor einem Geschäft zu halten. War ein HO-Laden mit Elektroartikeln, Staubsauger, Grill, Herden und so weiter. Lampen. Vor ein Schaufenster hat er sich gestellt und hineingestarrt. Nach ein paar Minuten ist unser Fahrer ausgestiegen und hat gefragt, was es da so Besonderes gäbe. Haas hat ihn angeblickt, als habe er ihn noch nie gesehen, ganz

leer, abwesend. Ist ohne ein Wort eingestiegen. Im Rückspiegel hat der Fahrer dann gesehen, daß Haas geweint hat. In Leipzig hat er sich wohl wieder gefangen gehabt. Unser Fahrer hat mir das leider erst eine Woche später erzählt, hatte es wohl auch nicht für so wichtig genommen. Genosse Schnippchen, vielleicht informierst du weiter?«

Vier Männer berieten, das entscheidende Wort würde Genosse Schimanski sprechen. Deshalb blickte Schnippchen Schimanski an, nachdem er seine Kehle freigehustet hatte. »Ich habe leider erst nach einer Woche erfahren, daß Genosse Haas wieder in Leipzig sei, nach dem zweiten Zusammenbruch. Ich darf noch ergänzen, was Genosse Haas später, als eine gewisse Stabilisierung eingetreten war, über das berichtet hat, was er vor diesem Schaufenster empfunden hatte: Das viele Weiß hatte ihn fasziniert, weiße Geräte auf weißen Unterlagen, nur hier und da schwarze Schrift, und er hatte alle Kraft zusammennehmen müssen, um nicht hineinzugehen und zu verlangen, alle Schrift zu entfernen. Dabei hat er *gewußt*, wie verrückt dieser Wunsch war. Später war er sich selbst in der schlimmsten Phase klar, daß es irrsinnig war, was er tat. Mir haben die Ärzte gesagt, dieser Umstand sei entscheidend für die Therapie gewesen. Sonst wäre er in eine andere Klinik gekommen und härter medikamentös behandelt worden. Dann hätte die Therapie länger gedauert, vielleicht wären Schäden geblieben, Persönlichkeitsveränderungen womöglich sogar.«

Über die Einzelheiten des zweiten Zusammenbruchs konnte sich Schnippchen kurz fassen, sie waren bekannt: Hans-Georg Haas hatte einen Nachmittag lang, während seine Frau im Konsum-Kaufhaus über Einzelheiten der Transport-Auslastung der vergangenen

Monate Auskunft gegeben hatte, und zwar dem neuen Leiter dieses Hauses, der aus Erfurt hierher versetzt worden war (Herlett war dort sein Nachfolger geworden), Hans-Georg Haas also hatte an diesem Nachmittag die Wohnung umgeräumt, und zwar nach Farben geordnet, blaue Kissen und Bücher hatte er in einem Zimmer getürmt, dazu alles Porzellan mit dem Dekor »Zwiebelmuster«. Rote Bücher, Gardinen, Lampen, eine rotblühende Pflanze im Korridor. Und so weiter. Dabei waren ihm unaufhörlich die Tränen übers Gesicht gelaufen, und als Kläre Haas nach Hause gekommen war, hatte er ihr schluchzend die Arme um den Hals geworfen. Alles, hatte er beteuert, geschähe aus einem Zwang heraus, dabei wisse er, daß es verrückt sei, aber er käme nicht gegen diesen Trieb an. Kläre Haas hatte versucht, ihn zu bewegen, mit ihr gemeinsam alles an seinen alten Platz zu bringen, er hatte, immer heftiger weinend, sich dagegen gewehrt.

»Die Genossin Haas rief mich noch an diesem Abend an«, berichtete Schnippchen weiter, »ich bin sofort hin. Haas auf dem Sofa, das blau war, in einer blauen Jacke, vor und neben ihm blaue Bücher und weißblaues Porzellan, alle Teller nebeneinander, nicht gestapelt, wie man es ja gewöhnlich macht. Ich erklärte ihm, daß er in eine Klinik müßte. Er sträubte sich nicht, später hat er mir gesagt, er habe gewußt, daß er Hilfe brauchte. In solchen Fällen fühlen sich die Menschen auf ein Kindheitsstadium zurückgeworfen. Haas hat mir später ebenfalls versichert, er habe zu mir absolutes Vertrauen gehabt, nicht nur zu mir persönlich, sondern vor allem als Genossen unserer Partei.«

Jetzt nickte Kopp, der noch nichts beigesteuert hatte,

und bekräftigte: Kläre Haas hatte ihm diese Äußerung bestätigt, das war keine nachträglich erfundene Phrase. Haas hatte, als es ihm am dreckigsten ging, im Innersten den Wunsch verspürt, die Partei möchte sich seiner annehmen, verkörpert durch den Genossen Dr. Schnippchen, den Sekretär der Bezirksleitung. Das hatte in allen Gesprächen über dieses Drama eine besondere Rolle gespielt: Ein Mann, seit dreißig Jahren Genosse, hatte diese Zugehörigkeit so verinnerlicht, daß sie für ihn den wesentlichsten Halt bedeutete. Seine Frau, dann die Partei. Vielleicht sogar umgekehrt.

»Wunsch nach Harmonisierung«, ergänzte Schreiber.

»Jetzt«, fuhr Schnippchen fort, »nach sieben Wochen, machen sich Verbesserungen spürbar. Auf Medikamente wird fast verzichtet, auf normale Schlafmittel allerdings noch nicht. Was sie dort gemacht haben, erscheint mir vorbildlich. Ohne erkennbaren Zwang, immer in dem Bestreben, den Patienten aktiv zu beteiligen. Gymnastik, Bewegungen nach Musik, Gespräche. Nach einer Woche schon Ausgang in die Stadt. Seine Frau durfte ihn jeden Tag besuchen. Er war in einem Zweibettzimmer untergebracht, sein Partner war ein Schuldirektor. Ähnliches Krankheitsbild. Nach zwei Wochen hat Genosse Haas angefangen zu malen. Winterbäume mit kahlen Ästen vor dem Himmel, Sonnenuntergänge, Bäume vor dem Mond und so weiter. Nach vier Wochen verbrachte er das erste Wochenende daheim – ohne Probleme. Am Montag kehrte er direkt fröhlich in die Klinik zurück, in der nächsten Phase gehörte er zu den Patienten, die die anderen zur straffen Einhaltung der Therapie anhielten, man könnte sagen: Er war ein Musterpatient. Bedenklich schien allenfalls, daß er keinen Drang er-

kennen ließ, die Behandlung abzuschließen und nach Hause und an seine Arbeit zurückzukehren. Er ging sozusagen voll in der Klinik auf. Ich versuchte ihm dies einmal auf spaßhafte Weise zu verdeutlichen: Er könnte ja Parteiorganisator der Klinik werden, Gesundheitswettbewerbe organisieren oder ähnliches, vielleicht würde er dann unentbehrlich.«
Kopp lachte. Schimanski schraubte seinen Füllfederhalter zu. »Wir sollten uns klarwerden«, sagte er und blickte Kopp an, dessen Miene ernst wurde, »wie wir mit dem Genossen Haas künftig verfahren. Hat sich der Verband Gedanken gemacht? Der Verlag? Ihr in Leipzig? Mit seiner Frau war doch auch nicht alles geklärt, oder? Ich meine: beruflich. Genosse Schreiber, vielleicht du zuerst?«
»Ich glaube«, sagte Schreiber, »wir sollten uns vorher anhören, was verlagsseitig erwogen worden ist.«
»Ich war zweimal in Leipzig«, begann Kopp, »und habe natürlich die Anweisung der Ärzte eingehalten, von mir aus nicht von der Arbeit zu beginnen. Beim zweiten Mal fragte er mich, ob der Auftrag über das Meißen-Buch schon vergeben sei. Das ist er nicht, im Vorfeld sind noch einige Dinge unklar. Dazu habe er schon immer Lust gehabt, sagte er. Ich würde, wenn es soweit sei, an ihn denken, hab ich ihm versprochen.«
»Das wäre doch was«, fragte Schimanski, »oder?«
»Natürlich!« Kopp erwähnte die Vorfinanzierung dieses Projekts, aber Schnippchen klärte mit wenigen Worten: Im Rat des Bezirks war in Zusammenarbeit mit dem Schriftstellerverband beschlossen worden, für das nächste Jahr an Haas ein Stipendium von tausend Mark monatlich zu zahlen; damit wären alle Überlegungen zu diesem Punkt hinfällig.

»Tja«, Schimanskis Stimme klang, als könne man nun rasch auf die Lösung zugehen. »Das läßt sich doch hören! Ein konkretes Angebot machen, Vertrag hinterher. Alles übrige – war da nicht mal was mit der Tochter?«
Einige ungünstige Einflüsse seien abgeblockt worden, berichtete Schnippchen, Marion gehöre zu den Studenten mit herausragenden Noten. Vielleicht wissenschaftlicher Nachwuchs. Der Sohn habe demnächst seinen Armeedienst hinter sich, besäße gute Aussichten für die Akademie.
»Aber die Wohnung!« rief Schreiber.
Haas stehe auf der Dringlichkeitsliste ganz oben, eine Lösung erfolge demnächst, versicherte Schnippchen.
»Malen soll er, malen.« Schimanski blickte von einem zum anderen und konstatierte entschlossenes Nicken.
»Außerdem«, Kopp wurde sich bewußt, daß er das wenigste beigetragen hatte, »werden wir im zweiten Halbjahr eine Auflage seines Kepler-Romans nachschieben, zwanzigtausend, wenn wir das Papier bekommen. Finanziell wäre er dann für die nächsten beiden Jahre voll abgesichert.«
»Na bitte«, rief Schimanski.
Vielleicht sind wir in fünf Minuten durch, hoffte Schreiber. Jetzt Nägel mit Köpfen machen: »Genosse Kopp, und die übrigen Projekte? Griechenland? Algerien?«
»Bloß nicht daran rühren!« Schimanski hob protestierend beide Hände.
»Ganz unsere Meinung«, versicherte Kopp. »Verlagsseitig.«
»Die Ärzte sagen«, ergänzte Schnippchen, »daß ein

Auslandstrauma zu vermuten ist. Einmal kam der Gedanke auf, ihn mit seiner Frau nach Bulgarien zur Erholung zu schicken, die Möglichkeit dafür hätte bestanden. Auch die Genossin Haas war der Meinung, so was ihm gegenüber gar nicht zu erwähnen. Begriffe wie Paß, Visum, Schiffsplatz, sogar wie Fahrkarte und dergleichen sollten vorerst außerhalb seiner Begriffswelt gelassen werden.«

»Eine vernünftige Frau?« Das fragte Schimanski, und Schnippchen gab Auskunft: »Wenn alles nach unseren Vorstellungen geht, übernimmt sie ab nächsten Monat die Kaderlenkung der Bezirksorganisation des Konsums.«

»Wunderbar«, lobte Schimanski; Schreiber war sicher, daß sie in zwei Minuten fertig wären. Keine Aufgabe für den Verband, wenigstens nicht im Vordergrund, und für die Auslandsabteilung schon gar nicht. Vielleicht sah er Haas ein paar Jahre lang nicht. »Wir werden uns von der Bezirksleitung ständig unterrichten lassen.«

Schimanski klemmte den Füllhalter an die Innentasche seines Jacketts, das war das Zeichen zum Aufbruch. »Genosse Schnippchen, einen Bericht an mich, vielleicht in einem Vierteljahr? Kann ganz knapp sein.«

»Könnte es mir schön vorstellen, das Buch über Meißner.«

»Wie lange dürfte er brauchen?«

»So an die drei Jahre, Genosse Schimanski.«

»Na, ist doch wunderbar!«

»Ist es, Genosse Schimanski.«

»Was hinzu kommt: Seine Frau sammelt Zwiebelmuster.«

»Zwei Fliegen mit einer Klappe.«

»Bloß nicht zu hart zuhauen, Porzellan verträgt so was nicht!«
Während sie ihre Papiere sammelten und in die Aktentaschen steckten, lachten sie. Klang ja wirklich ulkig, was Schimanski da eben gesagt hatte. Zwei Fliegen mit einer Klappe: wirklich ulkig!

Die beiden Artikel über Kloßner und eine Buchkritik, die dem Schriftsteller Haas zugeschrieben werden, sind im Geist und im Wort – stilistisch angeglichen und verfeinert – Originalarbeiten aus den fünfziger Jahren überaus ähnlich: Sie stellen Zitate dar. Der Verfasser dieses Romans ist überzeugt, daß es den Autorinnen und dem Autor dieser Beiträge recht ist, ungenannt zu bleiben.

Inhalt